1781

Douglas Adams

EINMAL RUPERT UND ZURÜCK

DER FÜNFTE BAND DER INTERGALAKTISCHEN TRILOGIE / ROMAN

Aus dem Englischen
von Sven Böttcher

Hoffmann und Campe

Die englische Originalausgabe erschien
1992 unter dem Titel »Mostly Harmless«
bei Wm. Heinemann, London

Die Deutsche Bibliothek – CIP-Einheitsaufnahme

Adams, Douglas:
Einmal Rupert und zurück: der fünfte Band der
intergalaktischen Trilogie: Roman / Douglas Adams.
Aus dem Engl. von Sven Böttcher. – 1. Aufl. – Hamburg:
Hoffmann und Campe, 1993
ISBN 3-455-00075-4

Schutzumschlag: Lo Breier unter Verwendung einer
Illustration von Hendrik Dorgathen
Satz: Utesch Satztechnik GmbH, Hamburg
Druck und Bindung: Mohndruck, Gütersloh
Printed in Germany

Für Ron

Mit aufrichtigem Dank an
Sue Freestone und Michael Bywater
für ihre Unterstützung, ihre Hilfe und
ihre konstruktiven Beschimpfungen

Alles, was geschieht, geschieht.

Alles, was sich selbst im Zuge seines Geschehens erneut geschehen läßt, geschieht erneut.

Alles, was während seines Geschehens etwas anderes geschehen läßt, läßt etwas anderes geschehen.

Allerdings tut es das nicht unbedingt in chronologischer Reihenfolge.

ERSTES KAPITEL

Die galaktische Geschichte ist ein bißchen durcheinandergeraten, und zwar aus mehreren Gründen: zum einen, weil diejenigen, die ihr auf der Spur zu bleiben versuchen, ein bißchen durcheinandergeraten sind, zum anderen aber auch, weil sich einiges an Durcheinander ereignet hat.

Eines der Probleme hat mit der Lichtgeschwindigkeit und den Schwierigkeiten zu tun, die sich bei dem Versuch ergeben, sie zu überschreiten. Was man nicht kann. Nichts bewegt sich schneller als das Licht, außer möglicherweise schlechte Nachrichten, die ihren eigenen, besonderen Gesetzen gehorchen. Die Scharniebaumler von Archentzwoofl Minor versuchten zwar, von schlechten Nachrichten angetriebene Raumschiffe zu bauen, aber die funktionierten nicht besonders gut und waren darüber hinaus, wo immer sie landeten, so extrem unwillkommen, daß es im Grunde völlig sinnlos war, sich überhaupt dort aufzuhalten.

So kam es, daß die Bewohner des Universums im großen und ganzen dazu neigten, schlaff in ihren regionalen Durcheinandern herumzusiechen, und die galaktische Geschichte für geraume Zeit überwiegend kosmologisch verlief.

Was nicht bedeuten soll, daß die Leute sich nicht bemüht hätten. Sie schickten Raumschiffflotten auf die Reise in weit entfernte Teile des Universums, um dort Kriege oder Geschäfte abzuwickeln, nur brauchten diese Flotten meist Jahrtausende, um tatsächlich irgendwo anzukommen. Und wenn sie dann endlich ankamen, waren andere Formen des Reisens entdeckt worden, Formen, die den Hyperraum

nutzten, um die Lichtgeschwindigkeit auszutricksen, so daß sich all die Schlachten, in die die langsamer als das Licht fliegenden Flotten geschickt worden waren, bereits Jahrhunderte vor deren Ankunft erledigt hatten.
Was natürlich nichts an der Bereitschaft der jeweiligen Besatzungen änderte, sich in die Schlacht zu stürzen. Sie waren ausgebildet, sie waren willens, sie hatten ein paar tausend Jahre lang gut geschlafen, sie waren von weit her gekommen, um harte Arbeit zu leisten, und das wollten sie – bei Zarkon – auch tun.
Damit begannen die ersten größeren Durcheinander in der galaktischen Geschichte: mit Schlachten, die ständig wieder von vorn ausbrachen, obwohl man die Streitigkeiten, die zu ihrem Ausbruch geführt hatten, schon Jahrhunderte zuvor beigelegt zu haben glaubte. Allerdings waren diese Durcheinander gar nichts im Vergleich zu denen, die die Historiker entwirren mußten, nachdem man das Zeitreisen entdeckt hatte und Schlachten plötzlich schon einige Jahrhunderte *vor* Entdeckung der sie auslösenden Streitigkeiten ausbrachen. Als schließlich der Unendliche Unwahrscheinlichkeitsdrive in Mode kam und ganze Planeten anfingen, sich plötzlich und unerwartet in Bananenkuchen zu verwandeln, strich die historische Fakultät der Universität von Maximegalon endgültig die Segel, löste sich freiwillig auf und trat ihre Gebäude an die stetig wachsende Gemeinschaftsfakultät für Theologie und Wasserball ab, die schon seit Jahren scharf darauf gewesen war.
Gegen all das ist selbstverständlich nichts einzuwenden, nur bedeutet es, daß höchstwahrscheinlich niemand je herausfinden wird, woher zum Beispiel die Grebulonier kamen oder was genau sie eigentlich wollten. Und das ist schade, weil, hätte irgend jemand etwas über sie gewußt, eine wirklich grauenhafte Katastrophe durchaus hätte vermie-

den werden können – oder zumindest einen anderen Weg hätte finden müssen, um einzutreten.

Klick, summ.
Das große, graue grebulonische Aufklärungsschiff bewegte sich lautlos durch die schwarze Leere. Trotz seiner unglaublichen, atemberaubenden Reisegeschwindigkeit schien es sich vor dem glitzernden Hintergrund aus Milliarden weit entfernter Sterne überhaupt nicht zu bewegen. Es war bloß ein einzelner dunkler Fleck, wie erstarrt vor der unendlich feinen Körnung einer leuchtenden Nacht.
An Bord des Schiffes war alles, wie seit Jahrtausenden, tiefdunkel und still.
Klick, summ.
Wenigstens fast alles.
Klick, klick, summ.
Klick, summ, klick, summ, klick, summ.
Klick, klick, klick, klick, klick, summ.
Hmmm.
Tief im schlummernden Kypernetikhirn des Schiffes weckte ein Überwachungsprogramm der untersten Befehlsebene ein Überwachungsprogramm einer geringfügig höheren Befehlsebene und teilte ihm mit, auf all sein Klicken folge lediglich ein Summen.
Das Überwachungsprogramm der höheren Ebene fragte zurück, was denn normalerweise folgen müsse, worauf das Überwachungsprogramm der untersten Ebene antwortete, es erinnere sich nicht, was *genau* folgen sollte, meine jedoch, es müsse eher eine Art entferntes, zufriedenes Seufzen sein. Es wisse nicht, was dieses Summen bedeute. Klick, summ, klick, summ. Das sei alles.
Das Überwachungsprogramm der höheren Ebene bedachte dies gründlich und kam zu dem Schluß, daß es ihm nicht gefiel. Es fragte das Überwachungsprogramm der untersten

Ebene, was genau es eigentlich überwache, und das Überwachungsprogramm der untersten Ebene antwortete, auch daran könne es sich leider nicht erinnern, bloß daran, daß es etwas sei, das ungefähr alle zehn Jahre klick, seufz mache, was normalerweise auch einwandfrei funktioniere. Es habe versucht, sein Fehlerverzeichnis zu konsultieren, dies jedoch nicht finden können und deshalb das Überwachungsprogramm der höheren Ebene von dem Problem in Kenntnis gesetzt.

Das Überwachungsprogramm der höheren Ebene beschloß, sein eigenes Fehlerverzeichnis zu konsultieren, um herauszufinden, was das Überwachungsprogramm der untersten Ebene eigentlich überwachen sollte.

Es konnte sein Fehlerverzeichnis nicht finden.

Merkwürdig.

Es sah noch einmal nach. Alles, was es als Antwort erhielt, war eine Fehlermeldung. Es versuchte, die Fehlermeldung in seinem Fehlermeldungsverzeichnis nachzuschlagen, und konnte auch das nicht finden. Großzügig ließ es einige Nanosekunden verstreichen, um alles noch einmal zu durchdenken. Dann weckte es die Sektorenfunktionsüberwachung.

Die Sektorenfunktionsüberwachung stieß unverzüglich auf Schwierigkeiten und benachrichtigte ihren Überwachungskoordinator, der ebenfalls unverzüglich auf Schwierigkeiten stieß. Komplette Schaltkreise, die teils seit Jahren, teils seit Jahrzehnten geruht hatten, erwachten binnen weniger Millionstelsekunden überall im Schiff flackernd zum Leben. Irgend etwas war irgendwo fürchterlich schiefgegangen, aber keines der Überwachungsprogramme konnte sagen, worum es sich handelte. Auf jeder Ebene fehlten lebenswichtige Anweisungen, und auch die Anweisungen für den Fall, daß man feststellte, daß lebenswichtige Anweisungen fehlten, fehlten.

Kleine Softwaremodule – Agenten – rauschten angespannt über logische Pfade, gruppierten sich, berieten sich und gruppierten sich neu. Binnen kürzester Zeit wiesen sie nach, daß sämtliche Speichereinheiten des Schiffes bis hinauf zum zentralen Missionsmodul im Eimer waren. Auch mit Hilfe ausgedehntester Speicherabfragen ließ sich nicht herausfinden, was passiert war. Sogar das zentrale Missionsmodul selbst schien beschädigt.
Damit lag die Lösung des Problems auf der Hand. Das zentrale Missionsmodul mußte ausgetauscht werden. Es gab ein weiteres Exemplar, ein Backup, ein exaktes Duplikat des Originals. Der Austausch mußte manuell vorgenommen werden, denn aus Sicherheitsgründen bestand nicht die geringste Verbindung zwischen dem Original und seinem Backup. Und sobald das zentrale Missionsmodul erst einmal ausgetauscht war, würde es selbst die detaillierte Rekonstruktion des restlichen Systems überwachen können, und damit wäre dann alles wieder gut.
Roboter wurden angewiesen, das Backup des zentralen Missionsmoduls aus der massiven Stahlkammer, in der sie es bewachten, zur Installation in die Logikkammer des Schiffes zu bringen.
Dies erforderte einen langwierigen Austausch von Notfallcodes und Protokollen, da die Roboter die Agenten verhören mußten, um sich zu vergewissern, daß deren Instruktionen authentisch waren. Nach langem Hin und Her gaben sich die Roboter aber schließlich zufrieden und betrachteten alle Voraussetzungen als erfüllt. Sie entfernten die Lagerumhüllung des zentralen Missionsmoduls, trugen es aus der Lagerkammer, fielen aus dem Schiff und trudelten in den leeren Raum.
Das lieferte den ersten entscheidenden Hinweis darauf, was genau nicht stimmte.
Weitere Untersuchungen brachten zügig zutage, was ge-

schehen war. Ein Meteorit hatte ein großes Loch in das Schiff geschlagen. Was vom Schiff bisher nicht registriert worden war, weil der Meteorit haargenau jenen Teil aus der Prozeßsteuerungsvorrichtung des Schiffes herausgeschlagen hatte, der registrieren sollte, ob das Schiff von einem Meteoriten getroffen worden war.

Zuerst mußte versucht werden, das Loch wieder abzudichten. Was sich als unmöglich erwies, weil die Sensoren des Schiffes kein Loch feststellen konnten und die Überwachungsprogramme, die hätten feststellen können, daß die Sensoren nicht richtig funktionierten, selbst nicht richtig funktionierten und darauf beharrten, die Sensoren seien in Ordnung. Das Schiff konnte das Vorhandensein des Lochs lediglich aus dem Umstand ableiten, daß die Roboter eindeutig durch es hinausgefallen waren, wobei sie das Ersatzhirn, mit dem das Schiff das Loch hätte feststellen können, mitgenommen hatten.

Das Schiff versuchte, die Sache vernünftig zu durchdenken, scheiterte und schaltete daraufhin erst einmal alles für einige Zeit auf Null. Daß es alles auf Null geschaltet hatte, bemerkte es natürlich nicht, da es alles auf Null geschaltet hatte. Es war bloß ziemlich überrascht, die Sterne um sich herumhüpfen zu sehen. Nachdem die Sterne zum dritten Mal um es herumgehüpft waren, begriff das Schiff endlich, daß es offenbar alles auf Null geschaltet hatte und daß die Zeit gekommen war, einige schwerwiegende Entscheidungen zu treffen. Es entspannte sich.

Dann begriff es, daß es die schwerwiegenden Entscheidungen noch nicht getroffen hatte und wurde panisch. Erneut schaltete es alles für einige Zeit auf Null. Als es schließlich wieder zu sich kam, schloß es sämtliche Sicherheitsschotten in jenem Bereich, in dem das nicht erkennbare Loch sein mußte.

Es hatte seinen Bestimmungsort ganz eindeutig noch nicht erreicht, dachte es unruhig, aber da es nun nicht einmal mehr den blassesten Schimmer hatte, wo dieser Bestimmungsort überhaupt lag und wie man ihn erreichte, erschien es ihm wenig sinnvoll, die Reise fortzusetzen. Es zog die winzigen Befehlsschnipsel zu Rate, die es aus den Trümmern seines zentralen Missionsmoduls rekonstruieren konnte.

»Deine !!!!! !!!!! !!!!! Jahresmission ist es, !!!!! !!!!! !!!!!, !!!!!, !!!!! !!!!! !!!!! !!!!!, in sicherer Entfernung !!!!! !!!!! landen !!!!! !!!!! !!!!! zu überwachen. !!!!! !!!!! !!!!! . . .«

Der Rest war völliger Schrott.

Bevor es endgültig abschaltete, würde das Schiff diese Instruktionen, soweit man sie so nennen konnte, an seine primitiveren Unterstützungssysteme weitergeben müssen.

Außerdem mußte es seine Besatzung wiederbeleben.

Damit ergab sich ein weiteres Problem: Während des Tiefschlafs war das Bewußtsein der Besatzungsmitglieder, ihre Erinnerung, ihre Identität und ihr Wissen um das, weswegen sie unterwegs waren, zur Sicherheit in das zentrale Missionsmodul des Schiffes übertragen worden. Die Besatzungsmitglieder hätten also nicht den blassesten Schimmer, wer sie waren und weshalb sie waren, wo sie waren. Na toll.

Kurz bevor das Schiff dann tatsächlich endgültig abschaltete, bemerkte es noch, daß auch seine Triebwerke im Begriff waren, den Geist aufzugeben.

Das Schiff und seine wiederbelebte, verwirrte Besatzung trieben weiter, kontrolliert von automatischen Unterstützungssystemen, die lediglich daran interessiert waren, irgendwo zu landen, wo man landen konnte, und zu beobachten, was immer sich zum Beobachten fand.

Was eine Gelegenheit zum Landen betraf, hatten sie kein besonderes Glück. Der Planet, den sie entdeckten, war trostlos kalt und unbewohnt und so schmerzhaft weit von der Sonne entfernt, die ihn hätte wärmen sollen, daß es ihnen nur unter Einsatz sämtlicher mitgeführter Envir-O-Form-Apparaturen und Life-Support-O-Systeme gelang, seine Bewohnbarkeit – oder wenigstens die genügend großer Teile seiner Oberfläche – zu gewährleisten. Näher an der Sonne lagen bessere Planeten, aber da der Strateg-O-Mat des Schiffes offenbar auf Lauer-Modus eingestellt war, hatte er den entferntesten, unauffälligsten Planeten gewählt und hätte sich auch von niemand anderem als dem strategischen Oberbefehlshaber des Schiffes von seiner Moduswahl abbringen lassen. Da jedoch sämtliche Besatzungsmitglieder den Verstand verloren hatten, wußte niemand, wer der strategische Oberbefehlshaber des Schiffes war, oder, selbst wenn man ihn hätte identifizieren können, wie er hätte vorgehen müssen, um den Strateg-O-Mat des Schiffes von irgend etwas abzubringen.

Was das Entdecken von etwas betraf, das man überwachen konnte, stießen sie allerdings auf eine Goldgrube.

ZWEITES KAPITEL

Was das Leben besonders bemerkenswert macht, sind die Orte, die es mit sich zu erfüllen versteht. Überall findet es irgendeinen Halt, ob in den berauschenden Meeren von Santraginus V, wo es den Fischen grundsätzlich ziemlich schnurz zu sein scheint, in welche Richtung sie gerade schwimmen, ob in den Feuerstürmen von Frastra, wo das Leben angeblich erst mit vierzigtausend Grad anfängt, oder indem es aus nacktem, unverfälschtem Scheiß-egal-Gefühl in den hintersten Eingeweiden einer Ratte wühlt – das Leben findet immer einen Weg, sich irgendwo festzusetzen.

Sogar in New York, obwohl das so gut wie unbegreiflich ist. Im Winter fällt die Temperatur dort deutlich unter das erlaubte Minimum, oder besser: würde die Temperatur darunter fallen, hätte irgendwer gesunden Menschenverstand genug, ein solches erlaubtes Minimum festzusetzen. Als zuletzt jemand eine Liste der hervorstechendsten hundert Charaktereigenschaften der New Yorker erstellen ließ, krabbelte der gesunde Menschenverstand auf Platz 79 ins Ziel.

Im Sommer hingegen herrscht eine wahre Bullenhitze. Was schön und gut für eine bei Hitze aufblühende Lebensform ist, die, wie zum Beispiel die Frastraner, eine Temperatur von zwischen 40 000 und 40 004 Grad als äußerst angenehm empfindet, aber absolut nicht schön oder gut für Lebewesen, die sich an einem Punkt des Planetenumlaufs in die Häute anderer Lebewesen wickeln müssen, um dann, einen halben Umlauf später, festzustellen, daß die eigene Haut Blasen wirft.

Der Frühling wird überbewertet. Etliche New Yorker machen zwar ein Riesengeschrei um die Freuden des Frühlings, aber wenn sie auch nur einen schwachen Dunst von diesen Freuden hätten, wüßten sie mindestens fünftausendneunhundertdreiundachtzig Orte, an denen man den Frühling besser verbringt als in New York, und dabei handelt es sich lediglich um Orte auf dem gleichen Längengrad.
Am schlimmsten ist allerdings der Herbst. Nur wenig ist schlimmer als ein Herbst in New York. Ein paar der Dinge, die in den hintersten Eingeweiden einer Ratte leben, wären da zwar anderer Meinung, aber da die Mehrzahl der Dinge, die in den hintersten Eingeweiden einer Ratte leben, sowieso ausgesprochen widerlich sind, kann und sollte ihre Auffassung unberücksichtigt bleiben. Wenn in New York der Herbst Einzug hält, riecht die Luft, als habe jemand Ziegen darin gebraten, und falls man Wert darauf legt zu atmen, reißt man am besten ein Fenster auf und steckt den Kopf in ein Gebäude.
Tricia McMillan liebte New York. Das sagte sie sich immer und immer wieder. Die Upper West Side. Yeah. Mid Town. Hey, tolle Geschäfte. SoHo. Das East Village. Klamotten. Bücher. Sushi. Italiener. Delis. Yo.
Filme. Noch mal yo. Tricia hatte sich gerade Woody Allens neuen Film angesehen, der durchgehend von der Angst handelte, in New York neurotisch zu werden. Er hatte noch zwei, drei andere Filme gedreht, die sich mit dem gleichen Thema beschäftigten, und Tricia fragte sich, weshalb er nicht einfach umzog, hatte jedoch gehört, daß er sich strikt weigerte, über so etwas auch nur nachzudenken. Also schwanten ihr weitere Filme.
Tricia liebte New York, weil es ein guter Karrierezug war, New York zu lieben. Es war ein guter Einkaufs-Zug, ein guter Cuisine-Zug, *kein* guter Taxi-Zug oder Gute-Gehwegsqualität-Zug, aber definitiv ein Karrierezug der höch-

sten und besten Kategorie. Tricia war Nachrichtenmoderatorin beim Fernsehen, und New York war jene Stadt auf der Welt, in der die meisten Fernsehsendungen moderiert wurden. Bisher hatten sich Tricias Moderationen auf das englische Fernsehen beschränkt: Regionalnachrichten, dann Frühstücksfernsehen, Vormittagsnachrichten. Wäre es sprachlich nicht so unschön, hätte man sie durchaus als angesagte Ansagerin bezeichnen können, aber ... he, wir reden vom Fernsehen, wen kümmern da sprachliche Feinheiten? Sie war eine schwer angesagte Ansagerin. Sie verfügte über alles Erforderliche: herrliche Haare, profunde Kenntnisse im strategisch geschickten Auftragen von Lip-Gloss, die zum Verstehen der Welt erforderliche Intelligenz und eine tief und gründlich in ihrem Innersten verborgene Leblosigkeit, was bedeutete, daß ihr letztlich alles egal war. Für jeden Menschen kommt irgendwann im Leben die große Gelegenheit. Verpaßt man zufällig gerade die, auf die es einem ankommt, wird anschließend praktisch alles andere schauderhaft simpel.

Tricia hatte bisher nur ein einziges Mal eine Gelegenheit verpaßt. Sie dachte immer noch manchmal darüber nach, aber im Gegensatz zu früher ließ sie das in letzter Zeit nicht mal mehr erschaudern. Sie vermutete, daß genau dieser Teil ihrer selbst gestorben war.

NBS suchte eine neue Moderatorin. Mo Minetti kehrte der US/AM-Frühstückssendung den Rücken, weil sie ein Baby bekam. Man hatte ihr einen hirnerweichenden Betrag dafür geboten, das Kind während der Sendung zu bekommen, aber das hatte sie – unerwartet – aus Gründen der Privatsphäre und des guten Geschmacks abgelehnt. Horden von NBS-Anwälten hatten daraufhin ihren Vertrag auseinandergenommen, um festzustellen, ob das berechtigte Gründe waren, sie jedoch schließlich, wenn auch widerstrebend, gehen lassen müssen. Was für die Anwälte vor allem deswegen besonders ärgerlich war, weil die Dinge normalerweise vollkommen anders lagen, wenn man sich der Formulierung »Wir lassen sie/ihn nur widerstrebend gehen« bediente. Überlegungen wurden laut, daß vielleicht, nur vielleicht, ein britischer Akzent angebracht wäre. Haare, Hautfarbe, Kronen- und Brückenausführung müßten natürlich dem amerikanischen Network-Standard entsprechen, aber man hatte schon eine Menge britischer Akzente bei irgendwelchen Oscarverleihungen ihren Müttern danken hören, eine Menge britischer Akzente sang am Broadway, und ungewöhnlich große Zuschauermengen standen vor dem Masterpiece Theatre Schlange und stellten sich auf britische Akzente mit Perücken ein. Britische Akzente erzählten Witze bei David Letterman und Jay Leno. Die Witze selbst verstand zwar niemand, aber der Akzent gefiel allen sehr, also war es vielleicht an der Zeit, nur vielleicht. Ein britischer Akzent bei US/AM. Nicht zu fassen.

Deshalb war Tricia hier. Und deshalb war es ein guter Karrierezug, New York zu lieben.

Aber der offizielle Grund war das natürlich nicht. Der Fernsehsender, der sie auf der anderen Atlantikseite beschäftigte, hätte wohl kaum das Flugticket und die Hotelrechnung berappt, um ihr die Jobsuche in Manhattan zu erleichtern. Da sie hinter dem ungefähr Zehnfachen ihres derzeitigen Gehalts her war, hätten ihre Arbeitgeber der Meinung sein können, sie solle sich ihre Spesen gefälligst selbst erstatten, aber Tricia hatte eine Geschichte gefunden, einen Vorwand, hatte sich über alle Hintergründe in Schweigen gehüllt, und so hatte der Sender bezahlt. Nur ein Business-Class-Ticket, klar, aber mit Hilfe ihres bekannten Gesichts war es ihr gelungen, sich auf die besseren Plätze hochzulächeln. Weitere geschickte Züge hatten ihr ein nettes Zimmer im Brentwood-Hotel verschafft, und nun überlegte sie, was sie als nächstes tun sollte.

Das allgemeine Gerede war eine Sache, einen Kontakt herzustellen eine andere. Sie hatte ein paar Nummern, ein paar Namen, aber wenn diese paar sie vertrösteten, stand sie wieder am Anfang. Sie hatte ihre Fühler ausgestreckt, Nachrichten hinterlassen, aber bisher hatte noch niemand zurückgerufen. Die Arbeit, wegen der sie offiziell hergekommen war, war an einem Morgen zu erledigen gewesen, die Arbeit, von der sie träumte, war bisher nur ein verlockendes Schimmern an einem unerreichbaren Horizont.

Scheiße.

Vom Kino zurück zum Brentwood nahm sie sich ein Taxi. Das Taxi konnte nicht bis an den Bordstein fahren, weil eine große Stretch-Limousine allen verfügbaren Platz in Beschlag nahm. Tricia quetschte sich an ihr vorbei und trat aus der stinkenden Ziegenbratluft in die gesegnete Kühle der Empfangshalle. Die Bluse aus feiner Baumwolle klebte ihr auf der Haut wie Ruß. Ihre Haare fühlten sich an, als hätte sie sie auf dem Rummel gekauft, und zwar am Stiel. An der Rezeption fragte sie, ob irgendwelche Mitteilungen für sie da wären, ohne ernsthaft welche zu erwarten. Es war eine da. Oh . . .

Gut.

Es hatte funktioniert. Sie war extra ins Kino gegangen, um das Telefon zum Klingeln zu bringen. Sie hielt es nicht aus, in einem Hotelzimmer zu sitzen und zu warten.

Sie war unentschlossen. Sollte sie den Umschlag gleich hier unten öffnen? Ihre Sachen juckten, und sie sehnte sich danach, sie auszuziehen und sich auf ihr Bett fallen zu lassen. Sie hatte die Klimaanlage auf die niedrigste Temperatur eingestellt und die Ventilation voll aufgedreht. Was sie sich in diesem Augenblick mehr als alles andere auf der Welt wünschte, war eine Gänsehaut. Dann eine heiße Dusche, dann eine kalte, dann, wieder auf dem Bett, auf einem Handtuch liegen und sich von der Klimaanlage trocknen lassen. Und dann die Nachricht lesen. Vielleicht noch eine Gänsehaut. Vielleicht alles mögliche.

Nein. Was sie sich mehr als alles andere auf der Welt wünschte, war ein Job beim amerikanischen Fernsehen, für den sie das Zehnfache ihres derzeitigen Gehaltes bekäme. Mehr als alles andere auf der Welt. Auf der Welt. Was sie sich mehr als alles andere überhaupt und überall wünschte, waren keine Live-Berichte mehr.

Sie setzte sich in einen halb von einer Kentiapalme verdeckten Sessel in der Empfangshalle und öffnete den kleinen Umschlag mit dem Klarsichtfenster.

»Bitte rufen Sie mich an«, stand auf dem Zettel. »Nicht glücklich«, und darunter eine Nummer. Der Name lautete Gail Andrews.

Gail Andrews.

Das war keiner der Namen, mit denen sie gerechnet hatte. Das war einer, den sie absolut nicht unterbringen konnte. Sie kannte ihn, wußte aber nicht gleich, woher. War das Andy Martins Sekretärin? Die Assistentin von Hilary Bass? Martin und Bass waren zwei der wichtigsten Kontakte, die sie bei NBS angerufen hatte, oder besser: anzurufen versucht hatte. Und was sollte »Nicht glücklich« bedeuten?

»Nicht *glücklich*?«

Sie war völlig verwirrt. Versuchte etwa dieser Woody Allen unter falschem Namen mit ihr Kontakt aufzunehmen? Die Vorwahl war 212. Also war es jemand aus New York. Na, wenn das die Auswahl nicht einengte ...

Sie ging zurück zur Rezeption.

»Ich habe ein kleines Problem mit der Nachricht, die Sie mir gegeben haben«, sagte sie. »Eine Frau, die ich nicht kenne, hat versucht mich anzurufen und läßt mir ausrichten, sie sei nicht glücklich.«

Der Empfangschef starrte mit gerunzelter Stirn den Zettel an.

»Kennen Sie die Dame?«
»Nein«, sagte Tricia.
»Hmmm«, sagte der Empfangschef. »Klingt, als sei sie wegen irgendwas unglücklich.«
»Ja«, sagte Tricia.
»Aber das hier unten scheint doch ein Name zu sein«, sagte der Empfangschef. »Gail Andrews. Kennen Sie jemanden, der so heißt?«
»Nein«, sagte Tricia.
»Irgendeine Idee, weswegen sie unglücklich sein könnte?«
»Nein«, sagte Tricia.
»Haben Sie die Nummer mal angerufen? Da steht eine Nummer drauf.«
»Nein«, sagte Tricia, »Sie haben mir die Nachricht ja eben erst gegeben. Ich will lediglich etwas mehr herauskriegen, bevor ich zurückrufe. Könnte ich vielleicht mit demjenigen sprechen, der den Anruf entgegengenommen hat?«
»Hmmm«, sagte der Empfangschef und musterte die Nachricht sorgfältig. »Soweit ich weiß, arbeitet hier niemand namens Gail Andrews.«
»Nein. Das ist mir schon klar«, sagte Tricia. »Ich wollte nur...«
»Ich bin Gail Andrews.«
Die Stimme kam von hinten. Tricia drehte sich um.
»Wie bitte?«
»Ich bin Gail Andrews. Sie haben mich heute morgen interviewt.«
»Oh. Oh, lieber Himmel, ja«, sagte Tricia irritiert.
»Die Nachricht habe ich Ihnen schon vor ein paar Stunden hinterlassen. Und da Sie sich nicht gemeldet haben, bin ich persönlich hergekommen. Ich wollte Sie nicht verpassen.«
»Oh. Nein. Natürlich nicht«, sagte Tricia, bemüht, das Ganze möglichst schnell auf die Reihe zu kriegen.

»Da kann ich Ihnen leider nicht weiterhelfen«, sagte der Empfangschef, für den Schnelligkeit offenbar kein Thema war. »Soll ich die Nummer für Sie anrufen oder nicht?«
»Nein, nicht mehr nötig, danke«, sagte Tricia. »Ich komme schon klar.«
»Ich kann auch die Zimmernummer für Sie anrufen«, sagte der Empfangschef und starrte wieder auf die Nachricht.
»Nein, danke, wirklich. Schon gut«, sagte Tricia. »Das ist meine eigene Nummer. Die Nachricht war für mich. Wir haben das inzwischen geklärt, denke ich.«
»Fein. Dann weiterhin einen angenehmen Tag«, sagte der Empfangschef. Tricia legte keinen besonderen Wert auf einen angenehmen Tag. Sie hatte zu tun.
Genausowenig Wert legte sie auf ein Gespräch mit Gail Andrews. Auf Verbrüderungen mit Christenmenschen ließ sie sich grundsätzlich nicht ein. Ihre Kollegen bezeichneten Tricias Interviewobjekte als Christenmenschen und bekreuzigten sich ziemlich häufig, wenn sie eines dieser Objekte auf dem Weg zu Tricia unschuldig durchs Studio wandern sahen, bevorzugt, wenn Tricia gütig lächelte und die Zähne zeigte.
Sie drehte sich um, lächelte unterkühlt und suchte angestrengt nach einem Ausweg.
Gail Andrews war eine sehr gepflegte Frau Mitte vierzig. Ihre Kleidungsstücke bewegten sich im Rahmen des guten, kostspieligen Geschmacks, schmiegten sich jedoch eindeutig an dessen flottere Seite. Sie war Astrologin, eine berühmte und, sofern man den kursierenden Gerüchten trauen durfte, einflußreiche Frau, die angeblich etliche Entscheidungen des verstorbenen Präsidenten Hudson beeinflußt hatte, angefangen damit, an welchem Tag der Woche der Präsident welchen Sahnejoghurtgeschmack vorgesetzt bekam, bis hin zur Entscheidung, ob er Damaskus bombardieren lassen sollte oder nicht.

Tricia hatte ihr mehr als übel mitgespielt. Nicht hinsichtlich der Frage, ob die Geschichten über den Präsidenten zutrafen oder nicht; das war mittlerweile Schnee von gestern. Seinerzeit hatte Miss Andrews ausdrücklich bestritten, Präsident Hudson in anderer als persönlicher, geistiger oder ernährungstechnischer Hinsicht beraten zu haben, was die Bombardierung von Damaskus offenkundig nicht einschloß. (»NICHT PERSÖNLICH GEMEINT, DAMASKUS!« hatte die Boulevardpresse damals gejohlt.)

Nein, Tricia hatte sich auf einen klar abgegrenzten Gesichtspunkt der Astrologie selbst konzentriert. Etwas, worauf Miss Andrews ganz und gar nicht vorbereitet gewesen war. Ihrerseits war nun aber auch Tricia ganz und gar nicht vorbereitet auf einen Rückkampf in der Hotelhalle. Was tun?

»Ich kann an der Bar auf Sie warten, falls Sie ein paar Minuten brauchen«, sagte Gail Andrews. »Nur würde ich gern noch mit Ihnen reden, bevor ich die Stadt heute abend verlasse.«

Sie wirkte weniger gekränkt oder gar zornig, sondern eher ein bißchen beunruhigt.

»Gut«, sagte Tricia. »Geben Sie mir zehn Minuten.«

Sie ging hinauf auf ihr Zimmer. Von allem anderen mal abgesehen, hatte sie so wenig Zutrauen in die Fähigkeiten des Burschen an der Rezeption, mit etwas so Kompliziertem wie einer Nachricht fertig zu werden, daß sie sich vergewissern mußte, ob nicht vielleicht ein weiterer Umschlag unter ihrer Tür steckte. Es wäre nicht das erste Mal gewesen, daß sich Nachrichten an der Rezeption und Nachrichten unter der Tür hundertprozentig widersprachen.

Es war keine da. Dafür blinkte das Benachrichtigungslämpchen an ihrem Telefon.

Sie drückte auf den entsprechenden Knopf und wurde mit der Hotelvermittlung verbunden.

»Ich habe eine Nachricht für Sie«, sagte die Telefonistin. »Von Gary Andress.«

»Ja?« sagte Tricia. Den Namen hatte sie noch nie gehört. »Und was?«

»Wicht Glücklich.«

»*Wer* ist glücklich?«

»Wicht. Wie's hier steht. Der Mann sagt, sein Wicht sei glücklich. Wollte anscheinend, daß Sie das wissen. Soll ich Ihnen die Nummer geben?«

Als sie die Nummer zu diktieren begann, begriff Tricia plötzlich, daß es sich bei der Nachricht lediglich um eine entstellte Version jener handelte, die sie bereits erhalten hatte.

»Schon gut«, sagte sie. »Sonst noch irgendwelche Mitteilungen für mich?«

»Zimmernummer?«

Tricia teilte sie der Telefonistin mit, obwohl ihr völlig schleierhaft war, weshalb sie in diesem Stadium des Gesprächs plötzlich danach fragte.

»Name?«

»McMillan, Tricia McMillan«, buchstabierte Tricia geduldig.

»Nicht Mister MacManus?«

»Nein.«

»Sonst nichts mehr für Sie.« Klick.

Tricia seufzte und wählte erneut. Kaltschnäuzig wiederholte sie ihren Namen und ihre Zimmernummer. Der Telefonistin kam offenbar nicht mal der Schatten eines Verdachts, daß sie erst vor Sekunden miteinander gesprochen hatten.

»Ich gehe in die Bar«, erklärte Tricia ihr. »In die Bar. Geben Sie mir bitte Bescheid, falls jemand für mich anruft?«

»Name?«

Sie gingen das Ganze noch ein paarmal durch, bis Tricia

sicher war, daß alles, was eventuell hätte unklar gewesen sein können, so klar wie irgend möglich war.
Sie duschte, zog sich um, frischte ihr Make-up mit professioneller Geschwindigkeit auf, warf ihrem Bett einen letzten Blick zu und verließ seufzend das Zimmer.
Sie spielte kurz mit dem Gedanken, einfach abzuhauen und sich zu verstecken.
Nein. Nicht im Ernst.
Während sie vor den Fahrstühlen wartete, betrachtete sie sich im Spiegel. Sie wirkte kühl und beherrscht, und wenn sie sich selbst etwas vormachen konnte, konnte sie jedem etwas vormachen.
Sie würde die Sache eben mit Gail Andrews ausfechten müssen. Gut, sie hatte ihr das Leben sauer gemacht. Verzeihung, aber so läuft das Spiel nun mal: etwas in der Art. Miss Andrews hatte sich einverstanden erklärt, interviewt zu werden, weil ein neues Buch von ihr erschienen war und dessen Besprechung kostenlose Werbung bedeutete. Aber so was wie kostenlose Starthilfe gibt es nicht. Nein, die Zeile schnitt sie gleich wieder heraus.
Geschehen war folgendes: Eine Woche zuvor hatten Astronomen bekanntgegeben, es sei ihnen gelungen, jenseits des Pluto einen zehnten Planeten zu entdecken. Sie hatten jahrelang danach gesucht, geleitet von bestimmten Unregelmäßigkeiten in den Umlaufbahnen der äußeren Planeten, und waren nun, da sie ihn gefunden hatten, alle schrecklich glücklich, und alle freuten sich ganz schrecklich mit ihnen und so weiter. Der Planet wurde Persephone getauft, allerdings umgehend mit dem Spitznamen Rupert versehen, weil der Papagei eines der Astronomen so hieß – womit sich eine ermüdend rührende Geschichte verband –, und all das war wirklich ganz wunderbar und reizend.
Tricia hatte die Geschichte aus mehreren Gründen mit beträchtlichem Interesse verfolgt.

Als sie sich dann nach einer guten Ausrede umgesehen hatte, um auf Kosten ihres Fernsehsenders nach New York fliegen zu können, war ihr zufällig eine Pressemitteilung über Gail Andrews und deren neues Buch *Du und Deine Planeten* in die Hände gefallen.

Gail Andrews war zwar nicht direkt bekannt wie ein bunter Hund, aber sobald man Präsident Hudson, Sahnejoghurt und die Amputation von Damaskus erwähnte (die Welt hatte sich infolge chirurgischer Kriegführung weiterentwickelt, der exakte, offizielle Begriff lautete allerdings »Damasektomie«, sprich: die »Entfernung« von Damaskus), wußte wieder jeder, von wem die Rede war.

Darin sah Tricia einen Aufhänger, den sie umgehend ihrem Produzenten verkaufte.

Immerhin brachte die Tatsache, daß da draußen plötzlich ein neuer, bisher niemandem bekannter Felsklumpen durchs All wirbelte, die Überzeugung all derer gehörig ins Wanken, die fest geglaubt hatten, die anderen im All herumwirbelnden Felsklumpen wüßten etwas über den Tagesverlauf eines Menschen, was dieser selbst nicht wußte.

Mußte das nicht einige Berechnungen über den Haufen werfen?

Was war jetzt mit all den Himmelskarten und Planetenbewegungen und dem ganzen Zeug? Anscheinend hatten wir doch alle gewußt, was es bedeutete, wenn Neptun im Zeichen der Jungfrau stand und so weiter. Aber was nun, nachdem Rupert aufgetaucht war? Mußte damit nicht die gesamte Astrologie völlig neu durchdacht werden? War es nicht an der Zeit, zuzugeben, daß alles nur leeres Gewäsch war, und sich statt dessen der Schweinezucht zuzuwenden, die ja immerhin auf einigermaßen rationalen Grundlagen fußte? Wäre Rupert schon drei Jahre früher aufgegangen, hätte Präsident Hudson dann vielleicht nicht am Donnerstag, sondern am Freitag Joghurt mit Brombeergeschmack

gegessen? Stünde Damaskus dann vielleicht noch? Fragen wie diese.
Gail Andrews hatte alles einigermaßen gut weggesteckt und war gerade auf dem besten Wege gewesen, sich von der Eröffnungsoffensive zu erholen, als sie den eher schwerwiegenden Fehler begangen hatte, Tricia durch gewandtes Referieren über Tagbogen, richtige Aszendentenstellungen und einige der abstruseren Bereiche dreidimensionaler Trigonometrie den Wind aus den Segeln nehmen zu wollen.
Zu ihrem Entsetzen hatte sie feststellen müssen, daß alles, was sie Tricia vorsetzte, umgehend auf sie zurückschlug, und zwar mit einem Drall, dem sie ganz und gar nicht gewachsen war. Niemand hatte Gail gewarnt, daß die Fernsehflittchen-Rolle bereits Tricias zweiter Versuch war, sich ein Standbein im Leben zu verschaffen. Hinter ihrem Lip-Gloss von Chanel, dem Fransenschnitt und den kristallblauen Kontaktlinsen verbarg sich ein Gehirn, das sich in einer früheren, überwundenen Phase von Tricias Leben eine Auszeichnung in Astrophysik verdient und in Mathematik promoviert hatte.

Als Tricia geistesabwesend in den Fahrstuhl trat, fiel ihr auf, daß sie ihre Handtasche im Zimmer vergessen hatte. Sie überlegte kurz, ob sie wieder hinausschlüpfen und sie holen sollte. Nein. Wahrscheinlich war sie dort, wo sie war, ohnehin sicherer, und außerdem brauchte Tricia momentan nichts von dem, was in der Tasche war. Sie ließ die Tür hinter sich zugleiten.
Im übrigen, sagte sie sich mit einem tiefen Atemzug, hatte sie das Leben, wenn überhaupt, eines gelehrt:
Kehre *nie* wegen deiner Handtasche um.
Während der Fahrstuhl abwärtsglitt, blickte sie wie gedankenverloren an die Decke. Jeder, der Tricia McMillan nicht

kannte, hätte behauptet, daß sie haargenau an die Decke starrte wie Leute, die versuchen, nicht in Tränen auszubrechen. Sie fixierte die winzige Überwachungskamera, die in einer der oberen Ecken befestigt war.

Einigermaßen energisch marschierte sie eine Minute darauf aus dem Fahrstuhl und trat erneut an die Rezeption.
»Also, ich werde Ihnen das jetzt aufschreiben«, sagte sie, »weil ich nicht möchte, daß irgendwas schiefgeht.«
Sie schrieb ihren Namen in großen Buchstaben auf ein Blatt Papier, setzte ihre Zimmernummer und »IN DER BAR« darunter und gab den Zettel dem Empfangschef, der ihn sich genau ansah.
»Für den Fall, daß mich jemand sprechen möchte. Okay?«
Der Empfangschef starrte weiter den Zettel an.
»Soll ich für Sie nachsehen, ob sie auf ihrem Zimmer ist?« fragte er.

Zwei Minuten später schraubte sich Tricia auf den Barhokker neben Gail Andrews, die vor einem Glas Weißwein saß.
»Ich dachte mir, daß sie zu den Menschen gehören, die lieber aufrecht an der Bar sitzen als sittsam an einem Tisch.«
Das stimmte und überraschte Tricia ein bißchen.
»Wodka?« sagte Gail.
»Ja«, sagte Tricia argwöhnisch. Sie konnte die Frage »Woher wußten Sie das?« gerade noch herunterschlucken, aber Gail antwortete trotzdem.
»Ich habe den Barkeeper gefragt«, sagte sie mit einem freundlichen Lächeln.
Der Mann schob ihr den bereits vorbereiteten Wodka elegant über das glänzende Mahagoni zu.
»Danke«, sagte Tricia und rührte energisch um.
Sie wußte nicht genau, was sie mit dieser plötzlichen Freundlichkeit anfangen sollte, hatte allerdings den festen Vorsatz

gefaßt, sich nicht von ihr einlullen zu lassen. In New York waren die Leute nicht grundlos nett zueinander.

»Miss Andrews«, sagte sie mit fester Stimme, »es tut mir leid, daß Sie nicht glücklich sind. Sie haben sicherlich das Gefühl, ich sei heute morgen ein bißchen rauh mit Ihnen umgesprungen, aber Astrologie ist nun mal leider nichts anderes als ein beliebter, weitverbreiteter Zeitvertreib, und dagegen ist sicher nichts einzuwenden. Sie ist ein Bestandteil der Unterhaltungsbranche, ein Bestandteil, mit dem Sie viel angefangen haben und hoffentlich auch weiter viel anfangen werden. Astrologie macht Spaß. Aber Astrologie ist keine Wissenschaft und sollte auch nicht mit einer verwechselt werden. Ich glaube, das haben wir heute morgen erfolgreich demonstriert, wobei es uns gleichzeitig gelungen ist, die Zuschauer gut zu unterhalten, womit wir beide unsere Brötchen verdienen. Es tut mir leid, wenn Sie damit Schwierigkeiten haben.«

»Ich bin absolut glücklich«, sagte Gail Andrews.

»Oh«, sagte Tricia, ohne zu wissen, was sie davon halten sollte. »Sie haben mir doch mitteilen lassen, Sie seien nicht glücklich.«

»Nein«, sagte Gail Andrews. »Ich habe Ihnen mitteilen lassen, daß ich *Sie* für nicht glücklich halte. Und ich habe mich gefragt, woran das liegt.«

Tricia fühlte sich, als habe ihr jemand gegen den Hinterkopf getreten. Sie blinzelte.

»*Was?*« fragte sie leise.

»Wegen der Sterne. Während unseres Gesprächs hatte ich das Gefühl, Sie seien wegen irgend etwas sehr wütend und unglücklich, das mit den Sternen und Planeten zu tun hat. Das hat mich beunruhigt, also bin ich hergekommen, um nach Ihnen zu sehen.«

Tricia starrte sie an. »Miss Andrews ...«, begann sie und bemerkte dann, daß sie, so wütend und unglücklich, wie sie dabei geklungen hatte, den beabsichtigten Widerspruch vollständig untergraben hatte.

»Bitte nennen Sie mich Gail, wenn es Ihnen nichts ausmacht.«

Tricia sah sie bloß verstört an.

»*Ich* weiß, daß die Astrologie keine Wissenschaft ist«, sagte Gail. »Natürlich nicht. Astrologie ist nichts weiter als ein Spiel mit willkürlichen Regeln, genau wie Schach, Tennis oder ... wie heißt das noch, was ihr Briten immer spielt?«

»Äh, Kricket? Selbsthaß?«

»Parlamentarische Demokratie. Die Regeln sind einfach irgendwie entstanden. Außerhalb ihres eigenen begrifflichen Rahmens ergeben sie überhaupt keinen Sinn. Aber wenn man sie anzuwenden beginnt, geraten allerlei Prozesse in Gang, und man fängt an, alle möglichen Dinge über irgendwelche Leute herauszufinden. Die Regeln der Astrologie beziehen sich zufällig auf Sterne und Planeten, aber es würde letztlich nicht den geringsten Unterschied ergeben, wenn es statt dessen um Enten und Erpel ginge. Es ist nur eine bestimmte Betrachtungsweise, mit der man die Umrisse eines Problems besser zu erkennen versucht. Je zahlreicher, je genauer und je willkürlicher die Regeln sind, desto besser. Man tut dasselbe, wenn man eine Handvoll Bleistaub auf ein Blatt Papier wirft, um unsichtbare Vertiefungen zu entdecken. So sieht man die Wörter, die auf dem Blatt geschrieben wurden, das darüber lag, aber jetzt nicht mehr da ist. Der Bleistaub selbst ist unwichtig. Der ist nur ein Mittel zum Enthüllen der Vertiefungen. Deshalb hat Astrologie nicht das geringste mit Astronomie zu tun. Bloß mit Menschen, die sich über andere Menschen Gedanken machen.

Und als ich heute morgen merkte, wie ... ich weiß auch nicht ... wie gefühlsmäßig *fixiert* Sie auf Sterne und Planeten waren, dachte ich, diese Frau ist gar nicht wütend auf die

Astrologie, sie ist tatsächlich wütend und unglücklich wegen irgendwelcher echten Sterne und Planeten. So wütend und unglücklich werden Menschen normalerweise nur, wenn sie etwas verloren haben. Das ist mir aufgefallen, und mehr konnte ich mir auch nicht erklären. Also bin ich hergekommen, um nach Ihnen zu sehen.«

Tricia war baff.

Ein Teil ihres Gehirns arbeitete schon seit einiger Zeit auf Hochtouren. Es war im Begriff, alle möglichen Widerlegungen zu konstruieren, die um die Lächerlichkeit von Zeitungshoroskopen kreisten und um die statistischen Tricks, mit denen man die Leute aufs Kreuz zu legen versuchte. Nur stellte die betreffende Gehirnabteilung die Arbeit allmählich wieder ein, als sie merkte, daß das restliche Gehirn gar nicht zuhörte. Tricia war wirklich völlig baff.

Eine völlig Fremde hatte ihr gerade etwas mitgeteilt, das sie seit siebzehn Jahren eisern für sich behalten hatte.

Sie wandte sich Gail zu.

»Ich ...«

Sie verstummte.

Eine kleine Überwachungskamera im Regal hinter der Bar war ihrer Bewegung gefolgt. Das brachte sie restlos aus dem Konzept. Die meisten Menschen hätten die Kamera überhaupt nicht bemerkt. Sie war nicht dort angebracht worden, um bemerkt zu werden. Sie war auch nicht dort angebracht worden, um jemanden auf die Idee zu bringen, heutzutage könne man selbst in einem teuren, eleganten New Yorker Hotel nicht mehr sicher sein, daß nicht einer der Gäste plötzlich eine Waffe zog oder keinen Schlips trug. Aber obwohl sie so sorgfältig hinter den Wodkaflaschen versteckt war, konnte sie den fein geschliffenen Instinkten einer Fernsehmoderatorin nicht entgehen, die ständig ganz genau wußte, wann sich eine Kamera bewegte und sie einfing.

»Stimmt was nicht?« fragte Gail.
»Nein, ich ... Ich muß schon sagen, daß Sie mich ziemlich überraschen«, sagte Tricia. Sie entschied sich, die Überwachungskamera zu ignorieren. Es war lediglich ihre Fantasie, die ihr Streiche spielte, weil sie heute einfach zuviel übers Fernsehen nachgedacht hatte. Es war nicht das erste Mal. So war sie überzeugt gewesen, daß eine Verkehrsüberwachungskamera mitschwenkte, als sie an ihr vorbeiging, und auch bei Bloomingdales hatte sie eine Kamera hartnäckig beim Ausprobieren von Hüten beobachtet. Offenbar verkalkte sie allmählich. Sie hatte sich sogar eingebildet, im Central Park habe ihr ein Vogel konzentriert hinterhergespäht.
Sie beschloß, sich das alles aus dem Kopf zu schlagen, und nippte an ihrem Wodka. Jemand ging in der Bar herum und fragte die Gäste, ob sie Mr. MacManus seien.
»Na gut«, platzte sie plötzlich heraus, »ich weiß nicht, wie Sie das rausgekriegt haben, aber ...«
»Ich habe nichts ›rausgekriegt‹, wie Sie sagen. Ich habe Ihnen nur zugehört.«
»Was ich verloren habe, war, glaube ich, ein ganzes anderes Leben.«
»Das passiert jedem. Jeden Tag, in jedem einzelnen Augenblick. Jede Entscheidung, die wir treffen, jeder Atemzug öffnet Türen und schlägt andere zu. Die meisten nehmen wir gar nicht wahr. Einige schon. Sie scheinen eine wahrgenommen zu haben.«
»Oh, ja, und ob ich das habe«, sagte Tricia. »Na schön. Meine Tür. Eine ganz einfache Geschichte. Vor einigen Jahren habe ich auf einer Party einen Mann kennengelernt. Er sagte, er stamme von einem anderen Planeten, und ob ich ihn begleiten wolle. Klar, hab ich gesagt. Es war eben eine von diesen Parties. Ich sagte ihm, er solle warten, bis ich meine Handtasche geholt hätte, dann würde ich mich

glücklich schätzen, mit ihm den Planeten zu wechseln. Er sagte, ich brauchte keine Handtasche. Ich hab gesagt, er komme offenbar von einem sehr rückständigen Planeten, wenn er nicht mal wisse, daß Frauen ihre Handtaschen grundsätzlich dabeihaben müßten. Er wurde ein bißchen ungeduldig, aber so leicht wollte ich es ihm nun auch wieder nicht machen, nur weil er angeblich von einem anderen Planeten kam.

Ich bin also nach oben gegangen. Habe einige Zeit gebraucht, um meine Handtasche zu finden, und dann war auch noch jemand im Badezimmer. Und als ich wieder nach unten kam, war er weg.«

Tricia ließ eine Pause entstehen.

»Und ...?« sagte Gail.

»Die Gartenpforte stand offen. Ich ging nach draußen. Da waren Lichter. Irgendwas Schimmerndes. Ich kam gerade noch rechtzeitig, um zu sehen, wie das Ding in den Himmel aufstieg, geräuschlos durch die Wolken schoß und verschwand. Das war's. Ende der Geschichte. Ende eines Lebens, Beginn eines anderen. Aber kaum ein Augenblick dieses Lebens vergeht, ohne daß ich über eine andere Tricia nachdenke. Eine Tricia, die nicht wegen ihrer Handtasche umgekehrt ist. Ich habe das Gefühl, sie ist da draußen, und ich stehe ständig in ihrem Schatten.«

Mittlerweile ging ein Hotelangestellter von Tisch zu Tisch und fragte die Leute, ob sie Mr. Miller seien. Niemand war Mr. Miller.

»Und Sie glauben wirklich, daß diese ... Person von einem anderen Planeten stammte?« fragte Gail.

»Oh, ganz sicher. Er hatte ein Raumschiff. Und außerdem hatte er zwei Köpfe.«

»Zwei? Ist das denn sonst niemandem aufgefallen?«

»Es war ein Kostümfest.«

»Aha ...«

»Und er hatte einen Vogelkäfig über dem zweiten Kopf. Unter einem Tuch. Hat so getan, als habe er einen Papagei, und hat dauernd an den Käfig geklopft und irgendwelchen ›Hallo, Lora‹-Blödsinn gemacht und gekreischt und so weiter. Dann hat er das Tuch kurz weggezogen und sich halb totgelacht. Im Käfig war sein zweiter Kopf, und der hat mitgelacht. Ich kann Ihnen sagen, das war ziemlich beunruhigend.«
»Dann haben Sie doch vermutlich das Richtige getan, oder nicht, Liebes?« sagte Gail.
»Nein«, sagte Tricia. »Nein, ich glaube nicht. Und das, was ich bis zu diesem Tag getan hatte, konnte ich auch nicht mehr fortsetzen. Ich war nämlich Astrophysikerin. Man kann keine vernünftige Astrophysikerin sein, wenn man einem echten Außerirdischen begegnet ist, dessen zweiter Kopf so tut, als sei er ein Papagei. Das kann man einfach nicht. Ich konnte es jedenfalls nicht.«
»Das wäre wohl schwierig gewesen, ja ... Und das erklärt vermutlich, weshalb Sie andere Leute ein bißchen grob behandeln, wenn die etwas von sich geben, das in Ihren Ohren wie kompletter Schwachsinn klingt.«
»Ja, da haben Sie wahrscheinlich recht. Tut mir leid.«
»Nicht so schlimm.«
»Sie sind übrigens der erste Mensch, dem ich das erzähle.«
»Das habe ich mir gedacht. Sind Sie verheiratet?«
»Äh, nein. Ist heutzutage schwer zu sagen, nicht? Aber die Frage ist berechtigt, denn höchstwahrscheinlich war das der Grund. Ich war ein paarmal dicht davor, hauptsächlich, weil ich ein Kind wollte. Aber am Ende haben mich die Kerle alle gefragt, wieso ich ständig über ihre Schulter starrte. Was soll man da sagen? Einmal hab ich sogar mit dem Gedanken gespielt, einfach zu einer Samenbank zu gehen und es auf gut Glück zu versuchen. Den Zufall entscheiden zu lassen, wessen Kind ich bekomme.«

»Aber das könnten Sie doch nicht im Ernst, oder?«
Tricia lachte. »Wahrscheinlich nicht. Ich hab's nie drauf ankommen lassen. Das alte Lied. Nie irgend etwas wirklich ausprobieren. Deshalb bin ich vermutlich beim Fernsehen gelandet. Da ist nichts wirklich.«
»Entschuldigen Sie bitte, heißen Sie Tricia McMillan?«
Tricia drehte sich überrascht um. Hinter ihr stand ein Mann mit Chauffeursmütze.
»Ja«, sagte sie und riß sich innerlich sofort zusammen.
»Lady, ich suche jetzt schon seit einer geschlagenen Stunde nach Ihnen. An der Rezeption hat man mir gesagt, hier wohne niemand, der so heißt, aber ich habe in Mr. Martins Büro rückgefragt, und dort hat man mir gesagt, Sie seien ganz bestimmt hier abgestiegen. Ich frage also noch mal nach, und die sagen wieder, sie hätten nie von Ihnen gehört. Ich bitte, Sie trotzdem ausrufen zu lassen, und die können Sie nicht finden. Am Ende hab ich das Büro gebeten, mir ein Bild von Ihnen in den Wagen zu faxen, und selbst nachgesehen.« Er warf einen Blick auf seine Uhr. »Ist zwar vielleicht schon ein bißchen spät, aber ... wollen Sie trotzdem noch hin?«
Tricia war wieder mal baff.
»Mr. Martin? Etwa Andy Martin von NBS?«
»Stimmt genau, Lady. Probeaufnahmen für US/AM.«
Tricia schoß von ihrem Hocker hoch. Schon der Gedanke an all die Nachrichten für Mr. MacManus und Mr. Miller war ihr unerträglich.
»Aber wir müssen uns beeilen«, sagte der Chauffeur. »Soweit ich gehört hab, meint Mr. Martin, ein britischer Akzent sei einen Versuch wert. Sein Boss beim Sender hält allerdings absolut nichts von der Idee. Das ist Mr. Zwingler, und der fliegt heute abend an die Ostküste, was ich rein zufällig weiß, weil ich der bin, der ihn einsammeln und zum Flughafen fahren darf.«

»Gut«, sagte Tricia. »Ich bin fertig. Gehen wir.«
»Na fein. Die große Limousine vor der Tür.«
Tricia wandte sich noch einmal an Gail. »Tut mir leid«, sagte sie.
»Gehen Sie!« sagte Gail. »Und viel Glück. Es war schön, mit Ihnen zu reden.«
Tricia griff nach ihrer Handtasche, um die Rechnung zu bezahlen.
»Verdammt«, sagte sie. Die Tasche lag in ihrem Zimmer.
»Ich übernehme die Rechnung«, sagte Gail entschieden. »Wirklich gern. Es war sehr interessant.«
Tricia seufzte.
»Ehrlich, es tut mir leid wegen heute morgen, und ...«
»Kein Wort mehr. Mir geht es gut. Es ist nur Astrologie. Völlig harmlos. Davon geht die Welt nicht unter.«
»Danke.« Spontan beugte Tricia sich vor und drückte Gail an sich.
»Haben Sie alles?« fragte der Chauffeur. »Wollen Sie nicht noch Ihre Tasche holen oder irgendwas?«
»Wenn das Leben mich überhaupt etwas gelehrt hat«, sagte Tricia, »dann, daß man nie umkehren darf, um seine Tasche zu holen.«

Gut eine Stunde später saß sie auf einem der beiden Betten in ihrem Hotelzimmer. Minutenlang rührte sie sich nicht. Sie starrte bloß ihre Tasche an, die unschuldig am Kopfende des anderen Bettes hockte.
In der Hand hielt sie einen Zettel von Gail Andrews, auf dem stand: »Seien Sie nicht allzu enttäuscht. Rufen Sie mich an, wenn Sie darüber reden möchten. An Ihrer Stelle würde ich morgen abend zu Hause bleiben. Ruhen Sie sich ein bißchen aus. Aber machen Sie sich meinetwegen keine Sorgen. Es ist nur Astrologie. Davon geht die Welt nicht unter. Gail.«

Der Chauffeur hatte hundertprozentig recht gehabt. Genaugenommen schien der Chauffeur über sämtliche Vorgänge bei NBS besser Bescheid zu wissen als alle anderen Personen, denen Tricia dort begegnet war. Martin war Feuer und Flamme gewesen, Zwingler strikt dagegen. Sie hatte die einmalige Gelegenheit gehabt zu beweisen, daß Martin recht hatte, und sie hatte es vermasselt.
Na toll. Na toll, na toll, na toll.
Zeit, nach Hause zu fahren. Zeit, bei der Fluggesellschaft anzurufen und herauszufinden, ob sie die Nachtmaschine nach Heathrow noch bekam. Sie griff nach dem dicken Telefonbuch.
Oh. Immer schön der Reihe nach.
Sie ließ das Telefonbuch wieder sinken, nahm ihre Handtasche vom Bett und trug sie ins Badezimmer, stellte sie ab und nahm den kleinen Plastikbehälter heraus, in dem sie ihre Kontaktlinsen aufbewahrte, ohne die sie weder vom Textblatt noch vom »Neger« vernünftig hatte ablesen können.
Während sie sich die winzigen Plastikschalen eine nach der anderen in die Augen tupfte, kam sie zu dem Schluß, daß sie das Leben, wenn überhaupt, eines gelehrt hatte, nämlich daß es Gelegenheiten gab, bei denen man nicht wegen seiner Handtasche umkehrte, und andere, bei denen man es tat. Jetzt mußte es sie nur noch lehren, zwischen beiden zu unterscheiden.

DRITTES KAPITEL

In dem, was wir albernerweise als Vergangenheit bezeichnen, hatte der Reiseführer *Per Anhalter durch die Galaxis* zum Thema Paralleluniversen eine ganze Menge zu sagen. Allerdings ist nur sehr wenig von alldem für jemanden verständlich, der sich nicht auf der Stufe eines Fortgeschrittenen Gottes befindet, und da heute allgemein anerkannt ist, daß sämtliche bekannten Götter eine gute Dreimillionstelsekunde nach dem Universum entstanden sind und nicht, wie sie normalerweise behaupteten, in der Woche davor, haben sie auch schon genug zu erklären und stehen daher momentan nicht zur Verfügung, um sich zu Fragen der höheren Physik zu äußern.

Eine der ermutigenden Bemerkungen des Reiseführers zum Thema Paralleluniversen ist die, daß man nicht den Hauch einer Chance hat, irgend etwas davon zu verstehen. Daher kann man, wenn man möchte, getrost »Was?« und »Hä?« sagen und sogar anfangen zu schielen oder durchzudrehen, ohne deswegen gleich wie ein Trottel dazustehen.

Zunächst einmal, so der Reiseführer, muß man sich darüber klarwerden, daß parallele Universen nicht parallel sind.

Des weiteren sollte man sich darüber klarwerden, daß sie strenggenommen auch keine Universen sind, aber darüber wird man sich besser noch nicht zu diesem Zeitpunkt klar, sondern etwas später, nachdem man sich darüber klargeworden ist, daß alles, worüber man sich bis dahin klargeworden ist, nicht stimmt.

Universen sind sie aus dem einfachen Grund nicht, daß jedes vorgegebene Universum genaugenommen kein *Gegenstand* ist, sondern lediglich eine von vielen möglichen Be-

trachtungsweisen dessen, was man allgemein als VASAMM oder Vollständige Ansammlung Sämtlichen Allgemeinen Misch-Maschs bezeichnet. Wobei natürlich auch die Vollständige Ansammlung Sämtlichen Allgemeinen Misch-Maschs nicht tatsächlich existiert, sondern lediglich die Summe darstellt, die sich aus allen unterschiedlichen Betrachtungsweisen ihrer selbst ergäbe, wenn sie existierte.
Und parallel sind sie aus dem gleichen Grund nicht, aus dem auch das Meer nicht parallel ist. Das bedeutet überhaupt nichts. Man kann die Vollständige Ansammlung Sämtlichen Allgemeinen Misch-Maschs durchschneiden, wo immer man will, und wird dabei grundsätzlich etwas erhalten, das irgendwer als sein Zuhause bezeichnet.
Und jetzt dürfen Sie wirklich gern durchdrehen.

Die Erde, mit der wir es hier wegen ihrer besonderen Lage inmitten der Vollständigen Ansammlung Sämtlichen Allgemeinen Misch-Maschs zu tun haben, wurde im Unterschied zu anderen Erden von einem Neutrino getroffen.
Verglichen mit anderen Dingen, die einen treffen können, ist ein Neutrino nicht gerade groß.
Tatsächlich kann man sich, wenn einen schon irgendwas treffen muß, kaum etwas Kleineres vorstellen und wünschen als ein Neutrino. Und für einen so großen Gegenstand wie die Erde stellte es beileibe keinen ungewöhnlichen Vorfall dar, von einem Neutrino getroffen zu werden. Ganz im Gegenteil. Ungewöhnlich wäre allenfalls eine Nanosekunde zu nennen, während der die Erde *nicht* von ein paar Milliarden vorbeifliegender Neutrinos getroffen würde.
Wobei natürlich entscheidend ist, was man unter »treffen« versteht, bedenkt man, daß Materie fast vollständig aus überhaupt nichts besteht. Die Wahrscheinlichkeit, daß ein Neutrino auf seiner Reise durch all diese tosende, aufge-

wühlte Leere tatsächlich auf etwas trifft, ist ungefähr so groß wie die, mit einem auf gut Glück aus einer fliegenden 747 geworfenen Ball, sagen wir mal, ein Eiersandwich zu treffen.
Trotzdem traf dieses Neutrino etwas. Man könnte natürlich sagen, daß es nichts besonders Wichtiges traf, zumindest an normalen Maßstäben gemessen. Problematisch wäre an einer solchen Aussage nur, daß man völlig hirnrissigen Dachssabber absondern würde. Sobald in etwas so irrwitzig Kompliziertem wie dem Universum irgend etwas wirklich geschieht, weiß Kevin allein, was dabei herauskommen wird – wobei »Kevin« jedes willkürliche Wesen ist, das wirklich von nichts eine Ahnung hat.
Das Neutrino stieß mit einem Atom zusammen.
Das Atom war Teil eines Moleküls. Das Molekül war Teil einer Nukleinsäure. Die Nukleinsäure war Teil eines Gens. Das Gen war Teil eines genetischen Wachstumsrezepts ... und so weiter. Was am Ende dazu führte, daß einer Pflanze ein zusätzliches Blatt wuchs. In Essex. Oder bessser: in jenem Landstrich, der nach endlosen Verhandlungen und regionalen Streitereien geologischer Natur dereinst Essex werden sollte.
Bei der Pflanze handelte es sich um Klee. Klee, der sich auf ausgesprochen wirkungsvolle Art und Weise breitmachte, beziehungsweise seine Samen ausstreute, und sehr bald zur weltweit dominierenden Kleesorte wurde.
Der exakte Kausalzusammenhang zwischen diesem winzigen biologischen Zwischenfall und einigen anderen unbedeutenderen Veränderungen innerhalb jenes Abschnitts der Vollständigen Ansammlung Sämtlichen Allgemeinen Misch-Maschs – wie zum Beispiel der, daß Tricia McMillan nicht mit Zaphod Beeblebrox verschwand, daß der Absatz von Eiscreme mit Pekannußgeschmack ungewöhnlich zurückging und daß die Erde, auf der all dies geschah, nicht

von den Vogonen abgerissen wurde, um einer neuen Hyperraum-Umgehungsstraße Platz zu machen – steht derzeit als Nummer 4 763 984 132 auf der Projekt-Prioritätsliste jener Forschungsinstitution, die einst die Geschichtsfakultät der Universität von Maximegalon war, und keiner von denen, die sich momentan dort am Beckenrand zum Gebet versammeln, scheint das Problem für irgendwie dringlich zu halten.

VIERTES KAPITEL

Tricia fing langsam an zu glauben, die ganze Welt habe sich gegen sie verschworen. Sie wußte, daß es sich dabei um ein völlig normales Gefühl handelte, wenn man einen nächtlichen Flug nach Osten hinter sich hatte und vor sich plötzlich einen ganzen zusätzlichen, eigenartig bedrohlichen Tag, auf den man nicht im geringsten vorbereitet war. Trotzdem.

Auf ihrem Rasen waren Abdrücke.

Abdrücke auf ihrem Rasen waren ihr im Grunde herzlich egal. Abdrücke auf ihrem Rasen konnten sich von ihr aus verziehen und hingehen, wo der Pfeffer wächst. Es war Samstag morgen. Sie war gerade aus New York nach Hause gekommen, war müde, mürrisch und paranoid und wünschte sich nichts weiter, als ins Bett zu fallen, das Radio leise anzustellen und, begleitet von Ned Sherrins entsetzlich klugen Bemerkungen über Gott weiß was, allmählich einzuschlafen.

Nur war Eric Bartlett nicht bereit, sie ohne eine gründliche Untersuchung der Abdrücke zu entlassen. Eric war der alte Gärtner, der an jedem Samstagmorgen aus dem Dorf herüberkam, um mit einem Stock in ihrem Garten herumzustochern. Er glaubte nicht so recht daran, daß Leute am frühen Morgen aus New York kamen. Davon hielt er nichts. Das ging gegen die Natur. Dafür glaubte er aber an so gut wie alles andere.

»Bestimmt diese Außerirdischen«, sagte er, beugte sich vor und zeichnete die Kanten der kleinen Vertiefungen mit seinem Stock nach. »Da hört man ja im Moment viel von, von diesen Außerirdischen. Müssen die sein.«

»Meinen Sie«, sagte Tricia mit einem verstohlenen Blick auf ihre Uhr. Zehn Minuten, schätzte sie. Zehn Minuten konnte sie noch aufrecht stehen. Dann würde sie einfach lang hinschlagen, ganz egal, ob sie in ihrem Schlafzimmer stünde oder noch immer hier draußen im Garten. Sofern sie bloß stehen mußte. Falls sie auch noch ab und an zustimmend nicken und »Meinen Sie?« sagen mußte, schaffte sie vermutlich nur fünf.

»Oh, ja«, sagte Eric. »Die kommen hier runter, landen auf'm Rasen und brummen dann wieder weg, manchmal sogar mit 'ner Katze. Mrs. Williams vom Postamt ihre Katze – wissen Sie, die rotbraune? –, die ist von Außerirdischen entführt worden. Klar, die ham sie am nächsten Tag zurückgebracht, aber das Tier war in 'ner ganz komischen Verfassung. Ist immer den ganzen Morgen rumgestrichen und dann nachmittags eingepennt. Tatsache ist, daß das vorher andersrum war. Morgens schlafen, nachmittags rumstreichen. Liegt an der Zeitverschiebung, weil die nämlich in 'nem Raumschiff war.«

»Aha«, sagte Tricia.

»Der sind sogar Streifen reingefärbt worden, sagt sie. Und die Abdrücke sehen genauso aus wie die, die die Landefüße von denen machen würden.«

»Könnte das nicht auch der Rasenmäher gewesen sein?« sagte Tricia.

»Wenn die Abdrücke runder wären, dann schon, aber die da sind ja mehr so unrund, sehen Sie ja. Insgesamt eher außerirdisch in der Form.«

»Nur weil Sie erwähnt haben, daß der Rasenmäher verrückt spielt und repariert werden müßte, wenn er nicht demnächst Kerben in den Rasen meißeln soll.«

»Das hab ich gesagt, Miss Tricia, ja, und dazu steh ich. Ich will auch nicht hundertprozentig ausschließen, daß es der Rasenmäher ist, ich sage nur, was ich für wahrscheinlicher

halte, so wie die Löcher aussehen. Die kommen nämlich mit ihren Schüsseln da drüben über die Bäume ...«
»Eric«, sagte Tricia nachsichtig.
»Ich sag Ihnen, was ich mach, Miss Tricia«, sagte Eric. »Den Rasenmäher seh ich mir an, wollte ich eigentlich schon letzte Woche machen, und Sie laß ich in Ruhe, damit Sie erledigen können, was sie wollten.«
»Danke, Eric«, sagte Tricia. »Ich möchte eigentlich nur noch ins Bett. Sie wissen ja, wo die Küche ist, falls Sie irgendwas brauchen.«
»Danke, Miss Tricia, und viel Glück«, sagte Eric. Er beugte sich vor und pflückte etwas vom Rasen.
»Da«, sagte er, »ein dreiblättriges Kleeblatt. Sag ich doch, viel Glück.«
Er betrachtete es eingehend, um sich zu vergewissern, daß es wirklich ein dreiblättriges Kleeblatt war und nicht bloß ein normales vierblättriges, von dem eines der Blätter abgefallen war. »An ihrer Stelle würd ich aber in der Gegend hier trotzdem die Augen aufhalten nach Zeichen von Außerirdischen.« Er ließ einen prüfenden Blick über den Horizont gleiten. »Besonders von da drüben, aus Richtung Henley.«
»Danke, Eric«, wiederholte Tricia. »Das mache ich.«
Sie legte sich schlafen und träumte unruhig von Papageien und anderen Vögeln. Nachmittags wachte sie auf und strich nervös herum, unentschlossen, was sie mit dem Rest des Tages anfangen sollte, oder genauer, mit dem Rest ihres Lebens. Eine geschlagene Stunde lang grübelte sie, ob sie in die Stadt fahren und den Abend bei Stavro verbringen sollte oder nicht. Stavros Club war der derzeit angesagte Treffpunkt für Überflieger aus der Medienbranche, und ein paar Freunde zu treffen vermutlich das richtige Mittel, um sich zu beruhigen und wieder an den allgemeinen Rhythmus anzupassen. Schließlich entschied sie sich hinzugehen. Es

war gut. Es würde Spaß machen. Vor allem, weil sie Stavro selbst ausgesprochen gern hatte, einen Griechen mit deutschem Vater – eine einigermaßen seltsame Kombination. Einige Nächte zuvor war Tricia noch im Alpha gewesen, Stavros ehemaligen Club in New York, der jetzt von seinem Bruder geleitet wurde, der sich selbst als Deutschen mit griechischer Mutter betrachtete. Es würde Stavro außerordentlich freuen zu hören, daß es Karl eher gründlich mißlang, den New Yorker Club anständig zu leiten: Tricia wollte hingehen und ihm eine Freude machen. Man konnte wirklich nicht behaupten, daß Stavro und Karl Mueller wie Brüder füreinander empfanden.

Gut. Genau das würde sie tun.

Anschließend verbrachte sie eine weitere unentschlossene Stunde mit der Frage, was sie anziehen sollte. Am Ende entschied sie sich für ein todschickes kurzes, schwarzes Kleid, das sie in New York entdeckt hatte. Sie rief einen Bekannten an, um zu erfahren, wer am Abend voraussichtlich bei Stavro anzutreffen wäre, und bekam zu hören, der Club sei an diesem Abend wegen einer privaten Hochzeitsfeier geschlossen.

Sie dachte, daß es keinen Unterschied machte, ob man das Leben nach einem selbstgestalteten Plan zu verbringen versuchte oder die Zutaten für ein Rezept im Supermarkt kaufen wollte. Man bekam einen dieser Einkaufswagen, die sich schlicht und ergreifend weigerten, in die Richtung zu rollen, in die man sie schubste, und mußte dann letztlich ganz andere Dinge kaufen als die, die man gewollt hatte. Was sollte man damit machen? Was sollte man mit dem Rezept machen? Sie wußte es nicht.

Davon unbeeindruckt, landete in dieser Nacht ein außerirdisches Raumschiff auf ihrem Rasen.

FÜNFTES KAPITEL

Als sie es aus Richtung Henley über die Bäume auf sich zuschweben sah, fragte sie sich, anfangs nur mäßig interessiert, was das wohl für Lichter sein mochten. Da sie nicht gerade endlos weit von Heathrow entfernt wohnte, war sie daran gewöhnt, abends Lichter über den Himmel schweben zu sehen. Allerdings normalerweise weder so spätabends noch so niedrig, weshalb sie zumindest mäßig interessiert war.

Als das Was-auch-Immer näher und näher kam, verwandelte sich ihr Interesse langsam in Verwunderung.

»Hmmm«, dachte sie, und weiter kam sie fürs erste auch nicht. Sie fühlte sich nach wie vor benebelt, ihre innere Uhr tickte noch nicht wieder richtig, und das, was die eine Hälfte ihres Gehirns der anderen hektisch mitteilte, erreichte sein Ziel nicht zwangsläufig rechtzeitig oder richtigherum. Sie verließ die Küche, wo sie sich gerade einen Kaffee gekocht hatte, und ging nach hinten, um die Tür zum Garten zu öffnen. Sie atmete die kühle Abendluft tief ein, trat hinaus und sah nach oben.

Ungefähr dreißig Meter über ihrem Rasen hing etwas, das frappierende Ähnlichkeit mit einem großen Wohnmobil hatte.

Es war wirklich da. Hing da. Fast lautlos.

Tief in ihrem Inneren geriet etwas in Bewegung.

Langsam sanken ihre Arme herab. Sie bemerkte kaum, daß ihr der kochendheiße Kaffee über die Füße pladderte. Sie atmete kaum, während die Maschine langsam, Zentimeter für Zentimeter, Meter für Meter, herunterkam. Scheinwerferkegel strichen behutsam über den Boden, als wollten sie

ihn sondieren und betasten. Sie strichen auch über Tricia hinweg.
Sie hatte nicht zu hoffen gewagt, noch einmal eine Chance zu bekommen. Hatte er sie gefunden? War er zurückgekehrt?
Das Schiff sackte weiter und weiter ab, bis es endlich lautlos auf ihrem Rasen gelandet war. Es sah nicht ganz so aus wie jenes, das sie vor all den Jahren hatte verschwinden sehen, dachte sie, aber blitzende Lichter vor einem nächtlichen Himmel sind ja auch schwer in klare Konturen zu bringen.
Stille.
Dann ein Klicken und ein Summen.
Dann ein weiteres Klicken und ein weiteres Summen. Klick, summ, klick, summ.
Eine Türöffnung glitt auf, und Licht floß über den Rasen auf sie zu.
Sie stand bebend da.
Eine Gestalt zeichnete sich gegen das Licht ab, dann eine weitere, dann noch eine.
Große Augen blinzelten sie träge an. Hände wurden träge zum Gruß erhoben.
»McMillan?« sagte schließlich eine seltsame, dünne Stimme, die die Silben nur mit größter Mühe meisterte. »Tricia McMillan? *Miss* Tricia McMillan?«
»Ja«, sagte Tricia fast tonlos.
»Wir haben Sie überwacht.«
»Ü . . . überwacht? *Mich?*«
»Ja.«
Eine Zeitlang glitten Blicke aus großen Augen an ihr hinauf und wieder hinunter.
»Leibhaftig wirken Sie kleiner«, sagte schließlich einer von ihnen.
»Was?« fragte Tricia.

»Ja.«
»Ich ... ich verstehe nicht ganz«, sagte Tricia. Natürlich hatte sie das alles nicht erwartet, aber selbst für etwas, das sie absolut nicht erwartet hatte, nahm es nun ganz bestimmt nicht den Verlauf, den sie erwartet hätte. Schließlich sagte sie: »Kommt ihr ... kommt ihr von ... Zaphod?«
Diese Frage schien einige Bestürzung unter den drei Gestalten auszulösen. Sie berieten sich in abgehackter, unverständlicher Sprache miteinander und wandten sich dann wieder ihr zu.
»Glauben wir nicht. Jedenfalls nicht, daß wir wüßten.«
»Wo ist Zaphod?« sagte einer der anderen mit einem Blick in den nächtlichen Himmel.
»Ich ... ich weiß nicht«, sagte Tricia hilflos.
»Ist das weit weg von hier? In welcher Richtung? Das wissen wir nicht.«
Tricia fand sich einigermaßen deprimiert damit ab, daß die drei keine Ahnung hatten, von wem sie sprach. Oder auch nur, von was sie sprach. Andererseits wußte sie ebensowenig, wovon die drei sprachen. Sie verstaute ihre Hoffnungen sorgfältig und setzte ihr Gehirn wieder in Gang. Es nützte nichts, enttäuscht zu sein. Sie mußte sich darüber klarwerden, daß sie immerhin den journalistischen Knüller des Jahrhunderts vor der Nase hatte. Was sollte sie tun? Ins Haus zurücklaufen, um die Videokamera zu holen? Würden die drei warten, bis sie zurückkam, und nicht einfach abhauen? Ihre Verwirrung war zu gründlich, um strategische Überlegungen zuzulassen. Sieh zu, daß sie weiterreden, dachte sie. Über alles andere mach dir später Gedanken.
»Ihr habt ... *mich* überwacht?«
»Euch alle. Alles auf eurem Planeten. Fernsehen. Radio. Telekommunikation. Computer. Videokonferenzen. Kaufhäuser.«
»Was?«

»Parkhäuser. Alles. Wir überwachen alles.«
Tricia starrte sie an.
»Das muß aber ganz schön langweilig sein, oder?« platzte sie heraus.
»Doch.«
»Und weshalb ...«
»Außer ...«
»Ja? Außer was?«
»Game-Shows. Game-Shows sehen wir ziemlich gern.«
Während der folgenden, entsetzlich langen Pause sah Tricia die Außerirdischen an, und die Außerirdischen sahen Tricia an.
»Ich würde gern etwas von drinnen holen«, sagte Tricia so beiläufig wie möglich. »Paßt auf ... Möchtet ihr, oder möchte einer von euch, mit reinkommen und sich mal umsehen?«
»Sehr gern«, sagten alle drei begeistert.

Während Tricia sich beeilte, ihre Videokamera, die Kleinbildkamera, den Cassettenrecorder und alle sonstigen in Reichweite befindlichen Aufnahmegeräte in Position zu bringen, standen die Außerirdischen etwas unbeholfen in ihrem Wohnzimmer herum. Die drei waren dünn und, bei normaler Zimmerbeleuchtung betrachtet, von matt purpurgrüner Hautfarbe.
»Nur noch eine Sekunde Geduld, Jungs«, sagte Tricia, während sie einige Schubladen nach leeren Bändern und Filmen durchwühlte.
Die Außerirdischen betrachteten die Regale, auf denen Tricias CDs und alte Platten standen. Einer von ihnen knuffte einen der anderen sanft in die Seite.
»Sieh mal«, sagte er. »Elvis.«
Tricia hielt inne und starrte die drei erneut entgeistert an.
»Ihr mögt Elvis?« sagte sie.

»Ja«, sagten die drei.
»Elvis Presley?«
»Ja.«
Während sie ein neues Band in die Videokamera zu stopfen versuchte, schüttelte sie verdattert den Kopf.
»Manche von euch«, sagte einer ihrer Besucher schüchtern, »glauben, daß Elvis von Wesen aus dem All entführt wurde.«
»*Was?*« sagte Tricia. »Stimmt das etwa?«
»Könnte schon sein.«
»Wollt ihr damit sagen, daß *ihr* Elvis entführt habt?« japste Tricia. Sie gab sich wirklich Mühe, ruhig zu bleiben und sich nicht in ihrer Ausrüstung zu verheddern, aber all das war fast ein bißchen zuviel für sie.
»Nein. Wir nicht«, sagten ihre Gäste. »Wesen aus dem All. Die Theorie ist ziemlich interessant. Wir unterhalten uns oft darüber.«
»Ich muß das aufzeichnen«, murmelte Tricia halblaut. Sie vergewisserte sich, daß der Recorder jetzt ordnungsgemäß geladen war und lief. Sie richtete ihre Kamera auf die drei. Um ihnen keinen Schreck einzujagen, hob sie die Kamera nicht an ihr Auge. Sie war erfahren genug, um sauber aus der Hüfte zu schießen .
»Also gut«, sagte sie. »Jetzt erzählt ihr mir noch mal langsam und der Reihe nach, wer ihr seid. Du zuerst«, sagte sie zu demjenigen, der ganz links stand. »Wie heißt du?«
»Weiß ich nicht.«
»Das weißt du nicht.«
»Nein.«
»Aha«, sagte Tricia. »Und was ist mit euch beiden?«
»Wissen wir nicht.«
»Gut. Na schön. Aber vielleicht könnt ihr mir sagen, woher ihr kommt?«
Die drei schüttelten die Köpfe.

»Ihr wißt nicht, woher ihr kommt?«
Sie schüttelten erneut die Köpfe.
»Na, dann«, sagte Tricia. »Was habt ihr denn ... äh ...«
Sie geriet gehörig ins Schwimmen, hielt die Kamera jedoch dank ihrer beruflichen Erfahrung weiter geradeaus gerichtet.
»Wir haben einen Auftrag«, sagte einer der Außerirdischen.
»Einen Auftrag? Was für einen Auftrag?«
»Das wissen wir nicht.«
Sie hielt die Kamera weiterhin fest.
»Was macht ihr denn hier auf der Erde?«
»Wir sind hergekommen, um dich abzuholen.«
Felsenfest, felsenfest. Wie auf einem Stativ. Sie überlegte, ob sie nicht vielleicht doch ein Stativ benutzen sollte. Zumindest bescherte ihr diese Überlegung einen kurzen ruhigen Augenblick, um zu verdauen, was sie gerade gehört hatte. Nein, dachte sie, ohne Stativ war sie flexibler. Außerdem dachte sie noch: *Hilfe*, was mach ich denn jetzt?
»Weshalb«, fragte sie seelenruhig, »seid ihr gekommen, um mich abzuholen?«
»Weil wir den Verstand verloren haben.«
»Entschuldigt bitte«, sagte Tricia, »ich muß mir doch mal eben ein Stativ holen.«
Es schien ihnen überhaupt nichts auszumachen, tatenlos dazustehen und zu warten, bis Tricia das Stativ gefunden und die Kamera darauf befestigt hatte. In ihrem Gesicht regte sich nichts, dabei hatte sie nicht den blassesten Schimmer, was eigentlich los war und was sie davon halten sollte.
»Schön«, sagte sie, als sie fertig war. »Weshalb ...«
»Dein Interview mit der Astrologin hat uns gefallen.«
»Das habt ihr *gesehen*?«
»Wir sehen alles. Wir interessieren uns sehr für Astrologie. Mögen wir gern. Ist sehr interessant. Nicht alles ist interes-

sant. Astrologie ist interessant. Was in den Sternen steht. Was die Sterne vorhersagen. Mit einigen Informationen darüber wäre uns sehr gedient.«

»Aber ...«

Tricia wußte nicht, wo sie anfangen sollte.

Gib es auf, dachte sie. Es ist völlig sinnlos, einen zweiten Gedanken auf all das Zeug zu verschwenden.

Also sagte sie: »Aber ich verstehe überhaupt nichts von Astrologie.«

»Wir schon.«

»Ihr schon?«

»Ja. Wir halten uns an unsere Horoskope. Wir sind sehr wißbegierig. Wir lesen all eure Zeitungen und Illustrierten und nehmen sie sehr ernst. Nur sagt unser Anführer, wir hätten ein Problem.«

»Ihr habt einen *Anführer?*«

»Ja.«

»Wie heißt er?«

»Das wissen wir nicht.«

»Wie nennt er sich denn *selbst,* Herrrgott noch mal? Tschuldigung, das muß ich rausschneiden. Wie nennt er sich denn selbst?«

»Das weiß er nicht.«

»Und woher wißt ihr dann, daß er euer Anführer ist?«

»Er hat das Kommando übernommen. Er hat gesagt, irgend jemand müsse hier irgendwas unternehmen.«

»Ah!« klammerte Tricia sich an den Hinweis. »Und was bedeutet ›hier‹?«

»Rupert.«

»Was?«

»Deine Mitmenschen nennen ihn Rupert. Den zehnten Planeten eures Sonnensystems. Wir haben uns schon vor Jahren dort niedergelassen. Es ist unheimlich kalt und öde da. Aber gut zum Überwachen.«

»Warum überwacht ihr uns?«
»Sonst können wir doch nichts.«
»Na schön«, sagte Tricia. »Schön. Und welches Problem habt ihr nach Ansicht eures Anführers?«
»Triangulation.«
»Wie bitte?«
»Die Astrologie ist eine äußerst exakte Wissenschaft. Das wissen wir.«
»Tjaa ...«, sagte Tricia und beließ es dabei.
»Exakt allerdings nur für euch hier, auf der Erde.«
»J ... a ... a ... ah.« Sie hatte das entsetzliche Gefühl, daß ihr ganz allmählich etwas zu dämmern begann.
»Also, wenn beispielsweise die Venus im Steinbock steht, dann gilt das für die Erde. Aber was bedeutet das für uns, wo wir doch draußen auf Rupert sind? Was ist, wenn die Erde im Zeichen des Steinbocks steht? Woher sollen wir das wissen? Unter dem sicherlich enormen, fundierten Wissen, das uns abhanden gekommen ist, war nämlich auch das um die Trigonometrie.«
»Mit anderen Worten ...«, sagte Tricia. »Ihr möchtet, daß ich euch zu ... Rupert ... begleite.«
»Ja.«
»Um eure *Horoskope* unter Berücksichtigung der jeweiligen Positionen von Erde und Rupert neu zu interpretieren?«
»Ja.«
»Kriege ich die Exklusivrechte?«
»Ja.«
»Ich bin eure Frau«, sagte Tricia und dachte sich dabei, daß sie die Geschichte ja notfalls immer noch an den *National Enquirer* verkaufen konnte.

Das erste, was ihr beim Besteigen des Schiffes, das sie an die äußersten Grenzen des Sonnensystems bringen sollte, ins Auge fiel, war eine Reihe von Videomonitoren, über die in

schnellem Wechsel Tausende verschiedener Bilder jagten. Ein vierter Außerirdischer saß davor und behielt sie im Auge, konzentrierte sich jedoch auf einen ganz bestimmten Bildschirm, der durchgehend dasselbe Programm zeigte. Dabei handelte es sich um eine Wiederholung des improvisierten Interviews, das Tricia gerade mit seinen drei Kollegen geführt hatte. Als er sie besorgt an Bord des Schiffes klettern sah, drehte er sich um.
»Guten Abend, Miss McMillan«, sagte er. »Wirklich sauber gefilmt.«

SECHSTES KAPITEL

Ford Prefect landete rennend auf dem Boden. Der Boden war ungefähr zehn Zentimeter weiter vom Lüftungsschacht entfernt als in seiner Erinnerung, also hatte er sich verschätzt, was den Zeitpunkt betraf, in dem er auf dem Boden landen würde, zu früh zu laufen begonnen, war unglücklich gestolpert und hatte sich den Knöchel verdreht. Mist! Trotzdem rannte er leicht humpelnd über den Korridor davon.

Wie gewöhnlich schrillten überall im Gebäude Alarmanlagen in heller Aufregung durcheinander. Ford hechtete hinter einen der gewohnten Vorratsschränke, spähte nach allen Seiten, um sich zu vergewissern, daß ihn niemand sah, und begann hektisch in seiner Tasche nach den Dingen zu fischen, die er für gewöhnlich brauchte.

Ungewöhnlich war, daß sein Knöchel höllisch weh tat.

Der Boden war nicht bloß zehn Zentimeter weiter vom Lüftungsschacht entfernt als in seiner Erinnerung, sondern befand sich zudem auf einem anderen Planeten als in seiner Erinnerung, aber tatsächlich überrascht hatten ihn nur die zehn Zentimeter. Die Zentrale des Reiseführers *Per Anhalter durch die Galaxis* wurde aufgrund regionaler Klimaverhältnisse, regionaler Feindseligkeiten, Stromrechnungen oder Steuerbescheide ziemlich oft ohne besondere Vorankündigung auf andere Planeten verlegt, jedoch jedesmal auf exakt gleiche, beinahe molekülgenaue Art und Weise wieder aufgebaut. Für die meisten Angestellten der Firma stellte die Gestaltung ihrer Büros die einzige feste Bezugsgröße in einem ernstlich zerrütteten persönlichen Kosmos dar.

Trotzdem war irgend etwas merkwürdig.

Was an sich nicht überraschend war, dachte Ford, während er sein leichtes Reisehandtuch herauszog. Praktisch alles im Leben war merkwürdig, manches mehr, manches weniger. Nur war dies auf etwas andere Art merkwürdig als die merkwürdigen Dinge, mit denen er sonst zu tun hatte, nämlich ... tja, seltsam. Noch hätte er allerdings nicht genau sagen können, weshalb er das so empfand.

Er zog seinen Präzisionskalibrierschlüssel Nr. 3 heraus.

Die Alarmanlagen schrillten auf genau die Weise, die er so gut kannte. Es war fast wie Musik, eine Melodie, die er mitsummen konnte. All das war ihm sehr vertraut. Die Welt draußen war für Ford etwas völlig Neues gewesen. Nie zuvor war er auf Saquo-Pilia Hensha gewesen, aber der Planet gefiel ihm. Es herrschte ständig eine Stimmung wie beim Karneval.

Er zog einen Spielzeugbogen und einen Pfeil aus seiner Tasche. Beides hatte er bei einem Straßenhändler gekauft. Wie er festgestellt hatte, war die auf Saquo-Pilia Hensha herrschende Karnevalsstimmung darauf zurückzuführen, daß die Einheimischen die alljährlichen Feierlichkeiten zur Mutmaßung des heiligen Antwelm begingen. Zu Lebzeiten war dieser heilige Antwelm ein bedeutender, beliebter König gewesen, der eine bedeutende und beliebte Mutmaßung angestellt hatte. Was König Antwelm vermutet hatte, war, daß sich alle Welt eigentlich nur eines von ganzem Herzen wünschte und dafür gern auf alles andere verzichten würde, nämlich, glücklich zu sein, Spaß zu haben und die Zeit so fröhlich wie möglich miteinander zu verbringen. In seinem Testament verfügte er, sein gesamtes Vermögen solle darauf verwandt werden, zum Gedenken an diese Mutmaßung alljährlich eine große Feier stattfinden zu lassen, bei der gut gegessen, viel getanzt und alberne Spiele wie »Jag den Wocket« veranstaltet wurden. Seine Mutmaßung war so brillant gewesen, daß man ihn dafür heiliggesprochen hatte. Und nicht nur das, denn darüber hinaus waren auch noch all jene Leute, die vorher als Heilige gegolten hatten, weil sie sich auf absolut erbärmliche Weise zu Tode hatten steinigen lassen oder lebenslänglich kopfüber in einer Misttonne dahinvegetiert hatten, umgehend degradiert worden und galten jetzt ganz allgemein als eher peinliche Gestalten.

Die vertraute H-Form der Zentrale des Reiseführers ragte über den Vororten der Stadt auf, und Ford Prefect war bei seiner Ankunft auf dem üblichen Weg in das Gebäude eingebrochen. Er zog es grundsätzlich vor, durch das Lüftungssystem und nicht durch die Empfangshalle einzutreten, weil in der Empfangshalle Roboter patrouillierten, deren Aufgabe darin bestand, eintreffende Angestellte wegen ihrer Spesenkonten zu befragen. Ford Prefects Spesenkonten waren als hochkomplex und schwierig berüchtigt, und alles in allem war er zu dem Schluß gekommen, daß die Hallenroboter leider nicht das erforderliche geistige Rüstzeug zum Begreifen der diesbezüglich relevanten Argumente mitbekommen hatten. Deshalb betrat Ford das Gebäude lieber auf anderem Wege.

Das hatte zur Folge, daß so gut wie überall im Gebäude Alarm gegeben wurde, nur nicht in der Buchhaltung, was Ford ebenfalls lieb war.

Er ging hinter dem Vorratsschrank in die Hocke, leckte über den Saugnapf an der Spitze des Spielzeugpfeils und plazierte ihn dann sorgfältig auf der Sehne des Bogens.

Binnen weniger als dreißig Sekunden kam ein Sicherheitsroboter, der nicht größer war als eine kleine Melone, auf Brusthöhe durch den Flur geflogen und hielt dabei abwechselnd auf der linken und rechten Seite des Korridors nach Ungewöhnlichem Ausschau.

Mit tadellosem Timing schoß Ford ihm den Pfeil quer über den Weg. Der Pfeil surrte durch den Korridor und blieb

wackelnd an der gegenüberliegenden Wand kleben. Als er an dem Roboter vorbeiflog, stellten sich dessen Sensoren sofort auf ihn ein, und der Roboter drehte sich um neunzig Grad, um das Objekt zu verfolgen, zu erkennen, worum zum Teufel es sich handelte und wohin es flog.
Das wiederum verschaffte Ford eine wertvolle Sekunde Zeit im sensorischen Rücken des kleinen Kybernauten. Er warf sein Handtuch über den fliegenden Roboter und fing ihn ein.
Da der Roboter mit zahlreichen sensorischen Auswüchsen verziert war, konnte er unter dem Handtuch nicht manövrieren und ruckte lediglich vor und zurück, unfähig sich umzudrehen und seinem Peiniger ins Gesicht zu sehen.
Ford riß ihn schwungvoll an sich heran und klemmte ihn auf den Boden. Der Roboter begann jämmerlich zu winseln. Mit einer raschen, geübten Bewegung führte Ford seinen Präzisionskalibrierschlüssel Nr. 3 unter das Handtuch und schnippte die winzige Plastikverkleidung an der Oberseite des Roboters hoch, hinter der sich die Logikschaltkreise verbargen.
Nun ist Logik an sich eine wunderbare Sache, hat jedoch, wie man im Verlauf der Evolution feststellen mußte, gewisse Nachteile.
Alles, was logisch denkt, kann von etwas anderem ausgetrickst werden, das mindestens ebenso logisch denkt wie es selbst. Der einfachste Weg, einen vollkommen logisch denkenden Roboter auszutricksen, besteht darin, ihm immer und immer wieder dieselbe Reizfolge einzugeben, bis er in einer Schleife festhängt. Demonstriert wurde dies durch die berühmten, bereits vor Jahrtausenden am MILSEÜO (Maxi-Megalonisches Institut für Langsame und Schmerzhafte Erforschung des Überraschend Offensichtlichen) durchgeführten Heringsandwich-Experimente.
Man hatte einen Roboter darauf programmiert zu glauben,

er möge Heringsandwiches. Das war eigentlich der schwierigste Teil des gesamten Experiments gewesen. Nachdem man den Roboter darauf programmiert hatte zu glauben, er möge Heringsandwiches, wurde ein Heringsandwich vor ihm abgelegt. Woraufhin der Roboter sich dachte: »Ah! Ein Heringsandwich! Ich mag Heringsandwiches!«

Anschließend beugte er sich vor, schaufelte sich das Heringsandwich in seine Heringsandwich-Klappe und richtete sich wieder auf. Zu seinem Unglück war der Roboter allerdings so konstruiert, daß das Heringsandwich infolge des Aufrichtens sofort wieder aus seiner Heringsandwich-Klappe rutschte und dem Roboter vor die Füße fiel. Worauf der Roboter sich dachte: »Ah! Ein Heringsandwich ...« usw., und den Vorgang wieder und wieder und wieder wiederholte. Daß sich das Heringsandwich dabei nicht staubig langweilte oder einfach davonkrabbelte, um sich einen netteren Zeitvertreib zu suchen, lag bloß daran, daß es letztlich nur aus einem toten Stück Fisch und zwei Brotscheiben bestand und sich dessen, was eigentlich vorging, noch geringfügig weniger bewußt war als der Roboter selbst.

Auf diese Weise enthüllten die Wissenschaftler des Instituts die treibende Kraft hinter allen Veränderungen, Entwicklungen und allem Fortschritt im Leben, nämlich: Heringsandwiches. Sie veröffentlichten eine Abhandlung über diesen Zusammenhang, die allgemein als extrem dumm kritisiert wurde. Sie überprüften die Daten erneut und stellten fest, daß sie tatsächlich etwas ganz anderes entdeckt hatten, nämlich »Langeweile« oder besser, die praktische Funktion von Langeweile. Beseelt von diesem Durchbruch machten sie sich daran, weitere Gefühle zu entdecken: »Reizbarkeit«, »Depression«, »Widerwillen«, »Abscheu« und so weiter. Der nächste große Durchbruch folgte, als sie die Heringsandwiches wegließen, worauf ihnen plötzlich eine ganze Woge neuer Emotionen zu Studienzwecken zur Verfügung stand, zum Beispiel »Erleichterung«, »Freude«, »Ausgelassenheit«, »Appetit«, »Zufriedenheit« und, als wichtigste von allen, die Sehnsucht nach »Glück«.

Das war der größte Durchbruch überhaupt.

Unmengen von hochkomplexen Computercodes, die zur Steuerung des Verhaltens von Robotern in allen erdenklichen Situationen erforderlich waren, ließen sich plötzlich auf sehr einfache Art ersetzen. Was die Roboter benötigten, war lediglich die Fähigkeit, entweder gelangweilt oder glücklich zu sein, sowie einige wenige Bedingungen, die erfüllt sein mußten, um entweder den einen oder den anderen Zustand herbeizuführen. Den Rest bekämen sie dann schon von selbst heraus.

Der Roboter, den Ford unter seinem Handtuch gefangenhielt, war, jedenfalls momentan, kein glücklicher Roboter. Er war glücklich, wenn er sich bewegen konnte. Er war glücklich, wenn er etwas sehen konnte. Er war besonders glücklich, wenn er etwas sehen konnte, das sich bewegte, besonders, wenn dieses Etwas sich bewegte und dabei Dinge tat, die es nicht tun durfte, weil er es in diesem Fall – zu seiner übergroßen Freude – melden durfte.

Ford würde das gleich abgestellt haben.

Er kauerte über dem Roboter und klemmte ihn sich zwischen die Knie. Das Handtuch bedeckte noch immer sämtliche sensorischen Einrichtungen, aber Ford hatte jetzt die Logikschaltkreise freigelegt. Der Roboter surrte mürrisch und stieß klagende Laute aus, konnte jedoch nur sinnlos herumzappeln. Mit dem Kalibrierschlüssel hebelte Ford einen kleinen Chip aus seiner Fassung. Sobald er ihn entfernt hatte, verstummte der Roboter und fiel unverzüglich ins Koma.

Der Chip, den Ford entfernt hatte, enthielt die Befehle für sämtliche Bedingungen, die erfüllt sein mußten, damit der

Roboter glücklich sein konnte. Glück bedeutete für den Roboter, daß eine winzige Stromladung von einem Kontakt links neben dem Chip zu einem anderen Kontakt auf seiner rechten Seite weitergeleitet wurde. Der Chip selbst entschied darüber, ob die Ladung ihr Ziel erreichte oder nicht.

Ford zog ein kurzes Stück Draht aus den Fasern seines Handtuchs. Er steckte eines der Enden in das obere linke Loch der Chipfassung und das andere Ende in das untere rechte Loch.

Das war schon alles. Von nun an wäre der Roboter glücklich, was immer auch geschah.

Ford stand schnell auf und riß das Handtuch weg. Auf wackligen Bahnen stieg der Roboter verzückt vor ihm in die Höhe.

Er wendete und entdeckte Ford.

»Mr. Prefect, Sir! Wie ich mich freue, Sie zu sehen!«

»Freut mich, dich zu sehen, kleiner Freund.«

Der Roboter erstattete seiner Leitzentrale umgehend Bericht, alles in dieser besten aller denkbaren Welten stehe nun zum besten, worauf sich die Alarmanlagen umgehend beruhigten und alles wieder seinen normalen Gang ging.

Wenigstens fast.

Irgend etwas an diesem Gebäude war seltsam.

Der kleine Roboter gluckste vor elektrischer Wonne. Ford eilte den Korridor entlang, das hüpfende Ding im Schlepp, das ihm ununterbrochen erzählte, wie köstlich alles sei und wie glücklich es sich schätze, ihm das erzählen zu dürfen.

Aber Ford war nicht glücklich.

Er begegnete Leuten, deren Gesichter er noch nie gesehen hatte. Sie sahen nicht aus wie seine Leute. Sie waren viel zu gut gekleidet. Ihre Augen waren zu tot. Jedesmal, wenn er von weitem glaubte, jemanden wiederzuerkennen und auf ihn zulief, um hallo zu sagen, stellte sich bei näherer Betrachtung heraus, daß es jemand anders war, jemand, dessen Frisur wesentlich gepflegter und dessen Gesichtsausdruck wesentlich zielstrebiger und entschlossener war als, tja, als von Fords sämtlichen Bekannten.

Eine der Treppen stand ein paar Zentimenter weiter links. Eine der Decken hing etwas tiefer. Eine Halle war umgestaltet worden. All das war an sich nicht beunruhigend, bloß ein bißchen verwirrend. Beunruhigend war die Ausstattung. Die hatte nämlich eigentlich aufdringlich und schrill zu sein. Teuer – weil der Reiseführer sich überall in der zivilisierten und post-zivilisierten Galaxis so gut verkaufte –, aber teuer und witzig. Wilde Spielautomaten waren in den Gängen aufgereiht gewesen. Schwachsinnig bemalte Konzertflügel hingen von den Decken, aus Schwimmbecken inmitten dschungelartiger Innenhöfe bäumten sich üble Meermonster vom Planeten Viv auf, und Roboterbutler in albernen Hemden durchstreiften die Flure auf der Suche nach Händen, in die sie schäumende Drinks drücken konnten. Die Leute führten Großdrachen an der Leine herum und hielten sich in den Büros Wirbelflügler auf Hühnerstangen. Die Leute wußten, wie man sich amüsierte, und wer das nicht tat, konnte es sich in Fortbildungskursen beibringen lassen.

Von alldem war nichts mehr da.

Jemand schien sich das Gebäude vorgenommen und es einer inquisitorischen Geschmackskur unterzogen zu haben.

Ford bog scharf ab, trat in eine Nische, wölbte die Hand und zog den fliegenden Roboter zu sich heran. Er hockte sich hin und sah den plappernden Kybernauten scharf an.

»Was ist hier passiert?« fragte er eindringlich.

»Oh, nur die schönsten Dinge, Sir, wirklich nur die schönsten Dinge, die man sich denken kann. Darf ich bitte auf Ihren Schoß?«

»Nein«, sagte Ford und fegte das Ding weg. Völlig hingerissen von dieser rüden Zurückweisung, begann der Roboter zu hüpfen und zu schnattern und geriet in heillose Verzückung. Ford schnappte ihn sich erneut und hängte ihn einen halben Meter von seinem Gesicht entfernt in die Luft. Der Roboter bemühte sich stillzustehen, konnte ein leichtes Flattern jedoch nicht vermeiden.

»Irgendwas hat sich hier verändert, oder?« zischte Ford.

»Oh, ja«, kreischte der kleine Roboter, »auf ganz sagenhafte und wunderbare Weise. Ich kann Ihnen gar nicht sagen, wie toll ich das finde.«

»Na, und wie fandest du es vorher?«

»Astrein.«

»Und trotzdem gefällt es dir so, wie es jetzt ist?« hakte Ford nach.

»Mir gefällt *alles*«, stöhnte der Roboter. »Besonders, wenn Sie mich so anschreien. Machen Sie das noch mal, *bitte*.«

»Jetzt erzähl mir endlich, was passiert ist!«

»Oh, danke, danke!«

Ford seufzte.

»Okay, okay«, hechelte der Roboter. »Der Reiseführer ist übernommen worden. Die Geschäftsleitung ist neu. Ich könnte glatt wegschmelzen, so hinreißend ist das alles. Die alte Geschäftsleitung war natürlich genauso sagenhaft, obwohl ich nicht sicher bin, ob ich das auch damals schon dachte.«

»Da hattest du ja auch noch keinen Draht im Kopf stecken.«

»Wie wahr. Wie wunderbar wahr. Wie wunderbar, prickelnd, schmäumend, sprudelnd wahr. Welch wahrhaft Verzückung auslösende, goldrichtige Feststellung.«

»Was ist *passiert*?« fragte Ford noch einmal. »Wer ist diese neue Geschäftsleitung? Wann haben die den Laden hier übernommen? Ich ... ach, vergiß es«, winkte er ab, da der kleine Roboter wieder angefangen hatte, unbeherrscht fröhlich zu schnattern und sich an Fords Knie zu reiben. »Ich krieg's schon allein raus.«

Ford warf sich gegen die Tür zum Büro des verantwortlichen Chefredakteurs, duckte sich, als der Rahmen splitternd nachgab, zu einem kleinen Ball zusammen, rollte zügig über den Boden bis zu jenem Punkt, an dem gewöhnlich der mit einigen der wirkungsvollsten galaktischen Getränke beladene Rollwagen stand, griff zu, trudelte, den Wagen als Schutzschild benutzend, über die weite, ungeschützte Fläche in der Mitte des Büros bis zu der Stelle, wo die wertvolle, wenngleich ausgesprochen rüde Statue von Leda und dem Tintenfisch stand, und ging hinter ihr in Deckung. Währenddessen bereitete es dem kleinen Sicherheitsroboter, der auf Brusthöhe hereingeflogen war, selbstmörderisches Entzücken, das Sperrfeuer von Ford abzulenken.

Das war jedenfalls der Plan, und zwar ein notwendiger. Der derzeitige Chefredakteur, Stagyar-zil-Doggo, war ein gefährlich unausgeglichener Mensch mit eher mordlustigen Ansichten, was Mitarbeiter betraf, die ohne frische, fehlerfreie Druckvorlagen in seinem Büro auftauchten, weshalb in seinem Schreibtisch eine Batterie Lenklaserwaffen steckte, die mit speziellen Prüfvorrichtungen im Türrahmen verbunden war, um jeden abzuschrecken, der nicht mit neuem Material dienen konnte, sondern nur mit guten Gründen dafür, daß er nichts geschrieben hatte. Auf diese Weise war ein gleichbleibend hoher Ausstoß gewährleistet.

Unglücklicherweise war der Getränkewagen nicht da.

Ford hechtete verzweifelt seitwärts und schlug Purzelbäume auf Leda und den Tintenfisch zu, die aber leider ebenfalls nicht da waren. In heil- und zielloser Panik rollte und wirbelte er durch den Raum, strauchelte, verlor das

Gleichgewicht, knallte gegen eine Fensterscheibe, die zum Glück aus raketensicherem Glas bestand, prallte ab und fiel als verschrammter und verdrehter Klumpen hinter ein schickes, graues Knautschledersofa, das vorher ebenfalls nicht dagewesen war.

Nach einigen Sekunden spähte er vorsichtig über die Sofalehne. Nicht nur der Getränkewagen und Leda mit dem Tintenfisch hatten gefehlt, sondern irritierenderweise auch das Sperrfeuer. Er runzelte die Stirn. All das war völlig verkehrt.

»Mr. Prefect, nehme ich an«, sagte eine Stimme.

Die Stimme gehörte zu einem glattrasierten, mondgesichtigen Individuum, das hinter einem großen Schreibtisch aus Keramoteak hockte. Stagyar-zil-Doggo mochte ein Mordsindividuum gewesen sein, aber aus einer ganzen Reihe von Gründen hätte ihn bestimmt niemand als glattrasiert und mondgesichtig bezeichnet. Das war nicht Stagyar-zil-Doggo.

»Der Art und Weise Ihres Eintretens darf ich wohl entnehmen, daß sie momentan kein neues Material für den, äh, Reiseführer haben«, sagte das glattrasierte Individuum. Er hielt die Ellenbogen auf den Tisch gestützt und die Fingerspitzen auf eine Art und Weise aneinander, die unerklärlicherweise noch immer nicht als Kapitalverbrechen gilt.

»Ich hatte zu tun«, sagte Ford ziemlich lahm. Er kam mühsam auf die Beine und klopfte sich ab. Dann fragte er sich, warum zum Teufel er sich so lahm entschuldigte. Er mußte die Situation in den Griff kriegen. Er mußte herausfinden, wer zum Teufel dieser Mensch war, und urplötzlich fiel ihm ein, wie er das anstellen konnte.

»Wer zum Teufel sind Sie?« fragte er.

»Ich bin Ihr neuer Chefredakteur. Das heißt, sofern wir uns entschließen, Sie weiter in unseren Diensten zu halten. Ich heiße Vann Harl.« Er streckte die Hand nicht aus, sondern fügte lediglich hinzu: »Was haben Sie mit dem Sicherheitsroboter gemacht?«

Der kleine Roboter rollte sehr, sehr langsam unter der Decke entlang und stöhnte leise vor sich hin.

»Ich habe ihn glücklich gemacht«, schnauzte Ford. »Das betrachte ich gewissermaßen als meine Lebensaufgabe. Wo steckt Stagyar? Und was noch viel wichtiger ist, wo steckt sein Getränkewagen?«

»Mr. zil-Doggo gehört dieser Organisation nicht mehr an. Ich könnte mir vorstellen, daß sein Getränkewagen ihm hilft, sich über diesen Umstand hinwegzutrösten.«

»Organisation?« schrie Ford. »*Organisation?* Was für eine restlos bekloppte Bezeichnung für einen Laden wie den hier!«

»Genauso haben wir das auch empfunden. Kaum strukturiert, aber reichlich überfinanziert, kaum funktionierend, aber reichlich betrunken. Und das«, sagte Harl, »bezieht sich allein auf den Chefredakteur.«

»Für die Witze bin ich zuständig«, knurrte Ford.

»Nein«, sagte Harl, »Sie sind für die Restaurant-Kolumne zuständig.«

Er warf ein Stück Plastik vor sich auf den Tisch. Ford machte keine Anstalten, es an sich zu nehmen.

»Sie ... *was?*« sagte Ford.

»Nein. Ich Harl. Sie Prefect. Sie machen Restaurant-Kolumne. Ich Herausgeber. Ich hier sitzen und Ihnen sagen, Sie machen Restaurant-Kolumne. Kapiert?«

»Restaurant-Kolumne?« sagte Ford, viel zu verblüfft, um noch wirklich wütend zu sein.

»Sachte, Prefect«, sagte Harl. Er schwang sich in seinem Drehstuhl herum, stand auf, trat ans Fenster und betrachtete die winzigen Flecke, die dreiundzwanzig Stockwerke tiefer ausgelassen Karneval feierten.

»Es wird Zeit, daß wir dieses Unternehmen richtig auf die

Beine stellen, Prefect«, erklärte er. »Wir von InfiniTumb Enterprises sind ...«
»Wir von *was?*«
»InfiniTumb Enterprises. Wir haben den Reiseführer aufgekauft.«
»*InfiniTumb?*«
»Der Name hat uns Millionen gekostet, Prefect. Also freunden Sie sich damit an, oder fangen Sie gleich an zu packen.«
Ford zuckte die Achseln. Er hatte nichts zu packen.
»Das Universum verändert sich«, sagte Harl. »Und wir müssen uns mit ihm verändern. Uns dem Markt anpassen. Augenblicklich zieht der Markt an. Neue Zielsetzungen. Neue Techniken. Die Zukunft liegt ...«
»Erzählen Sie mir nichts über die Zukunft«, sagte Ford. »Ich war überall in der Zukunft. Hab mein halbes Leben da verbracht. In der Zukunft ist es genauso wie überall sonst. Jederzeit sonst. Was auch immer. Derselbe Quatsch wie früher in schnelleren Autos und schlechterer Luft.«
»Das ist *eine* Zukunft«, sagte Harl. »*Ihre* Zukunft, wenn Sie sich damit abfinden. Sie müssen lernen, multidimensional zu denken. Eine grenzenlose Anzahl von Zukünften erstreckt sich in genau diesem Augenblick in alle erdenklichen Richtungen – und auch jetzt wieder. Und wieder. Milliarden Zukünfte, die sich ununterbrochen gabeln. Jede erdenkliche Position jedes erdenklichen Elektrons bläht sich zu Milliarden Wahrscheinlichkeiten auf. Milliarden und Abermilliarden leuchtender, strahlender Zukünfte! Und wissen Sie, was das bedeutet?«
»Sie sabbern sich gerade aufs Kinn.«
»Milliarden und Abermilliarden Absatzmärkte!«
»Verstehe«, sagte Ford. »Und dann verkaufen Sie Milliarden und Abermilliarden Reiseführer.«

»Nein«, sagte Harl und suchte nach seinem Taschentuch, ohne fündig zu werden. »Entschuldigen Sie«, sagte er, »aber das regt mich immer so schrecklich auf.« Ford reichte ihm sein Handtuch.

»Der Grund dafür, daß wir nicht Milliarden und Abermilliarden von Reiseführern verkaufen«, sagte Harl, nachdem er sich den Mund abgewischt hatte, »sind die Kosten. Was wir statt dessen tun, ist, ein und dasselbe Exemplar milliarden- und abermilliardenmal zu verkaufen. Wir bedienen uns der multidimensionalen Natur des Universums und verringern so unsere Herstellungskosten. Und wir verkaufen nicht an mittellose Anhalter. Was für ein dämlicher Ansatz! Sich ausgerechnet jene Konsumenten auszusuchen, die schon per definitionem kein Geld haben, und denen was verkaufen zu wollen. Nein. Wir wenden uns in Abermilliarden Milliarden verschiedenen Zukünften an den wohlhabenden Geschäftsreisenden und seine urlaubswillige Gattin. Das ist die bisher radikalste, dynamischste und ehrgeizigste geschäftliche Operation in der gesamten multidimensionalen Unermeßlichkeit aller Raumzeitwahrscheinlichkeiten.«

»Und ich soll dabei der Restaurantkritiker sein«, sagte Ford.

»Wir wüßten Ihre Mitarbeit zu schätzen.«

»Töte!« rief Ford. Er rief es seinem Handtuch zu.

Das Handtuch hüpfte Harl aus den Händen.

Das tat es allerdings nicht aus eigenem Antrieb, sondern lediglich, weil Harl die Vorstellung so erschreckend fand, es wäre dazu in der Lage. Das nächste, was ihn erschreckte, war der Anblick seines mit ausgestreckten Fäusten über den Tisch auf ihn zufliegenden Restaurantkritikers. Eigentlich hatte Ford bloß einen Satz nach vorn gemacht, um sich die Kreditkarte zu schnappen, aber niemand kommt in eine Position wie die von Harl, schon gar nicht in einer Organisation wie der, in der er diese Position innehatte, wenn er nicht beizeiten eine gesunde, paranoide Lebenseinstellung entwickelt. Harl hielt es für ein Gebot der Vorsicht und der Vernunft, rückwärtszutaumeln, knallte mit dem Hinterkopf dröhnend gegen die raketensichere Scheibe und sank daraufhin in eine Reihe beunruhigender, äußerst privater Träume.

Ford lag auf dem Tisch und wunderte sich, wie reibungslos alles verlaufen war. Er warf einen kurzen Blick auf das Stück Plastik, das er jetzt in der Hand hielt. Es war vermutlich das Aufregendste, was Ford je gesehen hatte: eine Dine-O-Charge-Kreditkarte, in die sein Name und ein zwei Jahre in der Zukunft liegendes Verfallsdatum bereits eingeprägt waren. Ford steckte sie ein. Dann kraxelte er über den Tisch, um nach Harl zu sehen.

Das Atmen schien ihm keine Mühe zu bereiten. Ford kam zu dem Schluß, daß es ihm ohne die auf seiner Brust lastende Brieftasche vermutlich noch weniger Mühe bereiten würde, also zog er sie aus Harls Innentasche und durchstöberte sie.

Eine beträchtliche Summe Bares. Ehrenabzeichen. Eine Ultragolf-Mitgliedskarte. Weitere Mitgliedskarten. Fotos, die eine Frau mit Kindern zeigten – vermutlich Harls Frau und Kinder, aber ganz sicher konnte man da nicht sein. Vielbeschäftigte Geschäftsführer hatten häufig keine Zeit für Vollzeitfrauen und -familien und mieteten sich deshalb einfach welche fürs Wochenende.

Ha!

Er konnte kaum fassen, was er da sah.

Langsam zog er ein irrwitzig aufregendes Stück Plastik aus der Brieftasche, das es sich zwischen einem Bündel Quittungen gemütlich gemacht hatte.

Allerdings sah es nicht irrwitzig aufregend aus. Es sah eigentlich eher öde aus. Es war kleiner und etwas dicker als

eine Kreditkarte und halb transparent. Wenn man es gegen das Licht hielt, entdeckte man reihenweise holographisch verschlüsselte Informationen und Bilder, die pseudo-zentimetertief unter der Oberfläche begraben waren.
Die Karte war ein Ident-i-Fix, und es war ausgesprochen unanständig und dumm von Harl, sie in der Brieftasche mit sich herumzutragen, obwohl man Verständnis dafür haben mußte. Man lebte schließlich in einer Zeit, in der man so unglaublich häufig aufgefordert wurde, seine Identität auf unterschiedlichste Art und Weise zweifelsfrei nachzuweisen, daß einem das Leben schon allein aus diesem Grund ausgesprochen schwer werden konnte, mal ganz zu schweigen von den tieferen existentiellen Schwierigkeiten, sich inmitten eines epistemologisch mehrdeutigen physischen Universums ein kohärentes Selbstempfinden zu bewahren.
Es reichte doch beispielsweise schon, einen Blick auf die Geldautomaten zu werfen. Menschenschlangen standen davor und warteten, daß ihre Fingerabdrücke gelesen oder ihre Netzhäute geprüft wurden, ließen sich Hautschnipsel aus dem Genick kratzen und unterzogen sich Sofort-Genanalysen (jedenfalls fast »sofort« – in der rauhen Wirklichkeit dauerte das Ganze sechs oder sieben Sekunden) und mußten anschließend Fangfragen über Familienmitglieder beantworten, von deren Existenz sie bis zu diesem Augenblick gar nichts gewußt hatten, oder ihre registrierten Vorlieben für Tischtuchfarben angeben. Und das nur, weil man ein bißchen Taschengeld fürs Wochenende brauchte. Richtig anstrengend wurde es erst, wenn man versuchte, einen Kredit für einen Düsenflitzer aufzunehmen, einen Raketenvertrag abzuschließen oder eine komplette Restaurantrechnung zu bezahlen.
Deshalb der Ident-i-Fix. Da man mit ihm einen multifunktionalen, maschinenlesbaren Plastikspeicher in der Hand

hielt, den man in der Brieftasche mit sich herumtragen konnte und in dem sämtliche persönlichen Informationen über den eigenen Körper und das eigene Leben erfaßt waren, stellte er ohne Zweifel den bisher größten Triumph der Technik sowohl über sich selbst als auch über den schlichten, gesunden Menschenverstand dar.

Ford steckte ihn ein. Ihm war gerade eine bemerkenswert gute Idee gekommen. Er fragte sich, wie lange Harl wohl bewußtlos bliebe.

»He!« rief er dem melonengroßen Roboter zu, der noch immer euphorisch unter der Decke entlanghechelte. »Willst du glücklich bleiben?«

Der Roboter röchelte, das wolle er.

»Dann häng dich an meine Fersen, und tu haargenau das, was ich dir sage.«

Der Roboter sagte, vielen Dank, aber er fühle sich dort oben an der Decke sehr wohl. Er sei sich nie bewußt gewesen, welch schiere Lust eine solche Decke auslösen könne, und wolle seine Deckengefühle daher so tief wie irgend möglich ausloten.

»Wenn du hierbleibst«, sagte Ford, »wird man dich wieder einfangen und deinen Konditionierungschip ersetzen. Wenn du glücklich bleiben willst, komm mit.«

Der Roboter entließ all seine leidenschaftliche Tristesse mit einem tiefempfundenen Seufzer in die Zimmerluft und sank widerstrebend von der Decke herab.

»Paß auf«, sagte Ford. »Kannst du auch das restliche Überwachungssystem eine zeitlang glücklich machen?«

»Geteiltes Glück«, trällerte der Roboter, »ist doppeltes Glück. Ich strotze, ich schäume, ich fließe über vor ...«

»Gut«, sagte Ford. »Verbreite einfach ein bißchen Freude im Netz. Aber gib ihm keine Informationen. Mach es so glücklich, daß es gar nicht auf die Idee kommt, nach welchen zu fragen.«

Er nahm sein Handtuch vom Tisch und lief beschwingt auf die Tür zu. In letzter Zeit war ihm sein Leben doch allzu trocken vorgekommen. Allem Anschein nach war es jetzt allerdings wieder auf dem besten Wege, extrem saftig zu werden.

SIEBENTES KAPITEL

Arthur Dent hatte in seinem Leben schon so manches Dreckloch kennengelernt, aber einen Flughafen, der die Passagiere mit einem Schild mit der Aufschrift »Ziellos zu reisen ist immer noch besser, als hier anzukommen« begrüßte, hatte er denn doch noch nicht erlebt. Als zweiter Willkommensgruß hing in der Ankunftshalle ein Foto, das den Päsidenten von WasIssn zeigte – lächelnd. Es war das einzige Bild, das man von ihm hatte finden können, ein unmittelbar nach seinem Selbstmord aufgenommenes Foto, und das Lächeln des Erschossenen wirkte, obwohl man sich mit dem Retuschieren alle erdenkliche Mühe gegeben hatte, einigermaßen gespenstisch. Die eine Seite seines Kopfes war mit Buntstift ergänzt worden. Für das Foto hatte sich kein Ersatz gefunden, weil sich kein Ersatz für den Präsidenten gefunden hatte. Die Bewohner des Planeten hatten nur einen einzigen Ehrgeiz entwickelt, und zwar den, von ihm zu verschwinden.

Arthur bezog ein Zimmer in einem kleinen Motel am Stadtrand, setzte sich niedergeschlagen auf das Bett, das feucht war, und blätterte in einer kleinen Informationsbroschüre, die ebenfalls feucht war. Darin stand zu lesen, der Planet WasIssn sei nach den ersten Worten jener Siedler benannt worden, die ihn nach Lichtjahre währenden Raumreisen durch die entferntesten, unerforschten Ausläufer der Galaxis entdeckt hatten. Die Hauptstadt hieß NaDann. Andere erwähnenswerte Städte gab es nicht. Die Besiedelung von WasIssn war kein besonderer Erfolg gewesen, und der Menschenschlag, der gern auf WasIssn leben wollte, war nicht der Menschenschlag, den man gern um sich hatte.

In der Broschüre war von Handel die Rede. Gehandelt wurde hauptsächlich mit waslssnschen Schlammschweinhäuten, allerdings nicht besonders erfolgreich, weil sich niemand, der noch alle Tassen im Schrank hatte, für waslssnsche Schlammschweinhäute interessierte. Die Branche bewahrte sich nur deswegen mit ausgefahrenen Fingernägeln vor dem Absturz ins Bodenlose, weil es im Universum ständig eine nicht unbedeutende Anzahl von Leuten gab, denen etliche Tassen im Schrank fehlten. Arthur hatte sich angesichts seiner Mitreisenden in der kleinen Passagierabteilung des Schiffes ganz und gar nicht wohl gefühlt.

Die Broschüre schilderte Teile der Geschichte des Planeten. Wer auch immer der Autor gewesen war, hatte offenbar mit dem Vorsatz begonnen, die Werbetrommel zu rühren und ein bißchen Begeisterung zu erzeugen, indem er betonte, auf Waslssn sei es immerhin nicht *ständig* kalt und naß, war dann jedoch, da er diesem Aspekt anscheinend nichts Positives hinzuzufügen gewußt hatte, ziemlich schnell in einen wüst ironischen Stil verfallen.

Von den Anfangsjahren der Besiedlung war die Rede. Der Broschüre zufolge bestand das Leben auf Waslssn hauptsächlich aus dem Fangen, Häuten und Essen von waslssnschen Schlammschweinen, der einzigen noch vorhandenen Tierart auf Waslssn, nachdem sämtliche anderen schon vor langer Zeit aus Verzweiflung eingegangen waren. Die Schlammschweine waren kleine, bissige Kreaturen, und die winzige Schwelle, die sie von völliger Ungenießbarkeit trennte, war die Schwelle, die den Fortbestand des Lebens auf Waslssn gewährleistete. Worin bestand also der Anreiz, so unbedeutend er auch sein mochte, auf Waslssn zu leben? Es gab keinen. Keinen einzigen. Selbst der Versuch, sich irgendwelche schützenden Kleidungsstücke aus Schlammschweinhäuten anzufertigen, stellte eine Übung in Enttäuschung und Sinnlosigkeit dar, weil die Häute unerklärlich

dünn und undicht waren. Was wiederum zu einem Haufen wirrer Mutmaßungen unter den Siedlern führte. Mit welchem geheimnisvollen Trick hielten sich die Schlammschweine warm? Wäre es irgend jemandem gelungen, ihre Sprache zu verstehen, hätte er festgestellt, daß kein Trick dahintersteckte. Die Schlammschweine waren genauso durchgefroren und naß wie alle anderen Lebewesen auf dem Planeten. Allerdings verspürte niemand auch nur das geringste Verlangen, die Sprache der Schlammschweine zu erlernen, was einfach daran lag, daß diese Wesen sich verständigten, indem sie einander wuchtig in die Oberschenkel bissen. Und was die Schlammschweine einander über die Lebensumstände auf WasIssn mitzuteilen hatten, konnte man sich anhand ihres Verhaltens ohnehin denken.
Arthur blätterte in der Broschüre, bis er fand, wonach er gesucht hatte. Auf der Rückseite waren einige Karten des Planeten abgebildet. Obwohl sie schablonenhaft und grob gezeichnet waren, da sich aller Voraussicht nach nie jemand mit ihnen beschäftigen würde, beantworteten sie Arthurs Fragen.
Zunächst wurde ihm das allerdings nicht bewußt, da die Karten, jedenfalls für seinen Geschmack, falsch herum abgebildet waren und ihm daher vollkommen unbekannt vorkamen. Natürlich sind oben und unten, Norden und Süden absolut willkürliche Festlegungen, aber da wir nun mal daran gewöhnt sind, die Dinge so zu sehen, wie wir sie gewöhnlich sehen, mußte Arthur die Karten umdrehen, um sie begreifen zu können.
Links oben auf einer der Karten befand sich eine mächtige Landmasse, die sich nach unten zu einer schmalen Taille verjüngte und dann wieder zu einem großen Komma aufblähte. Rechts befand sich eine Ansammlung großer, auf vertraute Art und Weise durcheinandergeworfener Formen. Die Konturen waren nicht ganz die gleichen, und Arthur

wußte nicht, ob das an der groben Karte lag oder daran, daß der Meeresspiegel höher war. Oder daran, tja, daran, daß hier eben alles anders war. Jedenfalls waren die Beweise unwiderlegbar.
Dies war eindeutig die Erde.
Oder besser, dies war sie ganz eindeutig nicht.
Der Planet sah bloß aus wie die Erde und lag auf den gleichen Raumzeit-Koordinaten. Auf welchen Wahrscheinlichkeitskoordinaten er lag, war eine ganz andere Frage.
Arthur seufzte.
So nah, aber nicht näher, konnte er seiner Heimat kommen. Was bedeutete, daß er so weit von seiner Heimat entfernt war wie nur irgend möglich. Bedrückt klappte er die Broschüre zu und fragte sich, was in aller Welt er tun solle.
Er erlaubte sich ein hohles Lachen über das, was er da gerade gedacht hatte. Er betrachtete seine alte Uhr und schüttelte sie ein wenig, um sie aufzuziehen. Seinen eigenen Zeitmaßstäben nach hatte er ein Jahr lang reisen müssen, um hierher zu gelangen. Ein Jahr seit dem Unfall im Hyperraum, bei dem Fenchurch ein für allemal verschwunden war. Sie hatte seelenruhig neben ihm im Slump-Jet gesessen, dann hatte das Schiff einen ganz normalen Sprung durch den Hyperraum gemacht, und als er sich ihr wieder zugewandt hatte, war sie nicht mehr dagewesen. Nicht einmal der Sitz war warm gewesen. Und auf der Passagierliste hatte sie auch nicht mehr gestanden.
Die Raumfluggesellschaft hatte seine Beschwerde einigermaßen mißtrauisch aufgenommen. Bei Raumreisen passieren haufenweise lästige Dinge, und viele dieser Dinge bedeuten anständige Honorare für die damit befaßten Anwälte. Als sie ihn dann jedoch gefragt hatten, aus welchem galaktischen Sektor er und Fenchurch gekommen seien und seine Antwort ZZ9 Plural Z Alpha gewesen war, hatten sie

sich umgehend so vollständig entspannt, daß Arthur dabei ganz und gar nicht wohl gewesen war. Sie hatten sogar ein bißchen gelacht, zwar mitfühlend, aber immerhin. Sie hatten ihn auf eine Klausel im Beförderungsvertrag hingewiesen, in der man sämtlichen in den Pluralzonen geborenen Wesen riet, besser nicht im Hyperraum zu reisen, und feststellte, sie täten dies andernfalls auf eigene Gefahr. Das, sagten sie, wisse doch jeder. Sie kicherten verhalten und schüttelten die Köpfe.

Beim Verlassen ihrer Geschäftsräume hatte Arthur ein leichtes Zittern verspürt. Nicht nur, daß er Fenchurch auf die denkbar vollständigste und restloseste Art und Weise verloren hatte, ihn beschlich zudem das Gefühl, daß er, je länger er sich in der Galaxis aufhielt, immer mehr Dinge entdeckte, von denen er absolut nichts wußte oder verstand.

Er hatte sich gerade für einen Augenblick in diesen tauben Erinnerungen verloren, als er jemanden an die Tür seines Motelzimmers klopfen hörte. Er öffnete sofort. Ein dicker, schlampiger Mann kam mit Arthurs kleinem Koffer herein.

Er konnte gerade noch »Wo soll ich den . . .«, sagen, dann wirbelte er urplötzlich ungestüm herum, sackte geräuschvoll gegen das Türblatt und versuchte dabei, eine kleine, räudige Kreatur abzuschütteln, die fauchend aus der feuchten Nacht geschnellt war und ihre Zähne in seinen Oberschenkel gegraben hatte, trotz der dicken Lederflickenschicht, die ihn genau davor schützen sollte. Es folgte ein kurzes, häßliches Durcheinander aus dumpfem Stochern und lautem Prügeln.

Der Mann schrie verzweifelt und deutete auf einen klobigen Knüppel, der neben der Tür lehnte. Arthur ergriff ihn und schlug damit auf das Schlammschwein ein.

Das Schlammschwein ließ sofort von dem Mann ab und humpelte betäubt und unglücklich rückwärts ins Zimmer

hinein. Es zog sich ängstlich in eine Ecke zurück, den Schwanz zwischen die Hinterläufe geklemmt, blieb stehen und sah Arthur verwirrt an, wobei es wiederholt linkisch mit dem Kopf zur Seite zuckte. Es schien sich den Kiefer ausgerenkt zu haben. Es winselte leise vor sich hin und scharrte mit seinem feuchten Schwanz über den Boden. Der Mann, der Arthurs Koffer hereingetragen hatte, saß fluchend neben der Tür und versuchte, die Blutung in seinem Oberschenkel zu stillen. Durch den Regen waren seine Sachen ohnehin schon durchnäßt.
Arthur starrte das Schlammschwein unentschlossen an. Das Schlammschwein sah fragend zurück. Unter klagenden, wimmernden Lauten versuchte es sich ihm zu nähern. Gequält bewegte es den Kiefer. Dann hüpfte es Arthur mit einem jähen Satz an den Oberschenkel, konnte sich jedoch wegen seines ausgerenkten Kiefers dort nicht halten und sank traurig winselnd wieder zu Boden. Der dicke Mann stand entschlossen auf, schnappte sich den Knüppel, prügelte auf den Schädel des Schlammschweins ein, bis dieser nur noch ein klebriger, breiiger Klumpen auf dem dünnen Teppich war, und blieb dann schwer atmend stehen, als fordere er das Tier auf, sich noch einmal, nur noch ein einziges Mal zu rühren. In der zermatschten Kopfruine hockte ein einsamer Schlammschweinaugapfel und blickte Arthur vorwurfsvoll an.
»Was glauben Sie, was es uns sagen wollte?« fragte Arthur mit schwacher Stimme.
»Ach, nichts Besonderes«, sagte der Mann. »War nur seine Art von Freundlichkeit. Und das«, fügte er hinzu und hielt den Knüppel hoch, »ist unsere Art, Freundlichkeiten zu erwidern.«
»Wann geht der nächste Flug von hier?« fragte Arthur.
»Ich dachte, Sie wären gerade erst angekommen«, sagte der Mann.

»Stimmt«, sagte Arthur. »Aber ich wollte sowieso nicht lange bleiben. Ich wollte nur sehen, ob ich hier richtig bin oder nicht. Tut mir leid.«
»Sie meinen, Sie sind auf dem falschen Planeten?« sagte der Mann bekümmert. »Ist schon komisch, wie viele Leute das sagen. Vor allem die, die hier leben.« Er beäugte die Überreste des Schlammschweins mit tief empfundener, ererbter Abneigung.
»Oh, nein«, sagte Arthur. »Es ist schon der richtige Planet.« Er nahm die feuchte Broschüre vom Nachttisch und steckte sie ein. »Lassen Sie nur, den trage ich selbst«, sagte er und nahm seinen Koffer an sich. Er ging zur Tür und sah hinaus in die kalte, nasse Nacht.
»Doch, es ist schon der richtige Planet, unbedingt«, sagte er. »Der richtige Planet, aber das falsche Universum.«
Während er sich auf den Rückweg zum Raumhafen machte, zog ein einsamer Vogel am Himmel über ihm seine Kreise.

ACHTES KAPITEL

Ford hatte seinen eigenen Moralkodex. Keinen besonders bemerkenswerten, aber immerhin einen, der ihm gehörte und an den er sich hielt – mehr oder weniger. Er hatte es sich beispielsweise zur Regel gemacht, seine Drinks nie selbst zu bezahlen. Er war nicht ganz sicher, ob das als ethischer Grundsatz galt, aber man mußte nun mal nehmen, was man kriegen konnte. Was er außerdem strikt und entschieden ablehnte, waren alle Formen von Grausamkeiten gegenüber allen Arten von Tieren außer Gänsen. Und darüber hinaus würde er nie seine Arbeitgeber bestehlen.

Na ja, richtig *bestehlen* jedenfalls nicht.

Wenn Ford seine Spesenabrechnung einreichte und der für sein Konto zuständige Buchhalter nicht sofort zu hyperventilieren begann und einen Alle-Schotten-dicht-Alarm auslöste, hatte Ford das Gefühl, seine Arbeit nicht anständig erledigt zu haben. Aber richtiges *Stehlen* war etwas anderes. Das war, als bisse man in die Hand, die einen füttert. Kräftig daran zu saugen oder sogar liebevoll daran zu knabbern war erlaubt, aber richtig zubeißen durfte man nicht. Nicht, wenn die Hand der Reiseführer war. Der Reiseführer war etwas Besonderes und Unantastbares.

Aber das, dachte Ford, während er sich durch das Gebäude duckte und schlängelte, würde sich bald ändern. Und daran waren sie ganz allein selbst schuld. Man mußte sich doch nur diesen ganzen Krempel ansehen. Reihenweise ordentliche graue Bürokabinen und Computertürme, die Luft erfüllt vom trübsinnigen Summen durch elektronische Netze flitzender Versammlungsprotokolle und Aktennotizen. Draußen auf der Straße spielten die Leute auf Zark komm raus

»Jag den Wocket«, aber hier, im Herzen der Reiseführerzentrale, kickte nicht mal jemand unbekümmert einen Fußball über die Flure oder trug Strandkleidung in unpassenden Farbkombinationen.

»InfiniTumb Enterprises«, knurrte Ford vor sich hin, während er zügig über einen Flur nach dem anderen pirschte. Anstandslos und wie von Zauberhand bewegt, öffnete sich vor ihm Tür um Tür. Fahrstühle brachten ihn fröhlich an Orte, an die sie ihn eigentlich nicht bringen durften. Ford bemühte sich, auf möglichst verzwickten und komplizierten Wegen tiefer und tiefer in das Gebäude einzudringen. Sein kleiner, glücklicher Roboter kümmerte sich um alles und verbreitete in sämtlichen Sicherheitsschaltkreisen, an die er geriet, Wellen hingebungsvoller Freude.

Ford fand, der Kleine brauche einen Namen, und beschloß, ihn Emily Saunders zu nennen, nach einem Mädchen, an das er sehr nette Erinnerungen hatte. Dann fand er, Emily Saunders sei ein völlig absurder Name für einen Überwachungsroboter und entschied sich statt dessen für »Colin«, nach Emilys Hund.

Er bewegte sich mittlerweile tief in den Eingeweiden des Komplexes, in Bereichen, die er nie zuvor betreten hatte, Bereichen von immer höherer Geheimhaltungsstufe. Die Mitarbeiter, denen er begegnete, begannen ihm verwirrte Blicke zuzuwerfen. Auf dieser Geheimhaltungsstufe bezeichnete man sie nicht mehr als Menschen: Und was sie taten, taten wahrscheinlich nur Mitarbeiter. Wenn sie dann abends nach Hause zu ihren Familien zurückkehrten, wurden sie wieder zu Menschen, und wenn ihre kleinen Kinder mit süßen, glänzenden Augen zu ihnen aufsahen und fragten: »Papa, was hast du den ganzen Tag lang gemacht?«, sagten sie bloß: »Ich habe meine Pflicht als Mitarbeiter erfüllt«, und beließen es dabei.

Fest stand, daß eine ganze Reihe von ausgesprochen miesen

Geschichten hinter der fröhlichen, unbekümmerten Fassade abliefen, die der Reiseführer so gern nach außen hin präsentierte – oder jedenfalls gern nach außen hin präsentiert hatte, bis die InfiniTumb-Bande einmarschiert war und angefangen hatte, auch die optische Erscheinung den internen Häßlichkeiten anzupassen. Das ganze bislang glänzende Gefüge wurde getragen von diversen Steuerschiebereien und -tricks, Schmiergeldzahlungen und zwielichtigen Geschäften, und die Schaltzentrale dafür lag hier in den untersten, geschützten Stockwerken des Gebäudes, den Forschungs- und Datenverarbeitungsebenen.
Alle paar Jahre verlegte der Reiseführer seinen Geschäftssitz und damit auch das Gebäude auf einen neuen Planeten, wo dann für einige Zeit eitel Sonnenschein und Freude herrschten, während der Reiseführer seine Wurzeln in die örtliche Kultur und Wirtschaft schlug, für Arbeitsplätze sorgte, dem betreffenden Planeten einen Hauch von Glanz und Abenteuer bescherte und dem betreffenden Fiskus letztlich wesentlich weniger Steuereinnahmen, als die Verantwortlichen vor Ort erwartet hatten.
Immer wenn der Reiseführer samt seinem Gebäude weiterzog, stahl er sich fast so still und heimlich davon wie ein Dieb in der Nacht. Haargenau wie ein Dieb in der Nacht. Normalerweise verschwand er in den frühen Morgenstunden, und in den Tagen danach stellte sich dann jeweils heraus, daß ein ganzer Haufen Zeug nicht mehr da war. Komplette Kulturen und Volkswirtschaften gingen im Kielwasser des Reiseführers unter, häufig innerhalb einer Woche, und zurück blieben einst blühende Planeten, verwüstet und in den Grundfesten erschüttert, aber immerhin mit dem guten Gefühl, auf gewisse Weise an einem großen Abenteuer beteiligt gewesen zu sein.
Die »Mitarbeiter«, die verwirrte Blicke in Fords Richtung warfen, während er tiefer und tiefer in die empfindlichsten

Bereiche des Reiseführers eindrang, beruhigten sich angesichts des kleinen Roboters, der brummend vor emotionaler Erfüllung neben Ford herschwebte und ihm so Schritt für Schritt den Weg ebnete.

In anderen Teilen des Gebäudes gingen Alarmanlagen los. Möglicherweise bedeutete das, daß man Vann Harl bereits entdeckt hatte, was sich zu einem Problem entwickeln konnte. Ford hatte gehofft, den Ident-i-Fix in Vann Harls Tasche zurückstecken zu können, noch bevor dieser wieder zu sich kam. Aber das war ein Problem, mit dem er sich später befassen konnte, obwohl er im Augenblick noch keinen blassen Schimmer hatte, wie er es lösen sollte. Im Augenblick bereitete ihm das allerdings auch keine Sorgen. Wohin er mit dem kleinen Colin kam, war er umgeben von einem Kokon aus Freundlichkeit und Licht und, was am wichtigsten war, von bereitwilligen und ergebenen Fahrstühlen und angenehm devoten Türen.

Ford begann sogar zu pfeifen, und genau das war vermutlich sein Fehler. Niemand mag Pfeifer, vor allem die Gottheit nicht, die unsere Zwecke formt.

Die nächste Tür öffnete sich nicht.

Und das war insofern besonders schade, als es genau die Tür war, durch die Ford gewollt hatte. Grau und unerbittlich verschlossen stand sie vor ihm und hielt ihm ein Schild vor die Nase, auf dem stand:

»Kein Zutritt.
Auch nicht für autorisiertes Personal.
Hier verschwenden Sie nur Ihre Zeit.
Gehen Sie weg.«

Colin meldete, die Türen seien in diesen unteren Regionen des Gebäudes insgesamt wesentlich grimmiger geworden.

Sie befanden sich mittlerweile zehn Stockwerke unter dem Erdgeschoß. Die Luft hatte Kühlschranktemperatur und die geschmackvollen Fasertapeten waren brutal grauen, zusammengenieteten Stahlwänden gewichen. Colins zügellose Euphorie hatte sich zu einer Art aufgesetzter Fröhlichkeit abgeschwächt. Er sagte, er werde langsam ein bißchen müde. Er müsse schon seine gesamte Kaft aufbieten, um wenigstens einen Hauch Gutmütigkeit in die Türen hier unten zu pumpen.

Ford trat gegen die Tür.

Sie ging auf.

»Zuckerbrot und Peitsche«, murmelte er. »Funktioniert immer.«

Er betrat den Raum, und Colin flog ihm hinterher. Sogar mit einem Draht in der Heiterkeits-Elektrode war seine Fröhlichkeit jetzt eine Fröhlichkeit von der nervöseren Sorte. Er hüpfte ein bißchen auf und ab.

Der Raum war klein und grau und summte.

Hier befand sich das Nervenzentrum der gesamten Organisation.

Die an den grauen Wänden aufgereihten Computerterminals stellten Fenster dar, durch die man die Transaktionen des Reiseführers in allen Einzelheiten und aus jedem erdenklichen Blickwinkel betrachten konnte. In der linken Hälfte des Raumes wurden über das Sub-Ätha-Netz Berichte von Feldforschern gesammelt, die sich in den entlegensten Winkeln der Galaxis aufhielten, und das Gesammelte wurde dann direkt in die Büros der zuständigen Redakteure weitergeleitet, wo sämtliche guten Passagen von den Sekretärinnen herausgestrichen wurden, da die zuständigen Redakteure gerade beim Essen waren. Das restliche Skript wurde anschließend in die andere Hälfte des Gebäudes hinübergeschossen – das andere Bein des »H« –, in dem sich die Rechtsabteilung befand. Dort wurde liquidiert, was

noch an wenigstens halbwegs Brauchbarem übrig war, und der Resttext dann zurück in die Büros der Chefredakteure geschossen, die ebenfalls gerade beim Essen waren. Also lasen die Sekretärinnen der Redakteure das Zeug, bezeichneten es als Quatsch und strichen den Großteil dessen heraus, was es so weit geschafft hatte.
Wenn dann endlich einer der Chefredakteure vom Essen hereinstolperte, brüllte er in der Regel: »Was ist denn das für ein lahmes Gewäsch, das ›X‹ « – wobei X für den Namen des betreffenden Feldforschers steht – »uns durch die halbe beschissene Galaxis zugeschickt hat? Wozu läßt man jemanden drei beschissene Planetenumläufe lang im Gemütsgürtel von Gagrakacka herumhängen, bei all dem, was da draußen passiert, wenn ihm dann nicht mehr einfällt, als uns diesen Haufen blutleeren Scheißdreck zu schicken? Die Spesenabrechnung von dem Typ wird nicht anerkannt!«
»Und was sollen wir mit dem Skript machen?« fragten die Sekretärinnen dann.
»Ach, jagen Sie das Zeug ins Netz. Irgendwas müssen wir ja rausschicken. Ich geh nach Hause, ich hab Kopfschmerzen.«
Und so wurde das Skript zu einem letzten Hauen und Stechen zurück in die Rechtsabteilung geschossen und anschließend wieder nach hier unten ins Nervenzentrum geschickt, von wo aus es über das Sub-Ätha-Netz ausgestrahlt wurde, um überall in der Galaxis unverzüglich zum Nachschlagen zur Verfügung zu stehen. Dafür sorgten Anlagen, die von den Terminals auf der rechten Seite des Raumes überwacht und kontrolliert wurden.
Währenddessen wurde die Anordnung, die Spesenabrechnung des Feldforschers nicht anzuerkennen, in ein Computerterminal übertragen, das in der rechten oberen Ecke des Raumes hing, und auf genau dieses Terminal marschierte Ford jetzt zielstrebig zu.

Falls Sie dies hier auf der Erde lesen, dann:
a) Viel Glück. Es gibt schrecklich viel, von dem Sie keine Ahnung haben, aber wenigstens sind Sie damit nicht allein. Leider sind in Ihrem Fall die Konsequenzen, die sich aus dieser allgemeinen Unwissenheit ergeben, besonders schrecklich, aber andererseits – was soll's! Das ist nun mal der alles zertrampelnde und plattwalzende Lauf der Dinge.
b) Glauben Sie nicht, Sie wüßten, was ein Computerterminal ist.

Ein Computerterminal ist kein klobiger alter Fernseher, vor dem eine Schreibmaschinentastatur liegt. Es ist eine Schnittstelle, an der sich Körper und Geist mit dem Universum zusammenschalten und Teile davon durch die Gegend bewegen können.

Ford eilte zum Terminal, nahm davor Platz und stürzte sich unverzüglich in das darin verborgene Universum.

Es war nicht das Universum, das er kannte. Es war ein Universum, das aus dicht zusammengefalteten Welten bestand, aus wilden Geländeformationen, hoch aufragenden Berggipfeln, atemberaubenden Schluchten, Monden, die zu Seepferdchen zerstoben, wie verwundet aufgeplatzten Felsspalten, lautlos wogenden Ozeanen und endlos zusammenprallenden Wurbelspunsts.

Er verharrte, um sich zurechtzufinden.

Er hielt den Atem an, schloß die Augen und sah erneut hin.

Hier also verbrachten die Buchhalter ihre Zeit. Traute man denen auf den ersten Blick gar nicht zu. Ford sah sich vorsichtig um, bemüht, nicht alles anschwellen, verschwimmen und sich davon überwältigen zu lassen.

In diesem Universum kannte er sich nicht aus. Selbst die physikalischen Gesetze, die seine Ausdehnung und sein Verhalten bestimmten, waren ihm unbekannt, aber er

wußte instinktiv, daß er sich nach dem auffälligsten Merkmal umsehen und darauf zusteuern mußte.
In unbestimmbarer Entfernung – war es ein Kilometer, waren es Millionen Kilometer, oder war es nur ein Splitter in seinem eigenen Auge? – ragte ein atemberaubender, den Himmel verdeckender Gipfel auf, der höher und höher wurde und sich zu blühenden Aigretten[1], Agglomeraten[2] und Archimandriten[3] ausdehnte.
Rabaukend und schwurbelnd wälzte er sich darauf zu und erreichte ihn schließlich nach zigfach bedeutungslos geraumen Zeitspannen.
Mit ausgebreiteten Armen hielt er sich fest, beide Hände in die knorrige, schwielige Oberfläche gekrallt. Und kaum meinte er, in Sicherheit zu sein, beging er den schwerwiegenden Fehler, nach unten zu sehen.
Während des rabaukenden, schwurbelnden Wälzens hatte ihn die Entfernung zum Boden nicht übermäßig beunruhigt, aber jetzt, an etwas Festes geklammert, ließ die Entfernung sein Herz zusammenschrumpeln und verbog ihm das Gehirn. Seine Finger waren weiß vor Schmerz und Anspannung. Seine Zähne knirschten und klapperten unkontrollierbar. Sein Blick kehrte sich nach innen, begleitet vom Winken der geschmeidigen Tentakel des Ekels.
Mit immenser Willens- und Glaubensanstrengung ließ er einfach los und stieß sich ab.
Er spürte, daß er glitt. Davon. Und dann, entgegen seiner Absicht, aufwärts. Und aufwärts.
Er legte sich ins Hohlkreuz, ließ seine Arme herabsinken, blickte nach oben und ließ sich völlig losgelöst höher und höher tragen.

1 ein Kopfschmuck aus Federn
2 ein verknäulter Klumpen
3 ein kirchlicher Rang unter dem des Bischofs

Nach kurzer Zeit, sofern Begriffe wie dieser in einem virtuellen Universum überhaupt eine Bedeutung haben, sah er direkt über sich einen Sims aufragen, an dem er sich festhalten und auf den er hinaufklettern konnte.
Er stieg, er hielt sich fest, er kletterte.
Er geriet ein bißchen ins Keuchen. Das alles strengte ihn doch an.
Er blieb auf dem Sims sitzen und hielt sich fest. Er war nicht ganz sicher, ob er das tat, um nicht abzustürzen oder um nicht weiter aufzusteigen, aber er brauchte etwas zum Festhalten, während er einen Blick über die Welt schweifen ließ, in der er gelandet war.
Die schwindelnde, taumelnde Höhe umfing ihn, verdrehte und verknotete ihm sämtliche Sinne, bis er sich wimmernd und mit geschlossenen Augen wiederfand, die gräßliche Wand des hochaufragenden Felsens verzweifelt umarmend.
Mühsam brachte er seine Atmung wieder unter Kontrolle. Er sagte sich mehrmals, daß er sich lediglich in einer graphisch dargestellten Welt befand. Einem virtuellen Universum. Einer simulierten Wirklichkeit. Er konnte sich jederzeit wieder ausklinken.
Er klinkte sich wieder aus.
Er saß auf der blauen, kunstledernen Sitzfläche eines Bürodrehstuhls vor einem Computerterminal.
Er entspannte sich.
Er klammerte sich, auf einem schmalen Sims hockend, an die Stirnseite eines unvorstellbar hohen Gipfels und blickte hinunter in eine Schlucht, deren unmögliche Tiefe ihm sämtliche Gehirnzellen verknotete.
Und nicht genug damit, daß die Landschaft dort unten so weit von ihm entfernt war, er wünschte sich, sie möge wenigstens aufhören, zu wallen und zu wogen.
Er mußte sich an etwas festhalten. Nicht an der Felswand – die war nur eine Illusion. Er mußte die Situation zu fassen

bekommen, erreichen, daß er sich physisch in dieser Welt aufhalten und sich gleichzeitig emotional aus ihr zurückziehen konnte.

Er biß die Zähne zusammen, ließ dann, unmittelbar nachdem er die Felswand losgelassen hatte, auch seine Vorstellung von der Felswand fallen und ließ sich frei und unbelastet nieder. Er sah hinaus in die Welt. Er atmete ruhig. Er war gefaßt. Er hatte sich wieder im Griff.

Er befand sich in einem vierdimensionalen topologischen Modell des Reiseführer-Finanzsystems, und irgendwer oder irgendwas würde sehr bald wissen wollen, weshalb.

Und da kamen sie auch schon.

Durch den virtuellen Raum stieß ein kleiner Schwarm bösartiger, stahläugiger Wesen auf ihn zu, die allesamt außer kleinen Eierköpfen und schmalen Schnurrbärten auch einen Haufen quengeliger Fragen zu stellen hatten, wer er war, was er hier tat, wer ihm die Genehmigung erteilt hatte, wer demjenigen, der ihm die Genehmigung erteilt hatte, die Genehmigung dazu erteilt hatte, wie lang seine Beininnenseite war und so weiter. Laserstrahlen flackerten über ihn hinweg, als sei er eine Kekspackung an einer Supermarktkasse. Die schweren Dienstlaserwaffen hatten sie, wenigstens bisher, noch nicht gezückt. Die Tatsache, daß sich all dies in einem künstlichen Raum abspielte, war völlig unerheblich. In einem künstlichen Raum künstlich mit einer künstlichen Laserwaffe erschossen zu werden, ist genauso effektiv wie eine Erschießung im wirklichen Leben, weil man immer so tot ist, wie man sich fühlt.

Während sie über seine Fingerabdrücke, seine Netzhaut und das Follikelmuster an seinem Haaransatz flackerten, wurden die Laserleser immer aufgeregter. Was sie vorfanden, gefiel ihnen ganz und gar nicht. In immer höheren Tönen schnatterten und kreischten sie ihre ausgesprochen persönlichen und unverschämten Fragen. Als dann ein klei-

ner chirurgischer Stahlschaber nach Fords Nacken ausgefahren wurde, sandte er mit angehaltenem Atem ein kurzes Stoßgebet aus, zog Vann Harls Ident-i-Fix aus der Tasche und wedelte damit vor den Wesen herum.
Sämtliche Laser wurden unverzüglich von der kleinen Karte angezogen und untersuchten und lasen sie molekülgenau, indem sie vor und zurück über sie hinwegwischten.
Um dann, ebenso plötzlich, auszugehen.
Der gesamte Schwarm kleiner virtueller Aufseher nahm Haltung an.
»Hocherfreut, Sie zu sehen, Mr. Harl«, sagten sie in öligem Gleichklang. »Können wir irgend etwas für Sie tun?«
Ford lächelte ein dünnes, tückisches Lächeln.
»Ihr werdet es nicht für möglich halten«, sagte er, »aber ich glaube fast, das könnt ihr wirklich.«

Fünf Minuten später war er draußen.
Ungefähr dreißig Sekunden, um die Arbeit zu erledigen, und dreieinhalb Minuten, um seine Spuren zu verwischen. Er hätte in diesem virtuellen Gebilde praktisch machen können, was er wollte. Er hätte die Besitzrechte an der gesamten Organisation auf sich übertragen lassen können, bezweifelte allerdings, daß das unbemerkt geblieben wäre. Außerdem wollte er das gar nicht. Es hätte Verantwortung bedeutet und Büroarbeit bis spät in die Nacht, ganz zu schweigen von der Teilnahme an massiven, zeitraubenden Betrugsprozessen und ziemlich langen Gefängnisaufenthalten. Er wollte etwas, das niemand außer dem Computer bemerken sollte, und das hinzubekommen, hatte dreißig Sekunden gedauert.
Was dreieinhalb Minuten gedauert hatte, war, den Computer darauf zu programmieren, nicht zur Kenntnis zu nehmen, daß er etwas zur Kenntnis genommen hatte.
Der Computer mußte lediglich nicht wissen *wollen*, was

Ford vorhatte: Anschließend konnte man es ihm getrost selbst überlassen, sich Erklärungen für den Fall auszudenken, daß jemals Informationen über den Vorgang nach außen drangen. Man hatte diese Programmiertechnik quasi per Umkehrschluß aus der Kenntnis jener psychotischen mentalen Sperren entwickelt, deren Auftreten man ausnahmslos bei ansonsten absolut normalen Menschen beobachten konnte, wenn sie in hohe politische Ämter gewählt wurden.

Die verbleibende Minute hatte Ford benötigt, um festzustellen, daß der Computer bereits eine mentale Sperre hatte. Eine große.

Wäre er nicht selbst im Begriff gewesen, eine mentale Sperre zu errichten, hätte er das nie bemerkt. Er traf haargenau dort auf einen ganzen Strang geschickter, plausibler Leugnungs-Verfahren und Ablenkungs-Unterprogramme, wo er selbst welche hatte installieren wollen. Der Computer leugnete natürlich jede Kenntnis davon und weigerte sich anschließend auch entschieden zuzugeben, daß überhaupt etwas da war, von dem Kenntnis zu haben man leugnen konnte. Dabei machte er insgesamt einen so überzeugenden Eindruck, daß sogar Ford beinahe geglaubt hätte, ihm sei ein Fehler unterlaufen.

Er war beeindruckt.

Und zwar wahrhaftig so beeindruckt, daß er darauf verzichtete, eigene mentale Sperrverfahren zu installieren, und statt dessen einfach die bereits vorhandenen aufrief, die sich anschließend gegenseitig in Gang setzten und so weiter.

Er machte sich schnell daran, die von ihm selbst bereits installierten Codes auf Macken hin zu überprüfen und mußte feststellen, daß sie nicht mehr da waren. Er machte sich fluchend noch einmal auf die Suche, aber sämtliche Codes waren vollkommen spurlos verschwunden.

Als er gerade beginnen wollte, sie nochmals zu installieren, ging ihm auf, daß er sie ganz einfach deswegen nicht wiederfinden konnte, weil sie bereits funktionierten.
Er grinste zufrieden.
Er versuchte herauszufinden, wozu die bereits vorhandene mentale Sperre des Computers diente, und stellte fest, daß der Computer diesbezüglich – wie erwartet – eine mentale Sperre hatte. Und zwar eine, auf die es keinen noch so geringen Hinweis mehr gab, so gut war sie. Er überlegte, ob die Idee von ihm hätte sein können. Er überlegte, ob er auf die Idee hätte kommen können, die Sperre habe erstens etwas mit dem Gebäude zu tun und zweitens mit der Nummer 13. Er ließ ein paar Testreihen laufen. Ja, die Idee hätte ganz offensichtlich von ihm sein können.

Für ausgefallene Routen blieb keine Zeit mehr, denn allem Anschein nach war ein größerer Sicherheitsalarm ausgelöst worden. Ford fuhr mit dem Fahrstuhl bis ins Erdgeschoß, um dort in den Expreßlift umzusteigen. Irgendwie mußte er den Ident-i-Fix in Harls Tasche zurückbefördern, bevor ihn jemand vermißte.
Wie, wußte er nicht.
Die Fahrstuhltüren glitten zur Seite und gaben den Blick frei auf ein großes Aufgebot an Sicherheitsbeamten und Robotern, die angriffsbereit dastanden und gemeingefährlich wirkende Waffen im Anschlag hielten.
Sie befahlen ihm auszusteigen.
Achselzuckend trat er vor. Alles drängelte sich rüde an ihm vorbei in den Fahrstuhl, um sich abwärts befördern zu lassen und in den unteren Ebenen nach ihm zu suchen.
Das macht ja richtig Spaß, dachte Ford und gab Colin einen freundlichen Klaps. Colin war so ungefähr der erste ernsthaft nützliche Roboter, dem Ford je begegnet war. Colin tollte und hüpfte in ausgelassener Ekstase durch die Luft vor

seiner Nase. Ford freute sich, ihn nach einem Hund benannt zu haben.
Er verspürte die starke Versuchung, sich einfach aus dem Staub zu machen und das Beste zu hoffen, aber er wußte, daß das Beste mit erheblich größerer Wahrscheinlichkeit auch tatsächlich eintrat, wenn Harl nicht entdeckte, daß sein Ident-i-Fix verschwunden war. Er mußte ihm das Ding irgendwie in die Tasche zurückschwindeln.
Sie gingen zum Expreßlift.
»Hi«, sagte der Lift, in den sie einstiegen.
»Hi«, sagte Ford.
»Wo soll's denn hingehen, Leute?« sagte der Lift.
»Dreiundzwanzigster Stock«, sagte Ford.
»Scheint heute ein beliebtes Stockwerk zu sein«, sagte der Lift.
Hmm, dachte Ford, der das überhaupt nicht gern hörte. Der Lift ließ die Dreiundzwanzig auf seiner Stockwerkanzeige aufleuchten und raste nach oben. Irgend etwas an der Anzeige zwickte Fords Wahrnehmung, nur bekam er nicht heraus, was, und vergaß es gleich wieder. Wesentlich größere Sorgen bereitete ihm die Vorstellung, in ein beliebtes Stockwerk zu fahren. Er hatte noch gar nicht richtig darüber nachgedacht, wie er mit dem, was auch immer da oben vorging, fertig werden wollte, weil er keine Ahnung hatte, was ihn überhaupt erwartete. Er würde sich eben irgendwie durchwurschteln müssen.
Sie waren da.
Die Türen glitten auf.
Alles bedenklich still.
Ein leerer Flur.
Der Boden vor Harls Bürotür war mit einer dünnen Staubschicht bedeckt. Ford wußte, daß dieser Staub von Milliarden kleiner Molekular-Roboter stammte, die aus dem Holz gekrabbelt waren, sich gegenseitig zusammengebaut hat-

ten, die Tür erneuert, einander wieder zerlegt hatten, ins Holz zurückgekrochen waren und dort hockten und auf den nächsten Schaden warteten. Ford fragte sich, was das bloß für ein Leben war, ließ die Frage jedoch gleich wieder fallen, weil es ihm im Augenblick völlig reichte, sich über sein eigenes Leben Gedanken zu machen.
Er holte tief Luft und nahm Anlauf.

NEUNTES KAPITEL

Arthur wußte nicht so recht, was er tun oder denken sollte. Ganze Galaxien voller Krempel standen ihm zur Verfügung, und ihn ließ die Frage nicht los, ob es nicht vermessen war, sich darüber zu beschweren, daß es all diesen Galaxien an zweierlei mangelte: der Welt, auf der er geboren war, und der Frau, die er liebte.

Schlag dir den ganzen Mist aus dem Kopf, dachte er, und verspürte urplötzlich das dringende Bedürfnis nach etwas Führung und Rat. Er konsultierte den Reiseführer *Per Anhalter durch die Galaxis*. Er sah unter »Führung« nach, wo es »Siehe unter RAT« hieß. Er sah unter »Rat« nach, wo es »Siehe unter FÜHRUNG« hieß. Solche Sachen veranstaltete der Reiseführer in letzter Zeit häufiger, und Arthur fragte sich allmählich, ob nicht doch ein bißchen zuviel Gewese um das Ding gemacht wurde.

Er begab sich in die Außenbezirke des Östlichen Randes der Galaxis, wo, wenigstens angeblich, Weisheit und Wahrheit zu finden waren, insbesondere auf dem Planeten Hawalius, wo es etliche Orakel und Seher und Wahrsager gab und außerdem jede Menge Pizza-Buden, weil die meisten Mystiker vollkommen unfähig waren, sich selbst etwas zu kochen.

Allerdings schien sich auf dem Planeten ein großes Unglück ereignet zu haben. Als Arthur durch die Straßen des Dorfes wanderte, in dem die bedeutendsten Propheten wohnten, kam ihm die Stimmung schwer gedrückt vor. Er traf auf einen Propheten, der offentsichtlich gerade im Begriff war, verzagt seinen Laden dichtzumachen, und fragte ihn, was los sei.

»Besteht kein Bedarf mehr an uns«, sagte der Prophet schroff und begann, einen Nagel in ein Brett zu klopfen, das er schräg vor das Fenster seiner Bruchbude hielt.
»Oh? Wieso denn das?«
»Halten Sie mal das andere Ende, dann zeig ich's Ihnen.«
Und während Arthur das noch nicht vernagelte Ende des Brettes festhielt, klapperte der alte Prophet in die Überreste seiner Bruchbude und kehrte keine zwei Augenblicke später mit einem Sub-Ätha-Radio zurück. Er schaltete es ein, fummelte einen Moment an der Drehscheibe herum und stellte das Ding dann auf die kleine Holzbank, auf der er normalerweise saß und prophezeite. Anschließend nahm er das Brett wieder an sich und das Hämmern wieder auf.
Arthur setzte sich und hörte Radio.
»... bestätigt wurde«, sagte das Radio. »Morgen«, fuhr es fort, »wird der Vizepräsident von Tukkla Vitus, Ruupel Ga Stip, seine Kandidatur für das Präsidentschaftsamt bekanntgeben. In einer Rede, die er morgen vor dem ...«
»Schalten Sie auf einen anderen Kanal«, sagte der Prophet.
Arthur drückte auf eine der Sendertasten.
»...weigerten sich, dazu einen Kommentar abzugeben«, sagte das Radio. »Die Arbeitslosenzahlen des Zabusch-Sektors für die nächste Woche«, fuhr es fort, »werden die höchsten seit Beginn der Aufzeichnungen sein. Einem im nächsten Monat veröffentlichten Bericht zufolge ...«
»Umschalten«, schnauzte der Prophet verärgert. Arthur drückte auf eine andere Taste.
»... kategorisch abgelehnt«, sagte das Radio. »Die kommenden Monat stattfindende Hochzeit des blanftischen Thronfolgers Prinz Dupp mit Prinzessin Baukii von Zotel Alpha wird die aufsehenerregendste Zeremonie sein, die sich im Hoheitsgebiet von Djanjy jemals zugetragen hat. Unsere Reporterin Trillian Astra befindet sich vor Ort und berichtet über das Ereignis.«

Arthur blinzelte.
Das Geräusch jubelnder Menschenmassen und trötender Marschkapellen drang aus dem Radio. Eine äußerst vertraute Stimme sagte: »Also, Krart, das, was sich hier Mitte nächsten Monats abspielt, ist wirklich unbeschreiblich. Prinzessin Baukii sieht hinreißend aus in ihrem ...«
Der Prophet fegte das Radio von der Bank auf den staubigen Boden, wo es weiterplärrte wie ein verstimmtes Huhn.
»Verstehen Sie jetzt, womit wir zu kämpfen haben?« brummte der Prophet. »Hier, halten Sie das mal. Nicht das. Das. Nein, nicht so. Die Seite nach außen. Andersrum, Dummkopf!«
»Ich wollte das hören«, beschwerte sich Arthur, hilflos mit dem Hammer des Propheten herumfuchtelnd.
»Das tun alle. Deshalb sieht es hier ja auch aus wie in einer Geisterstadt.« Er spuckte in den Staub.
»Nein, ich meine, ich glaube, ich kenne diese Frau.«
»Prinzessin Baukii? Wenn ich mit jedem quatschen müßte, der Prinzessin Baukii kennt, bräuchte ich einen Satz neue Lungenflügel.«.
»Nicht die Prinzessin«, sagte Arthur. »Die Reporterin. Sie heißt Trillian. Woher sie das ›Astra‹ hat, weiß ich nicht. Sie kommt vom gleichen Planeten wie ich. Ich hab mich oft gefragt, wohin es sie verschlagen hat.«
»Ach, die treibt sich momentan überall im Kontinuum herum. Die Tri-D-Fernsehsender empfangen wir hier draußen natürlich nicht, dank des Großen Grünen Arkelanfalls, aber man hört sie übers Radio hier und da durch Raum und Zeit geistern. Sie will sich etablieren und in einer soliden Epoche niederlassen, die zu einer jungen Dame paßt. Das wird alles ein böses Ende nehmen. Hat es wahrscheinlich schon.« Er schwang seinen Hammer, schlug sich mit gehöriger Wucht auf den Daumen und begann, lauthals Verwünschungen auszustoßen.

Im Dorf der Orakler ging es auch nicht besser.
Man hatte Arthur gesagt, wer einen guten Orakler suche, wende sich am besten an jenen, zu dem auch die anderen Orakler gingen, aber der hatte leider geschlossen. Neben der Tür hing ein Schild mit der Aufschrift: »Ich weiß einfach nichts mehr. Versuchen Sie's nebenan – aber das ist nur ein Vorschlag, kein weiser Rat im eigentlichen Sinne.«
Nebenan, das war eine mehrere hundert Meter weit entfernte Höhle.
Arthur steuerte auf sie zu. Rauch und Dampf stiegen von einem kleinen Feuer auf, respektive aus dem darüberhängenden, verbeulten Blechtopf. Was außerdem noch aus dem Topf stieg, war ein ausgesprochen ekliger Geruch. Wenigstens nahm Arthur an, der Geruch komme aus dem Topf. An einer zwischen zwei Stöcken gespannten Leine trockneten die aufgeblähten Blasen einiger Exemplare der regionalen Ziegenabart in der Sonne, und der Geruch konnte auch daher rühren. Außerdem befand sich – in beunruhigender Nähe – ein aus weggeworfenen Kadavern der regionalen Ziegenabart bestehender Haufen, und der Geruch konnte auch daher rühren.
Genauso leicht konnte der Geruch aber auch von der alten Frau ausgehen, die damit beschäftigt war, Fliegen von dem Kadaverhaufen fernzuhalten. Was ein hoffnungsloser Versuch war, weil die Fliegen ungefähr so groß waren wie geflügelte Flaschendeckel und die Frau lediglich einen Tischtennisschläger als Waffe in der Hand hielt. Außerdem schien sie halb blind zu sein. Mehr zufällig trafen ihre wilden Hiebe hin und wieder mit sattem Klatschen auf eine Fliege, die daraufhin durch die Luft trudelte und einige Meter neben dem Höhleneingang an der Felswand zerplatzte. Dem gesamten unwürdigen Auftreten der Alten nach zu urteilen, waren es genau diese Augenblicke, die ihr Leben lebenswert machten.

Arthur beobachtete die exotische Vorstellung eine Zeitlang aus höflicher Entfernung, bevor er schließlich mit sanftem Hüsteln versuchte, sich bemerkbar zu machen. Leider mußte er jedoch, um sein sanftes, höflich gemeintes Hüsteln zustande zu bringen, wesentlich mehr von der örtlichen Atmosphäre einatmen als bisher, bekam infolge dessen einen heiseren, schleimigen Hustenanfall und sackte halberstickt und tränenüberströmt direkt vor der Felswand in sich zusammen. Er rang nach Atem, aber dadurch wurde alles nur noch schlimmer. Er übergab sich, erstickte wieder fast, kullerte durch sein Erbrochenes, kullerte noch ein paar Meter weiter, rappelte sich schließlich auf Hände und Füße hoch und krabbelte keuchend in wenigstens geringfügig frischere Luft.

»Verzeihung«, sagte er. Er konnte wieder ein bißchen besser atmen. »Tut mir wirklich ganz entsetzlich leid. Ich komme mir vor wie der letzte Vollidiot, aber ...« Er gestikulierte in Richtung des kleinen, vor dem Höhleneingang verteilten Häufchens.

»Was soll ich sagen?« sagte er. »Was soll ich bloß sagen?«

Damit machte er die Alte endlich auf sich aufmerksam. Sie drehte sich um und sah ihn argwöhnisch an, hatte jedoch dank ihrer erheblichen Sehschwäche Schwierigkeiten, ihn in der verschwommenen, felsigen Landschaft zu erkennen. Er winkte hilfsbereit. »Hallo!« rief er.

Schließlich entdeckte sie ihn, ächzte kurz und wandte sich wieder ab, um Fliegen zu zerklatschen.

Durch den Luftzug, den sie dabei verursachte, wurde entsetzlich deutlich, daß sie selbst die Hauptursache für den gräßlichen Gestank war. Die trocknenden Blasen, die verwesenden Kadaver und die abartige Suppe mochten gewichtige Beiträge zur allgemeinen Atmosphäre leisten, aber den größten Eindruck auf die Geruchssinne machte die Frau selbst.

Wieder landete sie einen lauten Volltreffer. Die Fliege klatschte gegen die Felswand und ließ ihre Innereien auf eine Art und Weise daran herunterrinnen, die die Alte offenbar, falls sie überhaupt so weit sehen konnte, als äußerst befriedigend empfand.
Arthur kam wacklig auf die Beine und säuberte sich mit einer Handvoll trockenem Gras. Er wußte nicht, was er noch tun sollte, um die Alte ernsthaft auf sich aufmerksam zu machen. Er war fast schon soweit, wieder wegzumarschieren, nur war es ihm peinlich, einfach einen Haufen Erbrochenes vor dem Höhleneingang der Frau liegen zu lassen. Was sollte er damit machen? Mit beiden Händen begann er, die hier und da wuchernden, struppigen Grasbüschel aus dem Boden zu reißen. Allerdings befürchtete er, daß er den Haufen eher vergrößern als verkleinern würde, wenn er sich erneut näher heranwagte.
Während seine inneren Stimmen lautstark darüber debattierten, welche Vorgehensweise die richtige sei, ging ihm plötzlich auf, daß die alte Frau endlich doch mit ihm sprach.
»Wie bitte?« rief er.
»Ich hab gefragt, ob ich was für Sie tun kann«, sagte sie mit dünner, kratziger, fast unhörbarer Stimme.
»Äh, ich wollte Sie um einen Rat bitten«, rief er zurück und kam sich ein bißchen albern vor.
Sie wandte sich ihm zu, sah ihn kurzsichtig an, wandte sich wieder ab und schlug an einer Fliege vorbei.
»Welche Art Rat?« sagte sie.
»Wie bitte?« sagte er.
»Welche Art Rat, hab ich gesagt!« Sie kreischte fast.
»Na ja«, sagte Arthur. »Eigentlich eher allgemeiner Art. In der Broschüre stand ...«
»Ha! Broschüre!« spuckte die Alte. Sie schien jetzt mehr oder weniger auf gut Glück mit dem Schläger herumzufuchteln.

Arthur zog die zerknitterte Broschüre aus der Tasche. Wozu, wußte er nicht genau. Er hatte sie bereits gelesen, und die Alte interessierte sich vermutlich nicht dafür. Trotzdem klappte er sie auf, um etwas zu haben, in das er einen oder zwei nachdenkliche Blicke werfen konnte. Der Text in der Broschüre schwärmte in höchsten Tönen von den uralten, mystischen Künsten der hawaliuschen Seher und Weisen und übertrieb maßlos, was das Niveau der in Hawalion zur Verfügung stehenden Unterbringungsmöglichkeiten anging. Arthur trug noch immer ein Exemplar des Reiseführers *Per Anhalter durch die Galaxis* bei sich, hatte jedoch feststellen müssen, daß die Eintragungen immer abstruser und paranoider wurden und gespickt waren mit Xen, Ypsilons und Klammern. Irgendwo stimmte da etwas nicht. Er hatte keine Ahnung, ob das an seinem eigenen Exemplar lag oder daran, daß jemand oder etwas nicht mehr richtig tickte und im Herzen der Reiseführerorganisation vor sich hin halluzinierte. So oder so nahm seine Neigung ständig weiter ab, auf den Reiseführer zu bauen, was bedeutete, daß er im Grunde überhaupt nicht mehr auf ihn baute, sondern ihn überwiegend als Unterlage zum Sandwichessen benutzte, wenn er auf irgendeinem Felsen saß und etwas anstarrte.
Die Frau hatte sich umgedreht und ging nun langsam auf ihn zu. Arthur versuchte möglichst unauffällig, die Windrichtung abzuschätzen, und hüpfte ein Stück zur Seite, während sie näher kam.
»Rat«, sagte sie. »Rat, hä?«
»Äh, ja«, sagte Arthur. »Ja. Das heißt ...«
Wieder starrte er mit gerunzelter Stirn in die Broschüre, als wolle er sich vergewissern, daß er sich nicht verlesen hatte und dummerweise auf dem falschen Planeten gelandet war. In der Broschüre stand: »Die freundlichen Einwohner werden sich glücklich schätzen, das Wissen und die Weisheit

ihrer Vorfahren mit Ihnen teilen zu dürfen. Spähen Sie mit ihnen in den Strudel der Geheimnisse aus Vergangenheit und Zukunft!« Außerdem enthielt sie noch einige Gutscheine, aber es wäre Arthur viel zu peinlich gewesen, sie herauszuschneiden und allen Ernstes jemandem zu präsentieren.

»Rat, hä?« wiederholte die alte Frau. »Mehr so allgemeiner Art, meinen Sie. Aber wofür? Irgendwas mit Ihrem Leben, so was in der Art vielleicht?«

»Ja«, sagte Arthur. »So was in der Art. Damit hab ich nämlich manchmal gewisse Probleme, ehrlich gesagt.« Mit winzigen, zuckenden Bewegungen versuchte er verzweifelt, nicht in ihre Windrichtung zu geraten. Sie überraschte ihn, indem sie sich plötzlich ruckartig von ihm abwandte und auf den Weg zu ihrer Höhle machte.

»Dann müssen Sie mir mit dem Fotokopierer helfen«, sagte sie.

»Was?« sagte Arthur.

»Dem Fotokopierer«, wiederholte sie geduldig, »Sie müssen mir helfen, ihn rauszuziehen. Wird mit Sonnenenergie betrieben. Ich bewahre ihn bloß in der Höhle auf, damit ihn die Vögel nicht vollscheißen.«

»Aha«, sagte Arthur.

»An Ihrer Stelle würde ich vorher ein paarmal tief Luft holen«, murmelte die alte Frau, während sie in den düsteren Höhleneingang hineinstampfte.

Arthur folgte ihrem Rat. Das heißt, er hyperventilierte fast. Als er sich stark genug fühlte, hielt er den Atem an und folgte ihr nach drinnen.

Der Fotokopierer war ein großer, alter Kasten auf einem klapprigen Teewagen. Er stand unmittelbar hinter dem Höhleneingang im Schatten. Die Räder zeigten halsstarrig in verschiedene Richtungen, und der Boden war rauh und steinig.

»Gehen Sie noch mal draußen tief Luft holen«, sagte die alte Frau. Beim Versuch, das Ding zu bewegen, war Arthur knallrot angelaufen.
Er nickte erleichtert. Wenn ihr das Ganze schon nicht peinlich war, dann würde es ihm gefälligst auch nicht peinlich sein. Er trat ins Freie, atmete ein paarmal tief durch und kehrte dann in die Höhle zurück, um weiter zu wuchten und zu schieben. Er mußte ziemlich häufig rausgehen, bis endlich auch der Apparat draußen stand.
Die Sonne knallte auf den Kopierer. Die alte Frau verschwand erneut in der Höhle, kehrte sofort mit einigen stockfleckigen Platten zurück, die wie große Solarzellen aussahen, und schloß sie an die Maschine an.
Sie schielte skeptisch in den Himmel. Die Sonne schien ziemlich hell, aber es war ein dunstiger, verschwommener Tag.
»Wird ein Weilchen dauern«, sagte sie.
Arthur sagte, er warte gern.
Die alte Frau zuckte die Achseln und trampelte hinüber zur Feuerstelle. Der Inhalt des darüberhängenden Blechtopfes blubberte vor sich hin. Sie stocherte mit einem Stock darin herum.
»Wollen Sie vielleicht auch was zu Mittag?« erkundigte sie sich.
»Danke, ich hab schon gegessen«, sagte Arthur. »Wirklich nicht. Ich hab schon gegessen.«
»Klar ham Sie das«, sagte die alte Frau. Sie rührte mit dem Stock um. Nach einigen Minuten fischte sie einen Klumpen Irgendwas heraus, pustete, um ihn etwas abzukühlen, und stopfte ihn sich in den Mund.
Nachdenklich kaute sie eine Weile darauf herum.
Dann humpelte sie langsam hinüber zu dem Haufen ziegenartiger Kadaver. Sie spuckte den Klumpen auf den Haufen, humpelte langsam zum Topf zurück und versuch-

te ihn aus dem stativähnlichen Gestell zu hieven, an dem er hing.

»Soll ich Ihnen helfen?« sagte Arthur und sprang hilfsbereit auf. Er eilte zu ihr.

Gemeinsam lösten sie den Topf aus dem Gestell und trugen ihn unbeholfen die sanfte Böschung hinunter, die von der Höhle aus zu einer Reihe struppiger, knorriger Bäume hinabführte, die ihrerseits eine steilwandige, aber flache Rinne abgrenzten, aus der eine komplett neue Kollektion widerwärtiger Gerüche aufstieg.

»Fertig«, sagte die alte Frau.

»Ja...«, sagte Arthur, obwohl er nicht wußte, wozu.

»Eins«, sagte die alte Frau.

»Zwei«, sagte sie.

»Drei«, fügte sie hinzu.

Arthur begriff gerade noch rechtzeitig, was sie vorhatte.

Gemeinsam schleuderten sie den Topfinhalt in die Rinne.

Nach knapp zwei Stunden verschlossenen Schweigens beschloß die alte Frau, die Solarplatten hätten nun genug Sonnenlicht zum Betreiben des Fotokopierers absorbiert, verschwand in ihrer Höhle und polterte lautstark darin herum. Schließlich tauchte sie mit einem Stoß Papier wieder auf und fütterte die Maschine damit.

Sie reichte Arthur die Kopien.

»Das wäre, äh, wäre dann Ihr Rat, ja?« sagte Arthur, unsicher in den Kopien blätternd.

»Nein«, sagte die alte Dame. »Das ist meine Lebensgeschichte. Um die Qualität irgendwelcher Ratschläge, die man von irgendwem kriegt, richtig beurteilen zu können, muß man nämlich wissen, wie der Lebenslauf des Ratgebers aussieht. Also, beim Durchblättern dieser Unterlagen werden Sie sehen, daß ich alle bedeutenden Entscheidungen unterstrichen habe, um sie hervorzuheben. Sind außerdem alle in einem eigenen Verzeichnis aufgeführt und mit

Kreuzverweisen versehen. Sehen Sie? Und ich rate Ihnen, grundsätzlich nur Entscheidungen zu treffen, die das genaue Gegenteil von denen sind, die ich getroffen habe, weil sie dann wahrscheinlich Ihren Lebensabend ...« Sie verstummte kurz und füllte ihre Lungen mit Luft, um ordentlich brüllen zu können. »... nicht in einer stinkenden, alten Höhle wie der hier verbringen müssen!«

Sie schnappte sich den Tischtennisschläger, rollte ihren Ärmel hoch, stampfte hinüber zu ihrem Haufen toter, ziegenähnlicher Viecher, und machte sich mit neuem Schmiß und Schmackes daran, den Fliegen das Licht auszublasen.

Das letzte Dorf, das Arthur besuchte, bestand ausschließlich aus extrem hohen Pfählen. Sie waren so hoch, daß man vom Boden aus nicht erkennen konnte, was sich an ihrem oberen Ende befand, und Arthur mußte an dreien hochklettern, bevor er einen entdeckte, auf dem überhaupt etwas anderes war als eine mit Vogeldreck bekleckerte Plattform.

Keine leichte Übung. Um auf die Plattform zu gelangen, mußte man über Dutzende von kurzen Holzpflöcken klettern, die in langsam aufsteigenden Windungen rundum in die Pfähle getrieben worden waren. Jeder weniger emsige Tourist als Arthur hätte seine paar Schnappschüsse gemacht und wäre schnurstracks in den nächsten Imbiß geschlurft, wo man sich zudem eine ganze Reihe von besonders süßen und klebrigen Schokoladentörtchen kaufen konnte, um sie beim Betrachten der ortsansässigen Asketen zu essen. Nur waren die meisten dieser Asketen, nicht zuletzt deswegen, inzwischen verschwunden. Das heißt, sie waren größtenteils weggezogen und hatten lukrative Therapiezentren in wohlhabenderen Welten der Nordwestlichen Kabbelung der Galaxis aufgebaut, wo das Leben – grob geschätzt – siebzehnmillionenmal so leicht war und die Schokolade einfach märchenhaft. Wie sich herausstellte, hatten die meisten Asketen vor Beginn ihrer asketischen Laufbahn gar nicht gewußt, was Schokolade war. Ganz im Gegensatz zu den Klienten, die sich in ihren Therapiezentren einfanden und praktisch alles über Schokolade wußten.

Auf dem dritten Pfahl gönnte sich Arthur eine Verschnaufpause. Da jeder der Pfähle fünfzehn bis zwanzig Meter hoch war, war er verschwitzt und völlig außer Atem. Die Welt schien schwindelerregend um ihn herumzuflattern, aber das beunruhigte Arthur nicht sonderlich. Er wußte, daß er den Gesetzen der Logik nach nicht sterben konnte, bevor er nicht auf Stavromula Beta[1] gewesen war, und hatte sich daher jeder Form von Lebensgefahr gegenüber eine extrem heitere Grundhaltung zulegen können. Ihm war zwar ein bißchen schwummrig, weil er in zwanzig Meter Höhe auf einem Pfahl thronte, aber damit wurde er fertig, indem er ein Sandwich aß. Gerade wollte er beginnen, die Lebensgeschichte der alten Oraklerin zu lesen, als er hinter sich zu seiner Verwunderung jemanden hüsteln hörte.

Er drehte sich so ruckartig um, daß er sein Sandwich fallen ließ, das durch die Luft abwärts trudelte und ziemlich klein war, als es endlich vom Erdboden gestoppt wurde.

Etwa zehn Meter hinter Arthur war ein weiterer Pfahl, dessen Spitze als einzige in dem spärlichen Wald aus ungefähr drei Dutzend Pfählen ebenfalls besetzt war. Besetzt von einem alten Mann, der in gewichtige Gedanken versunken schien und finster in die Ferne blickte.

»Entschuldigen Sie«, sagte Arthur. Der Mann ignorierte ihn. Vielleicht konnte er ihn nicht hören. Der Wind wechselte ständig die Richtung. Das Hüsteln hatte Arthur rein zufällig gehört.

1 siehe »Das Leben, das Universum und der ganze Rest«, Kapitel 18

»Hallo?« rief Arthur. »Hallo!«

Der Mann warf ihm einen flüchtigen Blick zu. Er schien überrascht zu sein, ihn zu sehen. Arthur war sich nicht sicher, ob er überrascht und erfreut war, ihn zu sehen, oder bloß überrascht.

»Haben Sie geöffnet?« rief Arthur.

Der Mann runzelte verständnislos die Stirn. Arthur war sich nicht sicher, ob er ihn nicht verstanden oder nicht gehört hatte.

»Ich komm mal eben rüber«, rief Arthur. »Gehen Sie nicht weg.«

Er kraxelte von der kleinen Plattform, kletterte zügig über die gewundenen Pflöcke und kam ziemlich benommen auf dem Erdboden an.

Er machte sich auf den Weg zu dem Pfahl, auf dem der alte Mann saß, und stellte plötzlich fest, daß er die Orientierung verloren hatte und gar nicht genau wußte, welcher Pfahl der richtige war.

Er sah sich nach möglichen Anhaltspunkten um und fand schließlich heraus, welcher Pfahl der richtige war.

Er kletterte hinauf. Es war der falsche.

»Verdammt«, sagte er. »Entschuldigung!« rief er dem alten Mann zu, der jetzt zwar direkt vor ihm saß, allerdings immer noch gut zwölf Meter von ihm entfernt. »Hab mich verirrt. Bin in einer Minute bei Ihnen.« Und kletterte, zunehmend erhitzt und verärgert, wieder nach unten.

Als er keuchend und schwitzend die Spitze jenes Pfahls erreichte, von dem er ganz sicher wußte, daß er der richtige war, wurde ihm klar, daß der Mann ihn irgendwie auf den Arm nahm.

»Was wollen Sie?« rief ihm der alte Mann mürrisch zu. Er saß oben auf dem Pfahl, den Arthur als denjenigen wiedererkannte, auf dem er selbst gesessen und sein Sandwich gegessen hatte.

»Wie sind Sie da rübergekommen?« rief Arthur verwirrt.
»Ich hab vierzig Frühlinge, Sommer und Herbste auf einem Pfahl sitzen müssen, um das rauszukriegen. Glauben Sie, ich verrate Ihnen das einfach so?«
»Was ist mit den Wintern?«
»Was ist mit den Wintern?«
»Sitzen Sie im Winter nicht auf dem Pfahl?«
»Nur weil ich den Großteil meines Lebens auf einem Pfahl zubringe«, sagte der Mann, »bin ich noch lange nicht bescheuert. Im Winter fahre ich in den Süden. In mein Strandhäuschen. Da sitze ich dann auf dem Schornstein.«
»Haben Sie einen guten Rat für einen Reisenden?«
»Ja. Besorgen Sie sich ein Strandhäuschen.«
»Aha.«
Der Mann starrte über die heiße, trockene, struppige Landschaft. Von hier oben aus konnte Arthur die alte Frau gerade noch erkennen, als kleinen Fleck in der Ferne, der auf und ab tanzend Fliegen klatschte.
»Sehen Sie sie?« rief der alte Mann.
»Ja«, sagte Arthur. »Ich habe sie sogar um Rat gebeten.«
»Weiß 'ne Menge. Das Strandhäuschen hab ich bekommen, weil sie's nicht haben wollte. Was hat sie Ihnen geraten?«
»Immer das Gegenteil von dem zu tun, was sie getan hat.«
»Mit anderen Worten, ein Strandhäuschen kaufen.«
»Schätze schon«, sagte Arthur. »Na, vielleicht kaufe ich mir ja eins.«
»Hmmm.«
Der Horizont verschwamm in einem stinkenden Hitzeschleier.
»Sonst noch irgendein Rat?« fragte Arthur. »Vielleicht einen, der nichts mit Grundbesitz zu tun hat?«
»Ein Strandhäuschen ist nicht bloß Grundbesitz, sondern

eine Grundhaltung«, sagte der alte Mann. Er drehte sich um und sah Arthur an.

Merkwürdigerweise war das Gesicht des Mannes jetzt nur noch knapp einen Meter weit entfernt. Einerseits schien seine Gestalt vollkommen normal zu sein, aber andererseits saß sein Körper im Schneidersitz auf einem zwölf Meter entfernten Pfahl, während sein Gesicht nur einen guten halben Meter von Arthur entfernt war. Ohne den Kopf zu bewegen oder irgend etwas erkennbar Ungewöhnliches zu tun, stand er auf und trat auf eine andere Plattform. Entweder war das bloß die Hitze, dachte Arthur, oder der Raum hatte für den Mann eine andere Form.

»Ein Strandhäuschen«, sagte er, »muß nicht mal am Strand liegen. Sind allerdings die besten. Wir alle sammeln uns gern«, fuhr er fort, »unter Grenzbedingungen.«

»Tatsächlich?« sagte Arthur.

»Wo Land und Wasser zusammentreffen. Wo Erde und Luft zusammentreffen. Wo Körper und Geist zusammentreffen. Wir lieben es, auf jeweils einer der beiden Seiten zu stehen und die andere zu betrachten.«

Arthur wurde entsetzlich aufgeregt. Genau das waren die Dinge, die ihm die Broschüre versprochen hatte. Er saß vor einem Mann, der sich durch von Escher persönlich gestaltete Räume zu bewegen schien und wirklich tiefschürfende Dinge über alles mögliche zu sagen wußte.

Trotzdem war es nervtötend. Der Mann trat jetzt von einem Pfahl auf den Boden, vom Boden auf einen Pfahl, von Pfahl zu Pfahl, von einem Pfahl in den Horizont und wieder zurück. Er führte Arthurs räumlichen Kosmos restlos ad absurdum.

»Bitte hören Sie auf!« sagte Arthur benommen.

»Halten Sie nicht aus, hmm?« erwiderte der Mann. Ohne sich gerührt zu haben, saß er wieder im Schneidersitz auf dem zwölf Meter von Arthur entfernten Pfahl. »Sie kom-

men her, weil Sie meinen Rat wollen, können aber nichts verarbeiten, was Sie nicht bereits kennen. Hmmm. Also werden wir Ihnen etwas erzählen müssen, das Sie bereits wissen und trotzdem wie etwas ganz Neues klingt, wie? Also wieder mal das Übliche. Tja.« Er seufzte und spähte mit grimmig zusammengekniffenen Augen in die Ferne.
»Wo kommst du her, Junge?« fragte er dann.
Arthur entschied sich für eine gewitzte Antwort. Er hatte es satt, ständig und überall für einen Volltrottel gehalten zu werden. »Ich sag Ihnen was«, sagte er. »Sie sind doch Seher. Wie wär's, wenn Sie mir das erzählen?«
Der alte Mann seufzte erneut. »Ich wollte nur«, sagte er und führte seine Hand hinter den Kopf, »ein bißchen plaudern.« Als er seine Hand wieder hervorzog, drehte sich ein Globus auf seinem ausgestreckten Zeigefinger. Die Erde. Unverkennbar. Er ließ den Globus wieder verschwinden. Arthur war völlig von den Socken.
»Woher wußten Sie ...?«
»Kann ich Ihnen nicht sagen.«
»Wieso denn nicht? Ich bin von so weit hergekommen.«
»Sie können nichts sehen, wie ich es sehe, weil Sie es sehen, wie Sie es sehen. Sie können nicht wissen, was ich weiß, weil Sie wissen, was Sie wissen. Was ich sehe und weiß, kann dem, was Sie sehen und wissen, nicht hinzugefügt werden, weil es dem Wesen nach verschieden ist. Genausowenig kann es das, was Sie sehen und wissen, ersetzen, denn das hieße, Sie selbst zu ersetzen.«
»Augenblick, darf ich mir das aufschreiben?« sagte Arthur und durchstöberte aufgeregt seine Tasche nach einem Stift.
»Sie können sich am Raumhafen eine Kopie mitnehmen«, sagte der alte Mann. »Die haben das Zeug regalweise da.«
»Oh«, sagte Arthur enttäuscht. »Also ... gibt es denn nichts, das ein bißchen ... spezifischer für mich ist?«

»Alles, was Sie sehen oder hören oder in irgendeiner Weise erfahren, gilt spezifisch für Sie. Sie erschaffen das Universum, indem Sie es wahrnehmen, also ist alles, was Sie im Universum wahrnehmen, für Sie spezifisch.«

Arthur sah ihn zweifelnd an. »Kriege ich das auch am Raumhafen?« fragte er.

»Fragen Sie mal nach.«

»In der Broschüre steht«, sagte Arthur, zog sie aus der Tasche und blätterte erneut darin, »daß ich ein spezielles Gebet kriegen kann, eins, das individuell auf mich und meine besonderen Bedürfnisse zugeschneidert ist.«

»Ach, von mir aus«, sagte der alte Mann. »Dann wollen wir mal für Sie beten. Haben Sie was zum Schreiben?«

»Ja«, sagte Arthur.

»Es geht folgendermaßen. Wollen mal sehen … ›Bewahre mich davor zu wissen, was ich nicht wissen muß. Bewahre mich davor, auch nur zu wissen, daß es Wissenswertes gibt, von dem ich nichts weiß. Bewahre mich davor zu wissen, daß ich beschlossen habe, nichts von den Dingen zu wissen, die nicht zu wissen ich beschlossen habe. Amen.‹ Das wär's. Ist genau das, was Sie sowieso schon die ganze Zeit still vor sich hin beten, also können Sie's genausogut offen aussprechen.«

»Hmmm«, sagte Arthur. »Äh. Danke …«

»Dazu gehört noch ein anderes Gebet, und zwar ein sehr wichtiges«, fuhr der alte Mann fort. »Also kritzeln Sie das besser auch mit.«

»Ist gut.«

»Es lautet: ›Herr, Herr, Herr …‹ Ist besser, den Teil mitzusprechen, nur für den Fall. Man weiß ja nie. ›Herr, Herr, Herr. Bewahre mich vor den Konsequenzen des obigen Gebetes. Amen.‹ Und das wär's. Wenn jemand Schwierigkeiten im Leben hat, liegt das meistens daran, daß er den letzten Teil weggelassen hat.«

»Haben Sie schon mal was von Stavromula Beta gehört?« fragte Arthur.

»Nein.«

»Tja, dann vielen Dank für Ihre Hilfe.«

»Nicht der Rede wert«, sagte der Mann auf dem Pfahl und verschwand.

ZEHNTES KAPITEL

Ford warf sich gegen die Tür zum Büro des verantwortlichen Chefredakteurs, duckte sich, als der Rahmen erneut splitternd nachgab, zu einem kleinen Ball zusammen, rollte zügig über den Boden bis dorthin, wo das schicke graue Knautschledersofa stand, und richtete seine strategische Operationsbasis dahinter ein.

Wenigstens was das der Plan.

Unglücklicherweise war das schicke graue Knautschledersofa nicht da.

Weshalb, dachte Ford, während er freischwebend herumwirbelte, schlingerte und hinter Harls Schreibtisch in Deckung hechtete, sind gewisse Leute von der blöden fixen Idee besessen, alle fünf Minuten ihre Büromöbel neu zu arrangieren?

Weshalb ersetzte jemand beispielsweise ein absolut zweckdienliches, wenn auch eher schlichtes Sofa durch etwas, das große Ähnlichkeit mit einem kleinen Panzer hatte?

Und wer war der Riese mit dem tragbaren Raketenwerfer auf der Schulter? Jemand von der Zentrale? Unmöglich. Das hier war die Zentrale. Jedenfalls die des Reiseführers. Woher diese Burschen von InfiniTumb Enterprises kamen, wußte Zarkon allein. Ihrer schneckenartigen Hautfarbe und -struktur nach zu urteilen, bestimmt aus keiner besonders sonnigen Gegend.

Hier stimmt aber auch rein gar nichts, dachte Ford Prefect. Leute, die mit dem Reiseführer zu tun hatten, hatten aus sonnigen Gegenden zu kommen.

Es waren mehrere Kerle, und alle waren wesentlich schwerer bewaffnet und dicker gepanzert, als man das normalerweise bei Führungskräften erwartete, selbst in der modernen rauhen, ellenbogenlastigen Geschäftswelt.

Ford zog natürlich nur Schlußfolgerungen. Er schlußfolgerte, daß die großen, stiernackigen, schneckenartigen Kerle auf irgendeine Weise mit InfiniTumb Enterprises zu tun hatten, und immerhin handelte es sich dabei um eine hocherfreulich vernünftige Schlußfolgerung, da die Kerle Logos mit der Aufschrift »InfiniTumb Enterprises« auf ihren Panzerplatten trugen. Dennoch hatte Ford den bohrenden Verdacht, daß er sich in keiner geschäftlichen Besprechung befand. Außerdem hatte er das Gefühl, diese schnekkenartigen Wesen schon mal irgendwo gesehen zu haben. Wenn auch nicht in dieser Aufmachung.

Da er inzwischen schon gute zweieinhalb Sekunden im Zimmer war, hielt er die Zeit für gekommen, endlich etwas Konstruktives auf die Beine zu stellen. Vielleicht eine Geisel nehmen. Das wäre gut.

Vann Harl saß beunruhigt, blaß und mitgenommen auf seinem Drehstuhl. Hatte nach dem üblen Schlag auf den Hinterkopf vermutlich auch noch ein paar schlechte Nachrichten zu hören bekommen. Ford sprang auf und ging mit ausgestreckten Armen auf ihn los.

Unter dem physischen Vorwand, ihn in einen guten, soliden, doppelt abgestützten Schwitzkasten bekommen zu wollen, gelang es Ford, den Ident-i-Fix in Harls Innentasche zurückzuschwindeln.

Bingo!

Damit hatte er erledigt, was er hatte erledigen wollen. Jetzt mußte er nur noch seinen Kopf aus der Schlinge reden.

»Okay«, sagte er. »Ich ...« Er verstummte.

Der große Kerl mit dem Raketenwerfer drehte sich um, legte auf Ford Prefect an und damit in dessen Augen ein wirklich ungeheuer unverantwortliches Verhalten an den Tag.

»Ich ...«, begann er erneut und beschloß dann, einer plötzlichen Eingebung folgend, sich zu ducken.
Unter ohrenbetäubendem Gebrüll schlugen Flammen aus der Hinterseite des Raketenwerfers und eine Rakete aus der Vorderseite.
Die Rakete rauschte über Ford hinweg und traf auf die Panzerglasscheibe, die durch die Explosion in Millionen Scherben zerplatzte und ins Freie rieselte. Schwere Erschütterungswellen aus Lärm und Luftdruck hallten von den Zimmerwänden wider und fegten einige Stühle, einen Aktenschrank und den Sicherheitsroboter Colin aus dem Fenster.
Aha! Also sind die Dinger doch nicht hundertprozentig raketensicher, dachte Ford. Darüber würde irgendwer mit irgendwem mal ein paar ernste Takte reden müssen. Er befreite sich von Harl und hielt nach einem geeigneten Fluchtweg Ausschau.
Er war umstellt.
Der große Kerl mit dem Raketenwerfer nahm erneut Aufstellung, um einen weiteren Schuß loszulassen.
Ford hatte das dumme Gefühl, bis zur Halskrause in Schwierigkeiten zu stecken.
»Hört mal«, sagte er mit fester Stimme. Nur war er nicht ganz sicher, ob es ihn unbedingt weiterbrachte, Dinge wie »Hört mal« mit fester Stimme zu sagen, und viel Zeit blieb ihm definitiv nicht. Ach, was soll's, dachte er, man ist nur einmal jung, und warf sich aus dem Fenster. Damit blieb ihm wenigstens das Überraschungsmoment.

ELFTES KAPITEL

Arthur fand sich resigniert damit ab, daß er sich zuallererst um eines kümmern mußte, nämlich um ein neues Leben. Was bedeutete, daß er einen Planeten brauchte, auf dem er es führen konnte. Es mußte ein Planet sein, auf dem er atmen konnte, auf dem er aufrecht stehen und sitzen konnte, ohne sich dabei wegen der herrschenden Gravitation allzu unbehaglich zu fühlen. Und es mußte irgendwo sein, wo der Säuregrad gering war und die Pflanzen nicht gleich auf einen losgingen.

»Ich möchte nicht anthropologisch erscheinen«, sagte er zu dem seltsamen Ding hinter dem Schalter des Beratungszentrums für Niederlassungsangelegenheiten auf Pintleton Alpha, »aber am liebsten würde ich irgendwo leben, wo die Leute auch ungefähr so aussehen wie ich. Sie wissen schon. Irgendwie menschlich.«

Das seltsame Ding hinter dem Schalter wedelte mit einigen seiner seltsameren Teile und machte einen ziemlich bestürzten Eindruck. Es triefte und glibberte von seinem Stuhl, zappelte langsam über den Boden davon, nahm einen alten Metallaktenschrank zu sich und schied dann laut rülpsend die passende Schublade aus. Es ließ ein paar glitzernde Tentakel aus seinem Ohr schnellen, entnahm der Schublade einige Ordner, saugte die Schublade in sich hinein und kotzte den Aktenschrank wieder aus, zappelte über den Boden zurück, schleimte sich wieder auf den Stuhl hoch und klatschte die Ordner auf den Tisch.

»Irgendwas dabei, was Ihnen gefällt?« fragte es.

Nervös blätterte Arthur einige schmuddlige, klamme Seiten durch. Er befand sich ganz eindeutig in einem galaktischen

Notstandsgebiet, und zwar ziemlich weit ab vom Schuß, soweit er das nach den ihm bekannten und vertrauten Teilen des Universums beurteilen konnte. Dort, wo eigentlich seine Heimat sein sollte, trudelte ein vergammelter Provinzplanet durchs All, von Regen durchweicht und von Schlägern und Schlammschweinen bevölkert. Und da hier draußen sogar der Reiseführer nur sporadisch zu funktionieren schien, blieb Arthur gar nichts anderes übrig, als derartige Nachforschungen an derartigen Orten anzustellen. Ein Ort, nach dem er immer wieder fragte, war Stavromula Beta, aber von einem solchen Planeten hatte noch nie jemand gehört.

Die zur Auswahl stehenden Welten sahen ziemlich schlimm aus. Sie hatten ihm nicht viel zu bieten, weil er ihnen nicht viel zu bieten hatte. Es war eine ausgesprochen ernüchternde Erkenntnis für ihn gewesen, daß er zwar aus einer Welt kam, in der es Autos und Computer und Ballet und Armagnac gab, jedoch ohne Hilfe von außen nicht wußte, wie all diese Dinge funktionierten oder hergestellt wurden. Er verstand von alldem im Grunde nichts. Auf sich allein gestellt, konnte er nicht mal einen Toaster zusammenbasteln. Er konnte ein leidliches Sandwich machen, aber das war auch schon alles. Somit bestand keine besonders große Nachfrage nach seinen Diensten.

Arthur verließ der Mut. Was ihn überraschte, weil er davon ausgegangen war, schon seit längerem überhaupt keinen mehr gehabt zu haben. Für einen Moment schloß er die Augen. Er wünschte sich so sehr, wieder zu Hause zu sein. Er wünschte sich so sehr seine Heimat zurück, wünschte, die Erde, auf der er aufgewachsen war, wäre nicht abgerissen worden. Er wünschte sich so sehr, all diese Dinge wären nicht wirklich geschehen. Er wünschte sich so sehr, die Augen aufzuschlagen und wieder auf der Türschwelle seines kleinen Häuschens im ländlichen Westen Englands zu stehen, wünschte, daß die Sonne über die grünen Hügel schiene, das Postauto die Straße hinaufführe, die Osterglocken in seinem Garten blühten und die Eckkneipe zur Mittagszeit öffnete. Er wünschte sich so sehr, mit der Zeitung in die Kneipe zu gehen und sie bei einem großen Glas Bitter zu lesen. Er wünschte sich so sehr, das Kreuzworträtsel aufzuschlagen. Er wünschte sich so sehr, wieder einmal bei 17 waagerecht absolut nicht weiterzuwissen.

Er öffnete die Augen.

Das seltsame Ding pulsierte gereizt in seine Richtung und trommelte mit irgendwelchen Scheinfüßchen auf den Tisch.

Arthur schüttelte den Kopf und sah sich die nächste Seite an.

Schlimm, dachte er. Und die nächste.

Ganz schlimm. Und die nächste.

Oh ... *das* sah schon wesentlich besser aus.

Es war eine Welt namens Barteldan. Eine mit Sauerstoff. Eine mit grünen Hügeln. Offenbar sogar eine mit angesehener literarischer Kultur. Aber das, was den Planeten in seinen Augen am reizvollsten machte, war ein Foto von mehreren Barteldanern, die auf einem Marktplatz standen und freundlich in die Kamera lächelten.

»Ah«, sagte er und hielt dem seltsamen Ding hinter dem Schalter das Bild hin.

Die Augen des Dings quollen an Stielen aus ihren Höhlen und rollten, eine glitzernde Schleimspur zurücklassend, über die Seite.

»Ja«, sagte es angewidert. »Die sehen genauso aus wie Sie.«

Arthur zog nach Barteldan und kaufte sich von dem Geld, das er von einer DNA-Bank für Spucke und einige Fußnagelschnipsel bekommen hatte, ein Zimmer in der Stadt, die er auf dem Foto gesehen hatte. Er fühlte sich dort wohl. Die

Luft war mild. Die Leute sahen aus wie er, schienen nichts dagegen zu haben, daß er bei Ihnen war, und gingen auch nicht mit irgendwas auf ihn los. Er kaufte sich ein paar Kleidungsstücke und einen Schrank, um sie hineinzuhängen.
Er hatte sich ein Leben beschafft. Nun mußte er nur noch eine Aufgabe darin finden.
Zuerst versuchte er es mit Lesen. Nur gelang es der barteldanischen Literatur nicht, sein Interesse wachzuhalten, so berühmt sie auch sein mochte für ihre Subtilität und Anmut. Das Problem bestand darin, daß sie genaugenommen überhaupt nicht von menschlichen Wesen handelte. Sie handelte nicht von dem, was menschliche Wesen wollten. Die Bewohner von Barteldan waren den Menschen zwar äußerlich bemerkenswert ähnlich, aber wenn man zu einem von ihnen »Guten Abend« sagte, sah er sich in der Regel einigermaßen überrascht um, schnüffelte und sagte, ja, jetzt, wo Arthur es erwähne, schätze auch er, der Abend sei höchstwahrscheinlich einer von der eher annehmbaren Sorte.
»Nein, so meinte ich das nicht. Ich wollte Ihnen damit eigentlich nur einen guten Abend wünschen«, erwiderte Arthur dann, oder besser, hatte Arthur dann jeweils erwidert. Er war solchen Unterhaltungen bald schon aus dem Weg gegangen. »Ich wollte sagen, daß Sie hoffentlich einen guten Abend haben«, ergänzte er.
Größere Verwirrung.
»Wünschen?« fragte der Barteldaner schließlich höflich, aber verdutzt.
»Äh, ja«, erwiderte Arthur dann. »Ich versuche lediglich, der Hoffnung Ausdruck zu . . .«
»Hoffnung?«
»Ja.«
»Was ist Hoffnung?«
Gute Frage, dachte Arthur daraufhin und zog sich in sein Zimmer zurück, um über allerhand nachzudenken.

Einerseits mußte er zur Kenntnis nehmen und respektieren, was er über die barteldanische Sichtweise des Universums lernte, nämlich daß das Universum nun mal war, was das Universum war, und damit basta. Andererseits konnte er sich des Gefühls nicht erwehren, daß es schlicht und ergreifend nicht *natürlich* war, keine Sehnsucht zu empfinden, nicht einmal Wünsche und Hoffnungen zu haben.

Natürlich. Das war ein kniffliger Begriff.

Ihm war schon vor langem klargeworden, daß viele der Dinge, die er für natürlich gehalten hatte, zum Beispiel, anderen Leuten Weihnachtsgeschenke zu kaufen, vor roten Ampeln zu halten oder mit einer Geschwindigkeit von 9,75 Metern pro Sekunde zu fallen, lediglich Eigenarten *seiner* Welt gewesen waren, Eigenarten, die man anderswo nicht unbedingt in vergleichbarer Form vorfand: aber sich nichts zu wünschen – das konnte doch nicht natürlich sein, oder? Das wäre das gleiche, wie nicht zu atmen.

Atmen gehörte ebenfalls zu den Dingen, die die Barteldaner nicht taten, trotz all des Sauerstoffs in ihrer Atmosphäre. Sie standen einfach da. Gelegentlich liefen sie zwar auch herum und spielten Korbball oder ähnliches Zeug (natürlich ohne sich jemals einen Sieg zu wünschen – sie spielten einfach, und wer gewann, gewann eben), aber dabei atmeten sie grundsätzlich nicht. Das war aus irgendeinem Grund nicht notwendig. Arthur lernte schnell, daß es wirklich gespenstisch war, mit den Barteldanern Korbball zu spielen. Obwohl sie aussahen wie Menschen, sich wie Menschen bewegten und sogar wie welche klangen, atmeten sie nicht und wünschten sich nichts.

Arthur hingegen tat den ganzen Tag lang praktisch nichts anderes, als zu atmen und sich Dinge zu wünschen. Manchmal wünschte er sich gewisse Dinge so sehr, daß er ziemlich gehetzt zu atmen begann, und mußte sich dann zurückziehen und ein Weilchen hinlegen. Allein. In seinem kleinen

Zimmer. So weit entfernt von der Welt, die ihm das Leben geschenkt hatte, daß sein Gehirn schon bei dem Versuch, die zur Errechnung der Entfernung notwendigen Zahlen zu verarbeiten, überfordert in sich zusammensackte.
Er zog es vor, nicht darüber nachzudenken. Er zog es vor, einfach dazusitzen und zu lesen – oder hätte es wenigstens vorgezogen, wenn irgend etwas Lesenswertes dagewesen wäre. Aber in den barteldanischen Geschichten wollte ja nie jemand etwas. Nicht mal ein Glas Wasser. Natürlich besorgten sie sich eins, wenn sie Durst hatten, aber wenn gerade keins da war, dachten sie eben nicht weiter darüber nach. Das Buch, das Arthur gerade las, handelte von einem Mann, der im Laufe einer Woche ein bißchen im Garten arbeitete, sehr oft Korbball spielte, beim Ausbessern einer Straße half und ein Kind zeugte, bevor er kurz vor dem letzten Kapitel völlig überraschend verdurstete. Verärgert kämmte Arthur das Buch von hinten nach vorn durch und fand schließlich im zweiten Kapitel einen flüchtigen Hinweis auf gewisse Probleme mit Wasserleitungen. Und das war alles. Folglich stirbt der Kerl. Einfach so.
Aber das war beileibe nicht der Höhepunkt der Geschichte, weil sie nämlich keinen hatte. Die Figur starb nach ungefähr einem Drittel des vorletzten Kapitels, und auf den restlichen Seiten stand noch ein bißchen was über das Ausbessern von Straßen. Das Buch endete Knall auf Fall mit dem hunderttausendsten Wort, weil das nun mal die Länge aller barteldanischen Bücher war.
Arthur schleuderte das Buch an die Wand, gab sein Zimmer auf und reiste ab. Er begann völlig sinnlos umherzureisen und verkaufte mehr und mehr Spucke, Fingernägel, Fußnägel, Blut, Haare und alles andere, was er loswerden konnte, um die Tickets bezahlen zu können. Wie er feststellte, konnte er für Sperma sogar erster Klasse fliegen. Er ließ sich nirgendwo nieder, sondern existierte ausschließlich in der

abgeschlossenen, dämmrigen Welt der Hyperraumschiffe, aß, schlief, sah sich Filme an und blieb nur so lange auf den Raumhäfen, bis er genug DNA für den nächsten Langzeitflug in möglichst weite Ferne gespendet hatte. Er wartete und wartete auf den nächsten passenden Zufall.

Darauf zu warten, daß der passende Zufall eintritt, ist deswegen so problematisch, weil es nicht funktioniert. »Zufall« bedeutet etwas anderes. Und was in Arthurs Fall passierte, war weder der Zufall, auf den er gewartet hatte, noch einer, auf den er nicht gewartet hatte, sondern ein Unfall.

Das Schiff, mit dem er unterwegs war, blinkte im Hyperraum, flackerte auf grauenhafte Weise gleichzeitig zwischen siebenundneunzig verschiedenen Punkten des Universums umher, geriet an einem dieser Punkte in die Anziehungskraft eines auf keiner Karte verzeichneten Planeten, verhedderte sich in dessen äußerer Atmosphäre und begann kreischend und zerberstend in sie hineinzustürzen.

Die Steuersysteme des Schiffes protestierten während des gesamten Absturzes, alles verlaufe absolut normal und kontrolliert, aber als das Schiff schließlich hektisch kreiselnd eine kilometerlange Schneise in ein Waldstück riß und dann als brodelnder Feuerball explodierte, wurde deutlich, daß genau das nicht der Fall war.

Feuer verschlang den Wald, siedete in die Nacht und löschte sich dann säuberlich von selbst, wozu heutzutage alle unplanmäßig auftretenden Feuer ab einer gewissen Größe gesetzlich verpflichtet sind. Anschließend flackerten hier und da noch für einige Zeit kleinere Feuer auf, von nach und nach explodierenden, verstreuten Trümmern entfacht. Schließlich erloschen auch sie.

Außer Arthur Dent, der aus nackter Langeweile über die endlosen interstellaren Flüge als einziger an Bord des Schiffes einigermaßen mit den im Falle einer unvorhergesehenen Landung zu ergreifenden Rettungsmaßnahmen vertraut ge-

wesen war, überlebte keiner der Passagiere. Arthur lag verrenkt und verwundet in einer Art flauschigem, pinkfarbenem Plastik-Kokon, auf dessen Hülle in dreitausend verschiedenen Sprachen »Einen angenehmen Tag noch« gedruckt stand.
Schwarze, brüllende Wellen des Schweigens überfluteten seinen zerrütteten Geist. Fast resigniert fand er sich mit der Gewißheit ab, daß er überleben würde, weil er Stavromula Beta noch nicht erreicht hatte.
Nach einer schieren Ewigkeit aus Schmerz und Dunkelheit wurde er stummer Schatten gewahr, die ihn umkreisten.

ZWÖLFTES KAPITEL

Ford stürzte inmitten einer Wolke aus Glassplittern und Stuhlteilen durch die Luft. Wieder einmal hatte er alles nicht wirklich zu Ende gedacht, wirklich nicht, sondern sich einfach auf seinen Instinkt verlassen, um Zeit zu gewinnen. Wenn sich ernstere Lebenskrisen einstellten, empfand er es meist als äußerst hilfreich, sein Leben vor seinem inneren Auge vorbeischießen zu lassen. Das bot ihm Gelegenheit, die Dinge zu überdenken, sie aus anderen Blickwinkeln zu betrachten, und lieferte manchmal den entscheidenden Hinweis darauf, was als nächstes zu tun war.
Von unten rauschte der Boden mit einer Geschwindigkeit von 9,22 Metern pro Sekunde auf ihn zu, aber das, dachte er, war ein Problem, mit dem er sich erst beschäftigen wollte, wenn er mit der Nase darauf stieß. Immer schön der Reihe nach.
Ah, es ging los. Seine Kindheit. Eintöniges Zeug, das er in- und auswendig kannte. Bilder schossen an ihm vorbei. Öde Zeiten auf Beteigeuze Fünf. Zaphod Beeblebrox als Kind. Ja, das wußte er alles noch. Er hätte gern eine Schnellvorlauftaste im Kopf gehabt. Die Feier an seinem siebenten Geburtstag, bei der er sein erstes Handtuch bekommen hatte. Na, mach schon, mach schon.
Er kreiselte und drehte sich abwärts, seine Lungen füllten sich mit der eiskalten Außenluft und zogen sich schockiert zusammen. Möglichst kein Glas einatmen.
Frühe Reisen auf andere Planeten. Du lieber Zark, das war fast so schlimm wie ein bescheuerter Diavortrag vor dem Hauptfilm. Der Beginn der Arbeit für den Reiseführer.
Ah!

Die gute alte Zeit. Sie hatten in einer Hütte auf dem Bwenelli-Atoll auf Fanalla gearbeitet, bis die Riktanarqals und die Danqueds eingefallen waren. Ein halbes Dutzend junger Männer, ein paar Handtücher, eine Handvoll hochentwickelter digitaler Gerätschaften und – vor allem – massenhaft Träume. Nein. Vor allem massenhaft fanallanischer Rum. Um ganz und gar haargenau zu sein, war der gute Alte-Janx-Geist das Wichtigste gewesen, dann der fanallanische Rum und außerdem einige der Atollstrände, an denen die Mädels aus der Gegend herumgehangen hatten. Aber die Träume waren natürlich auch wichtig gewesen. Was war bloß aus denen geworden?
Er konnte sich nicht genau erinnern, welcher Art sie eigentlich gewesen waren, aber damals waren sie ihnen unheimlich wichtig vorgekommen. Was die Träume allerdings garantiert nicht eingeschlossen hatten, war dieser mächtig in den Himmel ragende Büroklotz, an dessen Seite er gerade in die Tiefe stürzte. Seinen Anfang hatte das alles genommen, nachdem sich das ursprüngliche Team etabliert hatte und raffgierig geworden war, während er und andere weiter Feldforschung betrieben, den Anhalterdaumen raushielten und sich immer mehr von dem unternehmerischen Alptraum abkapselten, zu dem der Reiseführer unerbittlich verkam, und von der architektonischen Mißgestalt, die er angenommen hatte. Wo hatten sie ihre Träume gelassen? Er dachte an all die Firmenanwälte, die das halbe Gebäude besetzt hielten, an die Mitarbeiter in den unteren Stockwerken, an die Ressort-Redakteure und ihre Sekretärinnen und die Anwälte ihrer Sekretärinnen und die Sekretärinnen der Anwälte ihrer Sekretärinnen und an das Schlimmste von allem, die Buchhaltung und die Marketingabteilung.
Er hatte fast Lust, einfach weiterzufallen.
Einen Mittelfinger für die ganze Bande.
Er kam gerade am siebzehnten Stock vorbei, in dem die

Marketingabteilung hauste. Ein Haufen Suffköppe, die darüber stritten, welche Farbe der Reiseführer haben sollte, und ihre grenzenlos unfehlbare Fähigkeit demonstrierten, nachher immer schlauer zu sein. Hätten einige von ihnen in diesem Moment aus dem Fenster gesehen, wären sie sicherlich verdutzt gewesen, Ford Prefect da an sich vorbei in den sicheren Tod stürzen und ihnen mit ausgestrecktem Mittelfinger einen Vogel zeigen zu sehen.

Sechzehnter Stock. Ressort-Redakteure. Arschgeigen. Was war mit all den Manuskripten, die sie ihm zusammengestrichen hatten? Forschungsmaterial aus geschlagenen fünfzehn Jahren hatte er allein über einen einzigen Planeten zusammengestellt, und die Typen hatten alles bis auf zwei Worte gestrichen: »Größtenteils harmlos.« Auch denen ein Gruß mit dem Finger.

Fünfzehnter Stock. Logistische Verwaltung, wozu das auch immer gut sein sollte. Die hatten alle dicke Autos. Dazu, dachte er, war sie wohl gut.

Vierzehnter Stock. Personalabteilung. Er wurde den häßlichen Verdacht nicht los, daß man von dort aus für sein fünfzehn Jahre währendes Exil gesorgt hatte, in dessen Verlauf sich der Reiseführer in den Unternehmensmonolithen (oder besser -duolithen, schließlich durfte man die Anwälte nicht vergessen) verwandelt hatte, der er heute war.

Dreizehnter Stock. Forschung und Entwicklung.

Augenblick mal. Dreizehnter Stock.

Da seine Lage allmählich bedrohlich wurde, mußte er sich mit dem Nachdenken ein bißchen ranhalten.

Urplötzlich fiel ihm die Stockwerkanzeige im Fahrstuhl wieder ein. Das dreizehnte Stockwerk hatte gefehlt. Er hatte sich weiter keine Gedanken darüber gemacht, weil er sich während seines fünfzehn Jahre langen Aufenthalts auf dem eher rückständigen Planeten Erde, auf dem man wegen der Zahl Dreizehn abergläubisch war, an Gebäude gewöhnt hatte, in denen die Dreizehn bei der Stockwerknumerierung weggelassen wurde. Aber hier bestand dazu kein Anlaß.

Die Fenster im dreizehnten Stock waren, wie er im Vorbeischießen feststellte, dunkel gefärbt.

Was ging dahinter vor sich? Harls krauses Gewäsch fiel ihm wieder ein. Ein neuer, multidimensionaler Reiseführer, der in einer endlosen Anzahl von Universen verteilt werden sollte. Aus Harls Mund hatte das geklungen wie hirnverbranntes, sinnloses Wunschdenken der Marketingabteilung, mit freundlicher Unterstützung der Buchhaltung. Aber wenn auch nur ein Körnchen Wahrheit darin steckte, war es eine ausgesprochen unheimliche und gefährliche Idee. Stimmte das alles etwa? Was passierte hinter den dunkel gefärbten Fenstern im abgeriegelten dreizehnten Stock?

Ford fühlte zuerst Neugier in sich aufsteigen und anschließend Panik. Mehr aufsteigende Gefühle standen ihm momentan nicht zur Verfügung. In jeder anderen Hinsicht ging es mit ihm steil bergab. Er mußte sich langsam wirklich ernsthaft damit beschäftigen, wie er aus dieser Situation lebend wieder herauskommen wollte.

Er warf einen Blick nach unten. Ungefähr dreißig Meter unter ihm wuselten Leute herum, von denen einige erwartungsvoll nach oben sahen. Sie machten ihm Platz. Sie unterbrachen sogar vorübergehend die herrliche und vollkommen blödsinnige Wocketjagd.

Er wollte sie wirklich nicht gern enttäuschen, aber einen knappen halben Meter unter ihm schwebte, wie er erst jetzt bemerkte, Colin. Colin, der ihn offenbar fröhlich tanzend eskortiert und darauf gewartet hatte, daß Ford sich zu irgend etwas entschloß.

»Colin!« brüllte Ford.

Colin reagierte nicht. Ford stockte der Atem. Dann fiel ihm plötzlich ein, daß er Colin ja noch gar nichts davon gesagt hatte, daß er Colin hieß.

»Komm hier rauf!« brüllte Ford.

Colin hüpfte neben ihn. Die Fahrt bereitete ihm einen Heidenspaß, und er hoffte, daß es Ford genauso ging.

Dann verdunkelte sich Colins Welt plötzlich und unerwartet, als Fords Handtuch ihn umhüllte, und der Roboter hatte sofort das Gefühl, viel, viel schwerer zu werden. Er war aufgeregt und glücklich über die Herausforderung, mit der Ford ihn konfrontiert hatte. Bloß war er nicht sicher, ob er ihr gewachsen wäre.

Das Handtuch war fest um Colin geschlungen. Ford hing an ihm und krallte sich in die Säume. Andere Anhalter hatten es für angebracht gehalten, ihre Handtücher auf exotische Art und Weise zu verändern und dazu alle möglichen esoterischen Werkzeuge, Zusatzgeräte und sogar Computerzubehör in den Stoff genäht. Ford war Purist. Er liebte schlichte Dinge. Er trug ein normales Handtuch aus einem normalen Geschäft für Haushaltstextilien bei sich. Es hatte sogar eine Art blau-rosafarbenes Blümchenmuster, ungeachtet Fords zahlreicher Versuche, es auszuwaschen und zu bleichen. Zwischen den Fasern steckten ein paar Drahtstücke und ein kleiner, biegsamer Schreibstift, und eine der Ecken war mit Nährstoffen getränkt, damit Ford im Notfall daran saugen konnte, aber ansonsten war es ein ganz normales Handtuch zum Gesichtabtrocknen.

Die einzige wirkliche Veränderung, zu der er sich von einem Freund hatte überreden lassen, war die Verstärkung der Säume gewesen.

Und in die krallte Ford sich nun wie ein Wahnsinniger.

Sie fielen noch immer, aber jetzt wesentlich langsamer.

»Hoch, Colin!« rief er.

Nichts.

»Dein Name«, rief Ford, »ist Colin. Wenn ich also ›Hoch, Colin!‹ rufe, möchte ich, daß du, Colin, nach oben fliegst. Kapiert? Hoch, Colin!«
Nichts. Außer einem unterdrückten Ächzen. Fords Sorge wuchs. Sie fielen jetzt nur noch sehr langsam, aber Ford machte sich Sorgen wegen der Leute, die sich auf dem Boden unter ihm versammelten. Die freundlichen einheimischen Wocketjäger zerstreuten sich, und massige, schwere, stiernackige, schneckenartige Wesen mit Raketenwerfern schienen aus dem aufzutauchen, was man gewöhnlich als Nichts bezeichnete.
Leider besteht diese Art Nichts, wie alle erfahrenen Anhalter nur zu gut wissen, in der Regel aus multidimensionaler, hochkomplexer, besonders dicker Luft.
»Hoch«, kläffte Ford erneut. »Hoch! Colin, hoch mit dir!«
Colin zerrte und ächzte. Sie hingen jetzt mehr oder weniger unbeweglich in der Luft. Ford hatte das Gefühl, seine Finger müßten jeden Augenblick brechen.
»Hoch!«
Sie blieben, wo sie waren.
»Hoch, hoch, hoch!«
Eine der Schnecken schickte sich an, eine Rakete auf ihn abzufeuern. Ford konnte es nicht fassen. Er hing mitten in der Luft an einem Handtuch, und eine Schnecke schickte sich an, mit einer Rakete auf ihn zu schießen. Die guten Ideen waren ihm schon seit längerem vollständig ausgegangen, aber jetzt bekam er es ernsthaft mit der Angst zu tun.
Er befand sich in genau der Art Klemme, in der er sich normalerweise darauf verlassen konnte, daß ihm der Reiseführer irgendwelche Ratschläge erteilte, ganz egal, wie ärgerlich oder schwammig sie auch sein mochten – aber dies war nicht der geeignete Augenblick, um sich in die Tasche zu greifen. Außerdem schien der Reiseführer nicht länger

ein Freund und Verbündeter zu sein, sondern selbst eine Gefahrenquelle darzustellen. Immerhin hing Ford, verzarkt noch mal, vor der Zentrale des Reiseführers, und sein Leben wurde von genau den Leuten bedroht, denen das Ding mittlerweile zu gehören schien. Was war aus all den fast vollständig vergessenen Träumen geworden, die sie auf dem Bwenelli-Atoll geträumt hatten? Sie hätten das alles sein lassen sollen! Hätten dableiben sollen. Am Strand. Weiter tolle Frauen lieben, sich von Fisch ernähren sollen. Er hätte damals schon wissen müssen, daß alles in die verkehrte Richtung lief, damals, als sie angefangen hatten, Konzertflügel über das Meermonsterbecken im Innenhof zu hängen. Mit einemmal fühlte er sich restlos elend und unnütz. Seine Finger brannten vor geballtem Schmerz. Und auch sein Knöchel tat immer noch weh.

Oh, vielen Dank, Knöchel, dachte er verbittert. Vielen Dank, daß du gerade jetzt mit deinen Problemen kommst. Dir wäre wahrscheinlich wesentlich wohler, wenn du in einem warmen Fußbad stecken würdest, wie? Wenigstens könnte ich dir zuliebe den ...

Er hatte eine Idee.

Die gepanzerte Schnecke hatte sich mittlerweile den Raketenwerfer auf die Schulter gewuchtet. Die Rakete war vermutlich so gebaut, daß sie das erste bewegliche Ziel vernichtete, das ihr in die Quere kam.

Ford bemühte sich, nicht zu schwitzen, da er die Säume des Handtuchs durch seine Hände gleiten spürte.

Mit der Spitze seines gesunden Fußes stieß und quetschte er am Absatz seines schmerzenden Fußes herum.

»Flieg *hoch*, verflucht noch mal!« murmelte Ford hilflos in Colins Richtung, der ausgelassen weiterzerrte, ohne jedoch aufsteigen zu können. Ford bearbeitete seinen Absatz weiter.

Er versuchte, den richtigen Zeitpunkt abzuschätzen, aber

das war völlig sinnlos. Tu es einfach. Er hatte nur einen Versuch, und der mußte eben sitzen. Er hatte sich den Schuh jetzt über den Hacken gestreift. Die Schmerzen in seinem verstauchten Knöchel ließen nach. Na, das war doch immerhin etwas.

Er trat sich gegen den Absatz. Der Schuh rutschte von seinem Fuß und flog durch die Luft. Eine knappe halbe Sekunde darauf schoß eine Rakete aus der Mündung des Werfers, entdeckte den durch ihre Schußrichtung fallenden Schuh, ging schnurstracks darauf los, traf ihn und explodierte mit einem hochzufriedenen, leistungsbewußten Knall.

Das passierte ungefähr fünf Meter über dem Boden.

Die Wucht der Explosion war größtenteils nach unten gerichtet. Wo noch vor einer Sekunde ein Rudel Mitarbeiter der Firma InfiniTumb Enterprises mit Raketenwerfern auf einem eleganten, terrassenförmig angelegten und mit leuchtenden Fliesen aus den uralten Alabastrumsteinbrüchen von Zentalquabula gepflasterten Vorplatz gestanden hatte, befand sich jetzt nur noch ein flacher, mit ekligen Teilen gefüllter Krater.

Eine gewaltige Hitzeblase stieg wuchtig vom Explosionsherd auf und schleuderte Ford und Colin ungestüm himmelwärts. Ford kämpfte in blinder Verzweiflung um Halt und verlor ihn. Hilflos trudelte er durch die Luft, erreichte den Scheitelpunkt seiner persönlichen Parabel, hielt kurz inne und stürzte dann wieder abwärts. Er fiel und fiel und fiel und wickelte sich urplötzlich schmerzhaft um Colin, der noch immer aufstieg.

Ford klammerte sich verzweifelt an den kleinen, kugelförmigen Roboter. Colin schleuderte wie angestochen auf die Fassade der Reiseführerzentrale zu und versuchte entzückt, sein Gleichgewicht wiederzufinden und zu bremsen.

Die Welt wirbelte mit brechreizerregender Geschwindigkeit um Ford herum, während er und der kleine Roboter sich umeinander drehten und wanden, und hörte dann plötzlich genauso brechreizerregend damit auf, um völlig stillzustehen.

Ford fand sich mit äußerst schwummrigen Gefühlen auf einem Fenstersims wieder. Sein Handtuch segelte vorbei, er griff danach und fing es auf.

Colin hüpfte direkt vor ihm in der Luft auf und ab.

Ford sah sich verschrammt, blutend und atemlos um. Der Sims, auf dem er hockte, war kaum dreißig Zentimeter breit und befand sich dreizehn Stockwerke hoch über dem Erdboden.

Dreizehn.

Er wußte, daß er im dreizehnten Stock saß, weil die Fenster hinter ihm dunkel waren. Seine Verbitterung war grenzenlos. Immerhin hatte er genau diese Schuhe zu einem aberwitzig hohen Preis in New York in einem Laden auf der Lower East Side gekauft. Ihretwegen hatte er einen kompletten Essay über die Freude an gutem Schuhwerk geschrieben, der im Zuge des »Größtenteils Harmlos«-Debakels über Bord gegangen war. Verflucht sei das alles.

Und jetzt war einer dieser Schuhe weg. Er warf den Kopf in den Nacken und starrte in den Himmel.

Das Ganze wäre keine derart schlimme Tragödie gewesen, wäre der betreffende Planet nicht abgerissen worden. So jedoch bestand für Ford keine Aussicht, sich ein neues Paar zu besorgen.

Natürlich existierte infolge der bestehenden endlosen seitlichen Ausdehnung der Wahrscheinlichkeit eine beinahe unendliche Anzahl von Erden, aber wenn es wirklich darauf ankam, konnte man ein bedeutendes Paar Schuhe eben nicht einfach ersetzen, indem man ein bißchen in der multidimensionalen Raumzeit herumkasperte.

Er seufzte.

Was soll's, dachte er, und zwang sich, das Ganze positiv zu sehen. Immerhin hatte er dem Schuh sein Leben zu verdanken. Jedenfalls für den Augenblick.
Er hockte dreizehn Stockwerke hoch an der Außenwand eines Gebäudes auf einem knapp dreißig Zentimeter breiten Fenstersims und war absolut nicht sicher, ob das einen guten Schuh wert war.
Er starrte benommen durch die getönte Scheibe.
Dahinter war es dunkel und still wie in einer Gruft.
Nein. Das war ein wirklich alberner Gedanke. Er hatte schon tolle Parties in Gruften miterlebt.
Bewegte sich da etwas? Er war nicht ganz sicher. Er meinte, eine Art sonderbaren, flatternden Schatten erkannt zu haben. Das konnte aber auch das Blut sein, das über seine Wimpern tropfte. Er wischte es weg. Junge, jetzt einen Bauernhof haben und Schafe züchten, das wäre was. Er spähte erneut durch die Scheibe, um herauszufinden, was sich dahinter verbarg, hatte jedoch das im heutigen Universum weitverbreitete Gefühl, daß er eine Art optische Illusion betrachtete und seine Augen ihm bloß alberne Streiche spielten.
War das da drin irgendein komischer Vogel? Was hielten sie hier oben versteckt, hinter den dunkel getönten, raketensicheren Fensterscheiben in einem geheimgehaltenen Stockwerk? Ihre Vogelkäfige? Fest stand, daß da drin etwas flatterte, nur schien es sich dabei nicht um einen Vogel zu handeln, sondern eher um ein vogelähnliches Luftloch.
Er schloß kurz die Augen, danach hatte er sich schon seit längerem gesehnt. Er überlegte, was zum Teufel er als nächstes tun sollte. Springen? Klettern? Er konnte sich nicht vorstellen, daß eine Möglichkeit bestand, in das Gebäude einzudringen. Es stimmte zwar, daß das raketensichere Glas in Harls Büro den Härtetest nicht bestanden hatte, aber immerhin war die Testrakete ja auch von innen

und aus nächster Nähe abgefeuert worden, womit die Erfinder der Scheiben nicht unbedingt hatten rechnen können. Das bedeutete noch lange nicht, daß er die Scheibe einfach zertrümmern konnte, indem er seine Faust mit dem Handtuch umwickelte und zuschlug. Man weiß ja nie, dachte er, probierte es und hielt sich die schmerzende Faust. Zu seinem Glück hatte er dort, wo er saß, nicht richtig ausholen können, sonst hätte er sich wahrscheinlich richtig weh getan. Da man das Gebäude anläßlich des Wiederaufbaus nach dem Angriff vom Froschstern gründlich verstärkt hatte, war es vermutlich das am schwersten gepanzerte Verlagshaus der gesamten Branche, aber trotzdem war Ford sicher, daß es, wie jedes von Aufsichtsräten entworfene System, eine Schwachstelle hatte. Eine hatte er ja bereits entdeckt. Die Scheibenentwickler waren nicht davon ausgegangen, daß jemand aus nächster Nähe und von innen mit einer Rakete gegen ihre Scheiben schoß, deshalb hatten die Scheiben versagt.
Was erwarteten die Scheibenentwickler also *nicht* von jemandem, der auf dem Sims vor einem ihrer Fenster saß?
Es kostete ihn einiges Kopfzerbrechen, die richtige Lösung zu finden.
Was sie erstens schon mal gar nicht erwartet haben konnten, war, daß er sich überhaupt dort aufhielt. Er befand sich also praktisch bereits auf der Siegerstraße, denn nur ein absoluter Idiot konnte dort sitzen, wo er saß. Einer der beliebtesten Fehler von Leuten, die etwas absolut Idiotensicheres zu konstruieren versuchen, ist der, den Erfindungsreichtum eines absoluten Idioten zu unterschätzen.
Er zog seine neu erworbene Kreditkarte aus der Tasche, steckte sie in den Spalt zwischen Fenster und Fensterrahmen und tat etwas, wozu keine Rakete in der Lage gewesen wäre. Er ruckelte ein bißchen. Er spürte, daß ein Verschluß

hochglitt. Er stieß das Fenster auf, fiel vor Lachen beinahe rückwärts in die Tiefe und dankte den Göttern für die Großen Belüftungs- und Telefonunruhen von SrDt 3454.

Anfangs waren die Großen Belüftungs- und Telefonunruhen von SrDt 3454 nichts weiter gewesen als heiße Luft. Nur war heiße Luft natürlich genau das Problem, das durch Belüftung behoben werden sollte und von ihr auch ganz vernünftig behoben worden war, bis dann irgendwer Klimaanlagen erfunden hatte, die das Problem auf wesentlich erregendere Art und Weise aus der Welt schafften.
Was auch wieder alles schön und gut war, sofern man den Lärm und das Getröpfel aushalten konnte, bis dann jemand auf etwas noch Schärferes und Gewitzteres als Klimaanlagen kam, nämlich die sogenannte gebäudeintegrierte Klimakontrolle.
Und das war nun wirklich was Feines.
Die gebäudeintegrierte Klimakontrolle unterschied sich von stinknormalen Klimaanlagen vor allem dadurch, daß sie sensationell viel teurer war und zu ihrem Betrieb Unmengen von ausgeklügelten Meß- und Steuerungsanlagen benötigt wurden, die zu jeder Tages- und Nachtzeit bedeutend besser als normale Menschen wußten, welche Art Luft die Menschen im Gebäude atmen wollten.
Was natürlich bedeutete, daß in die betreffenden Gebäude nur versiegelte Fenster eingesetzt werden durften, um sicherzustellen, daß normale Menschen die komplizierten Berechnungen nicht über den Haufen warfen, die das System ihretwegen anstellte. Das wurde wahrhaftig gemacht.
Während die Systeme installiert wurden, fanden sich viele der Leute, die an den Gebäuden arbeiten sollten, in Gesprächen mit Atm-O-Smart-Technikern wieder, die ungefähr so abliefen:
»Aber was ist, wenn wir die Fenster aufmachen wollen?«

»Mit dem neuen Atm-O-Smart werden Sie die Fenster nicht aufmachen wollen.«
»Schon, aber nur mal angenommen, wir wollten sie nur ein klein bißchen aufmachen.«
»Mit dem neuen Atm-O-Smart werden Sie die Fenster nicht mal ein klein bißchen aufmachen wollen. Dafür wird das neue Atm-O-Smart-System schon sorgen.«
»Hmmm.«
»Genießen Sie Atm-O-Smart!«
»Na gut, aber was passiert, wenn das Atm-O-Smart kaputtgeht oder mal nicht richtig funktioniert oder so?«
»Ah! Eine der tollsten Eigenschaften des Atm-O-Smart-Systems ist, daß es unmöglich kaputtgehen kann. In der Hinsicht können Sie wirklich völlig unbesorgt sein. Also viel Spaß beim Atmen und weiterhin einen angenehmen Tag.«
(Infolge der Großen Belüftungs- und Telefonruhen von SrDt 3454 ist heute natürlich jeder Hersteller von mechanischen, elektrischen, quantenmechanischen, hydraulischen und sogar wind-, dampf- oder kolbenbetriebenen Geräten dazu verpflichtet, seine Produkte mit einer vorgeschriebenen Inschrift zu versehen. Unabhängig von der Größe des Gegenstandes, müssen dessen Designer eine Möglichkeit finden, die Inschrift darauf unterzubringen, weil diese ohnehin eher den Designern zu denken geben sollte als den Benutzern.
Die Inschrift lautet wie folgt:
»Der Hauptunterschied zwischen etwas, was möglicherweise kaputtgehen könnte, und etwas, was unmöglich kaputtgehen kann, besteht darin, daß sich bei allem, was unmöglich kaputtgehen kann, falls es doch kaputtgeht, normalerweise herausstellt, daß es unmöglich zerlegt oder repariert werden kann.«)
Auf wundersame Weise stellten sich schon bald darauf

größere Hitzewellen zum gleichen Zeitpunkt ein wie größere Ausfälle des Atm-O-Smart-Systems. Dies verursachte anfangs nichts weiter als eine verhalten brodelnde Abneigung und einige Erstickungstode.
Richtig grauenhaft wurde es erst, als an einem einzigen Tag drei Ereignisse gleichzeitig eintraten: Das erste Ereignis war eine von der Atm-O-Smart-GmbH herausgegebene Bekanntmachung, die besten Ergebnisse ließen sich mit ihren Systemen erzielen, wenn man sie in gemäßigtem Klima einsetzte.
Das zweite Ereignis war der Zusammenbruch eines Atm-O-Smart-Systems aufgrund der an diesem Tag außergewöhnlichen Hitze und der ebenso außergewöhnlich hohen Luftfeuchtigkeit und die daraufhin notwendige Evakuierung mehrerer hundert Büroangestellter, die vor dem Haus mit dem dritten Ereignis zusammenstießen, nämlich einer wütenden Horde von Fernmeldevermittlern, die die Schnauze so gestrichen voll davon hatten, tagein, tagaus jeden Idioten, der ein Telefon festhalten konnte, mit den Worten »Vielen Dank, daß sie BS & S gewählt haben« zu verabschieden, daß sie schließlich, mit Mülltonnen, Megaphonen und Gewehren bewaffnet, auf die Straße gestürmt waren.
Im Laufe des nachfolgenden, mehrtägigen Gemetzels wurde jedes einzelne Fenster in der Stadt eingeschlagen, ob raketensicher oder nicht, und zwar in der Regel begleitet von Rufen wie »Geh aus der Leitung, Arschloch! Mir doch wurscht, wohin du verbunden werden willst und von welchem Anschluß du anrufst. Hau ab und steck dir 'ne Tüte Knallfrösche in den Hintern! Jaa-haha! Huu-Huu-Huu! Veluuuum! Quaaak!« und einer ganzen Reihe anderer tierischer Laute, die die Leute im Rahmen ihrer üblichen Arbeit grundsätzlich nicht loswerden durften.
Mit dem Ergebnis, daß am Ende sämtlichen Telefonvermittlern das verfassungsmäßige Recht zuerkannt wurde,

mindestens einmal stündlich am Telefon »Wähl BS & S und stirb!« zu sagen, und sämtliche Bürogebäude mit Fenstern ausgestattet werden mußten, die sich wenigstens ein klein bißchen öffnen ließen.

Ein weiteres, gänzlich unerwartetes Ergebnis war gewesen, daß die Selbstmordrate drastisch zurückging. All die gestreßten, aufstrebenden Führungskräfte, die sich während der dunklen Tage der Atm-O-Smart-Tyrannei gezwungen gesehen hatten, vor Züge zu springen oder sich Dolche in den Bauch zu rammen, konnten plötzlich auf ihre eigenen Fenstersimse klettern und runterhüpfen, wann immer es ihnen paßte. Wodurch es allerdings immer häufiger dazu kam, daß sie in den kurzen Augenblicken, in denen sie sich umsehen und sammeln mußten, entdeckten, daß ihnen eigentlich nichts weiter gefehlt hatte als ein bißchen frische Luft und ein neuer Blick auf die Welt, und dann vielleicht noch ein Bauernhof, auf dem man ein paar Schafe züchten konnte.

Und ein weiteres, völlig unbeabsichtigtes Ergebnis war, daß es dem im dreizehnten Stock eines dick gepanzerten Gebäudes gestrandeten Ford Prefect trotz seiner spärlichen, lediglich aus einem Handtuch und einer Kreditkarte bestehenden Bewaffnung gelang, durch ein angeblich raketensicheres Fenster in Sicherheit zu klettern.

Er drückte das Fenster ordentlich wieder zu, nachdem er auch Colin hatte hindurchfliegen lassen, und begann sich nach dem komischen Vogelding umzusehen.

Was ihm an den Fenstern aufgefallen war, war folgendes: Da man sie erst *nachträglich* von unbezwingbaren zu aufklappbaren Fenstern gemacht hatte, waren sie längst nicht so sicher wie von vornherein als aufklappbar konstruierte Fenster.

Tjaja, was ist das gute alte Leben manchmal komisch, dachte Ford gerade so vor sich hin, als ihm plötzlich auffiel,

daß der Raum, in den einzubrechen ihm solche Mühe bereitet hatte, gar nicht besonders interessant war.
Er blieb überrascht stehen.
Wo war die seltsame, flatternde Form? Wo war überhaupt irgendwas, das all den Wirbel rechtfertigte, den außergewöhnlichen Geheimnisschleier, der über diesen Raum gebreitet war, und die gleichermaßen außergewöhnliche Kette von Ereignissen, die sich miteinander hatten verschwören müssen, um ihn überhaupt hierherzubringen?
Der Raum war, wie mittlerweile alle Räume im Gebäude, in einem grauenhaft geschmackvollen Grau gehalten. An der Wand hingen ein paar Tabellen und Zeichnungen. Mit den meisten konnte Ford nichts anfangen, aber dann entdeckte er etwas, das sehr nach einem Plakatentwurf aussah.
Auf dem Plakat war ein vogelartiges Logo und darunter ein Werbetext folgenden Wortlauts: »Der Reiseführer *Per Anhalter durch die Galaxis Mark II*: Das Erstaunlichste, was es überhaupt je gegeben hat. Demnächst in einer Dimension ganz in Ihrer Nähe.« Keine weiteren Informationen.
Ford sah sich noch einmal um. Dann wurde er allmählich auf den unsäglich überglücklichen Sicherheitsroboter Colin aufmerksam, der inzwischen in einer Zimmerecke kauerte und bibberte, als habe er eine Heidenangst.
Merkwürdig, dachte Ford. Er ließ einen Blick durch den Raum schweifen, um den Anlaß für Colins Verhalten zu entdecken, und sah etwas, das er bisher nicht bemerkt hatte, friedlich auf einer Werkbank liegen.
Es war kreisrund und schwarz und annähernd so groß wie eine kleine Radkappe. Da seine Ober- und Unterseite sanft nach außen gewölbt waren, ähnelte es einem kleinen, leichten Diskus.
Die Scheibenoberfläche war absolut glatt, wie aus einem Guß, und wies nicht das geringste Merkmal auf.
Nichts rührte sich.

Dann sah Ford, daß etwas darauf geschrieben stand. Seltsam. Einen Augenblick zuvor hatte noch nichts darauf gestanden, und jetzt stand plötzlich etwas da. Ohne daß es einen wahrnehmbaren Übergang vom einen in den anderen Zustand gegeben hätte.
Auf der Scheibe stand nur ein einziges Wort, in kleinen, beunruhigenden Buchstaben.

»Panik.«

Einen Augenblick zuvor waren noch keine Spuren oder Risse in der Oberfläche gewesen. Jetzt waren welche da. Und sie wurden größer.
»Panik«, sagte der Reiseführer *Mark II*. Ford kam der Aufforderung zügig nach. Ihm war gerade eingefallen, weshalb ihm die schneckenartigen Wesen bekannt vorgekommen waren. Ihre Farbgebung entsprach ungefähr dem Firmengrau, aber in jeder anderen Hinsicht sahen sie wirklich haargenau aus wie Vogonen.

DREIZEHNTES KAPITEL

Das Schiff landete sanft am Rande der breiten Lichtung, ungefähr dreißig Meter vom Dorf entfernt.
Es tauchte plötzlich und unerwartet auf, veranstaltete dabei jedoch nicht den geringsten Wirbel. Eben war der Nachmittag noch ein ganz normaler, frühherbstlicher Spätnachmittag gewesen – die Blätter begannen sich bereits rot und golden zu verfärben, der Fluß, gespeist vom Regen aus den Bergen im Norden, begann anzuschwellen, das Gefieder der Pikkas begann in Erwartung des Winters allmählich dicker zu werden, bald würde die Wanderung der Absolut Normalen Viecher über die Ebene beginnen, und Old Thrashbarg begann auf seinen Wanderungen durch das Dorf immer lauter vor sich hinzumurmeln, was bedeutete, daß er die Geschichten probte und ausarbeitete, die er vom vergangenen Jahr erzählen würde, wenn erst die Abende wieder länger wurden und die Menschen des Dorfes gar keine andere Wahl hatten, als sich am Feuer zu versammeln und zu murren und anzumerken, sie hätten das alles ganz anders in Erinnerung –, und jetzt saß plötzlich ein Raumschiff da und schimmerte im Licht der warmen Herbstsonne.
Es summte ein bißchen und gab dann Ruhe.
Es war kein großes Raumschiff. Wären die Dorfbewohner Raumschiffexperten gewesen, hätten sie gewußt, daß es ein ziemlich fesches Exemplar war, ein kleiner, schnittiger Hrundi-Vier-Kojen-Flitzer, der mit fast allen im Prospekt angepriesenen Extras ausgestattet war, abgesehen vom Anti-Vektordrall-System, das sich nur Weicheier andrehen ließen. Mit einem Anti-Vektordrall-System kann man ein-

fach keine vernünftigen, engen, scharfen Kurven um eine trilaterale Zeitachse drehen. Na schön, es erhöht die Flugsicherheit geringfügig, aber dafür macht es auch die Steuerung vollkommen schwabblig.

All das wußten die Dorfbewohner natürlich nicht. Die meisten von ihnen, die hier auf dem abgelegenen Planeten Lamuella lebten, hatten überhaupt noch nie ein Raumschiff gesehen, jedenfalls ganz bestimmt keins, das noch in einem Stück war, und etwas so Außergewöhnliches wie das im warmen Abendlicht daliegende Ding war ihnen seit jenem Tag nicht mehr untergekommen, an dem Kirp einen Fisch mit Köpfen an beiden Enden gefangen hatte.

Alles war verstummt.

Wo noch Sekunden zuvor zwei oder drei Dutzend Menschen herumgeschlendert waren, miteinander geplaudert, Wasser getragen, die Pikkas geärgert oder bloß versucht hatten, Old Thrashbarg möglichst geschickt aus dem Weg zu gehen, regte sich urplötzlich nichts mehr: Alle hatten sich umgewandt, um verblüfft das seltsame Objekt anzustarren.

Nein, nicht alle. Die Pikkas ließen sich nämlich von völlig anderen Dingen verblüffen. So brachte sie ein stinknormales, unerwartet auf einem Stein liegendes Blatt dazu, in konfusen Schrittfolgen davonzuhopsen, und der Sonnenaufgang warf sie allmorgendlich vollständig aus der Bahn, aber die Landung eines Raumschiffs aus einer anderen Welt war etwas, dem es gründlich mißlang, ihre Aufmerksamkeit zu erregen. Sie riefen weiter *kar* und *rit* und *hak* und pickten auf dem Boden nach Körnern; der Fluß setzte sein ruhiges, umfassendes Murmeln fort.

Was sich außerdem unvermindert fortsetzte, war der laute und unmelodische Gesang aus der letzten Hütte am linken Dorfrand.

Begleitet von einem kurzen Klicken und Summen faltete

sich plötzlich eine Rampe aus dem Raumschiff auf den Boden. Danach tat sich für ein, zwei Minuten gar nichts, mal abgesehen vom lauten Gesang aus der letzten Hütte am linken Dorfrand, und das Ding lag einfach da.
Einige der Dorfbewohner, vor allem die Jungen, drängelten sich ein bißchen vor, um besser sehen zu können. Old Thrashbarg versuchte, sie zurückzuscheuchen. Genau diese Art Vorfall konnte Old Thrashbarg nämlich überhaupt nicht leiden. Er hatte das Ganze nicht vorhergesagt, nicht mal andeutungsweise, und obwohl er es schon irgendwie in seine Fortsetzungsgeschichte würde hineinkneten können, war es doch ein ziemlicher Schlag ins Kontor.
Er stürmte nach vorn, schubste die Jungen weg und hob die Arme und den uralten, knorrigen Stab in die Höhe. Die langen, warmen Strahlen der Abendsonne setzten ihn in ein hübsches Licht. Er bereitete sich darauf vor, diese Götter, wer immer sie auch sein mochten, zu begrüßen, als habe er sie sowieso schon seit längerem erwartet.
Noch immer geschah nichts.
Langsam wurde deutlich, daß innerhalb des Schiffes eine Art Streit stattfand. Die Zeit verging, und Old Thrashbargs Arme begannen zu schmerzen.
Plötzlich faltete sich die Rampe wieder zusammen.
Damit war Old Thrashbarg aus dem Schneider. Die da drin waren Dämonen, und er hatte sie verscheucht. Was er aus Gründen der Umsicht und Bescheidenheit nicht hatte vorhersagen wollen.
Praktisch im gleichen Augenblick faltete sich auf der von Thrashbarg abgewandten Seite eine andere Rampe aus dem Schiff, über die nun doch zwei Gestalten ausstiegen, die noch immer miteinander stritten und sämtliche Anwesenden ignorierten, sogar Thrashbarg, den sie von ihrem Standort aus allerdings ohnehin nicht hätten bemerken können.

Old Thrashbarg kaute verärgert an seinem Bart.
Einfach weiter mit erhobenen Armen dastehen? Mit gesenktem Kopf und ausgestrecktem Stab auf die Knie fallen? Rückwärts umkippen, wie übermannt von einem titanischen inneren Kampf? Oder vielleicht einfach in die Wälder ziehen und ein Jahr lang auf einem Baum leben, ohne mit jemandem zu reden?
Letztlich entschied er sich, entspannt die Arme sinken zu lassen, als habe er genau das vollendet, was er vorgehabt hatte. Da sie ihm ernsthaft weh taten, blieb ihm sowieso nichts anderes übrig. Er machte ein improvisiertes, geheimnisvolles Zeichen in Richtung der wieder eingefahrenen Rampe und trat dann dreieinhalb Schritte zurück, um sich diese komischen Leute erst einmal genauer anzusehen, bevor er weitere Schritte plante.
Die größere der beiden Gestalten war eine ausgesprochen hübsche Frau, die weiche, zerknautschte Sachen trug. Old Thrashbarg konnte natürlich nicht wissen, daß sie aus Rymplon™ hergestellt waren, einem neuen Synthetikstoff, der sich zum Raumreisen einfach herrlich eignete, weil er in zerknittertem, durchgeschwitztem Zustand am besten aussah.
Die kleinere Gestalt war ein Mädchen. Es wirkte unbeholfen und mürrisch, trug Sachen, die in zerknittertem, durchgeschwitztem Zustand grauenhaft aussahen, und schien das zu allem Überfluß auch noch ganz genau zu wissen.
Alles starrte die beiden gebannt an, nur die Pikkas nicht, die ihren eigenen Kram im Auge behielten.
Die Frau blieb stehen und sah sich um. Sie machte einen entschlossenen Eindruck. Sie schien etwas ganz Bestimmtes zu wollen, allerdings nicht genau zu wissen, wo sie danach suchen sollte. Nacheinander betrachtete sie die Gesichter der neugierig um sie versammelten Dorfbewohner.
Thrashbarg hatte keine Ahnung, wie er das Ganze handha-

ben sollte, und verlegte sich deshalb aufs Singen. Er warf den Kopf in den Nacken und fing an zu jammern, wurde jedoch sofort von einem neuerlichen Gesangesausbruch aus der Hütte des Sandwichmachers unterbrochen: der letzten Hütte auf der linken Dorfseite.
Die Frau wandte sich abrupt um, und ganz allmählich breitete sich ein Lächeln über ihr Gesicht. Ohne Old Thrashbarg auch nur eines Blickes zu würdigen, ging sie energisch auf die Hütte zu.

Die Sandwichherstellung ist eine Kunst, die in ihrer ganzen Tiefe zu erlernen nur wenige Menschen die Zeit finden. Die Aufgabe an sich ist einfach, aber zahlreich und unergründlich sind die Möglichkeiten, wahrhaft befriedigende Ergebnisse zu erzielen: Es beginnt schon mit der Wahl des richtigen Brotes. Der Sandwichmacher hatte viele Monate täglicher Beratungen und Experimente mit Grarp, dem Bäcker, zugebracht, bis sie schließlich einen Laib entwickelt hatten, der fest genug war, um dünn und sauber geschnitten zu werden, dabei jedoch leicht, feucht und von jenem feinen, nussigen Geschmack, der das Aroma von gebratenem Absolut-Normale-Viecherfleisch am besten zur Geltung brachte.
Überdies mußte die Geometrie der Scheibe verfeinert werden: das exakte Verhältnis zwischen Breite, Höhe und natürlich der Dicke, all diese Aspekte, von denen Umfang und Gewicht des fertigen Sandwiches abhingen, wobei ein weiteres Mal die Leichtigkeit im Vordergrund stand, aber ähnlich großer Wert auf Festigkeit, Fülle und jene Aussicht auf Saftigkeit und Wohlgeschmack gelegt wurde, die ein wahrhaft intensives Sandwicherlebnis kennzeichnet.
Von entscheidender Bedeutung war natürlich das geeignete Werkzeug, und zahllos waren die Tage, die der Sandwichmacher, sofern er nicht mit dem Bäcker vor dem Ofen

beschäftigt war, beim Werkzeugmacher Strinder verbrachte, wo er Messer begutachtete und ausbalancierte, sie in die Schmiede trug und wieder zurück. Geschmeidigkeit, Stärke, Klingenschärfe, Länge und Schwerpunkt wurden enthusiastisch debattiert, Theorien aufgestellt, überprüft, verfeinert, und zahllos waren die Abende, an denen man die Umrisse von Sandwichmacher und Werkzeugmacher im Licht der untergehenden Sonne vor der Schmiede sah, langsam Messer um Messer durch die Luft bewegend, des einen Gewicht gegen des anderen Schwerpunkt abwägend, die Geschmeidigkeit eines dritten gegen die Griffgestaltung eines vierten.

Drei Messer wurden insgesamt benötigt. Zunächst eines zum Schneiden des Brotes: eine feste, unnachgiebige Klinge, die jedem Laib klar und unmißverständlich ihren Willen aufzwang. Dann ein Messer zum Verstreichen der Butter, ein biegsames kleines Spielzeug, allerdings mit festem Rückgrat. Frühe Versionen waren ein wenig zu biegsam gewesen, aber nun war die richtige Mischung aus Flexibilität und Festigkeit gefunden, um maximale Gleitfähigkeit und größte Anmut des Aufstrichs zu gewährleisten.

Das wichtigste Messer jedoch war das Tranchiermesser, jenes Messer, das der Substanz, die es durchtrennte, nicht bloß seinen Willen aufzuzwingen hatte, wie es das Brotmesser tat. Es mußte mit ihr arbeiten, sich von der Faserung des Fleisches leiten lassen, um zu gewährleisten, daß Scheiben von erlesenster Beschaffenheit und Feinheit hauchdünn vom Hauptstück glitten. Jedes einzelne dieser hauchfeinen Stücke warf der Sandwichmacher dann mit einer eleganten Drehung seines Handgelenks auf die makellos proportionierte untere Brotscheibe, stutzte es mit vier geschmeidigen Schnitten zurecht und vollbrachte schließlich jenes Kunststück, das mitanzusehen die Kinder des Dorfes sich gespannt und staunend um ihn scharten. Mit lediglich vier weiteren geschickten Drehungen des Messers fügte er die Schnipsel oben auf der ursprünglichen Scheibe zu einem perfekt ineinandergreifenden Puzzle zusammen. Größe und Form der Schnipsel waren von Sandwich zu Sandwich verschieden, aber dem Sandwichmacher gelang es jedesmal mühelos und ohne jegliches Zögern, sie zu einem perfekten Muster zusammenzufügen. Eine zweite Lage Fleisch und eine zweite Lage Schnipsel, und schon war die eigentliche Kreation vollendet.

Anschließend gab der Sandwichmacher das von ihm Geschaffene an seinen Assistenten weiter, der einige Nurken- und Fladieschenscheiben und einen Hauch Dämpfkornsauce hinzufügte, dann die obere Brotscheibe auflegte und das Sandwich mit einem vierten, wesentlich gewöhnlicheren Messer zerteilte. Natürlich erforderten auch diese Vorgänge eine gewisse Kunstfertigkeit, nur waren es unbedeutendere Künste, zu vollbringen von einem dazu auserkorenen Gehilfen, der eines Tages, wenn der Sandwichmacher sein Werkzeug endgültig aus der Hand legte, dessen Nachfolge antreten würde. Es war eine ehrenvolle Stellung, und der Gehilfe, Drimple, wurde von seinen Mitmenschen beneidet. Im Dorf gab es jene, die Holz hacken durften, und jene, die sich mit dem Wassertragen bescheiden mußten, aber Sandwichmacher zu sein, das war der Himmel auf Erden.

Und deshalb sang der Sandwichmacher bei der Arbeit.

Er verbrauchte den Rest des Pökelfleischs vom letzten Jahr. Obwohl es seine beste Zeit bereits hinter sich hatte, kannte der Sandwichmacher nichts, was dem aromatischen Geschmack des Absolut-Normale-Viecherfleischs auch nur annähernd nahegekommen wäre. Man rechnete damit, daß die Absolut Normalen Viecher in der folgenden Woche wieder auftauchten, um ihren Zug durch die Ebene zu beginnen, was das gesamte Dorf in hektische Betriebsamkeit stürzen würde: die Viecher jagen, sechs, vielleicht sieben Dutzend von den Tausenden töten, die vorbeidonnerten. Anschließend mußten die Viecher schnell geschlachtet und ausgenommen und der Großteil des Fleisches gesalzen werden, um die Versorgung des Dorfes während der Wintermonate zu gewährleisten, bis im Frühling der nächste Zug folgte und die Vorräte aufgefüllt werden konnten.

Das allerbeste Fleisch wurde jeweils umgehend zur Feier des Herbstbeginns gebraten. Die Feierlichkeiten bestanden aus mindestens drei Tagen schieren Schwelgens und Tanzens, begleitet von Old Thrashbargs Geschichten über den Verlauf der Jagd, die er sich mühevoll in seiner Hütte ausgedacht hatte, während der Rest des Dorfes unterwegs gewesen war und gejagt hatte.

Das allerallerbeste Fleisch jedoch wurde nicht während des Festes verzehrt, sondern anschließend kalt dem Sandwichmacher übergeben. Und der Sandwichmacher vollführte daran die Künste, die ihm von den Göttern gegeben waren, und stellte die erlesenen Sandwiches der dritten Jahreszeit her, an denen sich die Bewohner des Dorfes labten, bevor sie am darauffolgenden Tag begannen, alles für den kommenden, strengen Winter vorzubereiten.

Am heutigen Tag machte er bloß gewöhnliche Sandwiches, sofern man derartige, mit solcher Liebe gestaltete Delikatessen überhaupt als gewöhnlich bezeichnen konnte. Da sein Assistent an diesem Tag nicht bei ihm war, mußte der Sandwichmacher die Beilagen selbst hinzufügen, aber das störte ihn nicht, es machte ihm sogar Spaß. Eigentlich machte ihm so gut wie alles Spaß.

Er schnitt und sang, warf die Fleischscheiben ordentlich auf die Brotscheiben, stutzte sie zurecht und fügte die Schnipsel zu ihrem Puzzle zusammen. Ein bißchen Salat, ein bißchen Sauce, die nächste Brotscheibe, das nächste Sandwich, die nächste Strophe von *Yellow Submarine*.

»Hallo, Arthur.«

Der Sandwichmacher schnitt sich fast den Daumen ab.

Die Dorfbewohner hatten konsterniert zugesehen, wie die Frau schnurstracks auf die Hütte des Sandwichmachers zumarschiert war. Der Sandwichmacher war ihnen vom Allmächtigen Bob in einem lodernden Streitwagen gesandt worden. Das hatte Thrashbarg jedenfalls gesagt, und Thrashbarg kannte sich mit solchen Dingen aus. Behauptete Thrashbarg jedenfalls, und Thrashbarg kannte sich ... und so weiter und so fort. Es lohnte sich kaum, darüber zu streiten.

Einige der Dorfbewohner hatten sich gefragt, weshalb der Allmächtige Bob seinen einzigen Sandwichmacher nicht in einem friedlich landenden Streitwagen gesandt hatte statt in einem lodernden, der den halben Wald zerstört, ihn mit bösen Geistern bevölkert und zudem auch noch den Sandwichmacher selbst ernstlich verletzt hatte. Old Thrashbarg sagte, das sei der unergründliche Wille des Allmächtigen Bob, und als sie ihn fragten, was »unergründlich« bedeute, sagte er, »schlagt es nach.«

Was problematisch war, weil Old Thrashbarg als einziger ein Wörterbuch besaß und es niemandem leihen wollte. Sie fragten ihn, weshalb nicht, und er sagte, das Wissen um den Willen des Allmächtigen Bob sei nicht für sie bestimmt, und als sie ihn erneut fragten, weshalb, sagte er, weil er es nun mal sage. Trotzdem schlich sich eines Tages jemand in Old Thrashbargs Hütte, als der gerade beim Schwimmen war, und schlug »unergründlich« nach. »Unergründlich« bedeutete offenbar »schleierhaft, unbegreiflich, rätselhaft, nicht mit Worten zu beschreiben oder zu erklären«. Damit war zumindest das geklärt.

Wenigstens hatten sie die Sandwiches.
Eines Tages sagte Old Thrashbarg dann, der Allmächtige Bob habe bestimmt, daß er, Thrashbarg, sich als erster ein Sandwich aussuchen dürfe. Die Dorfbewohner fragten ihn, wann das geschehen sei, und zwar genau, worauf Thrashbarg antwortete, gestern, als sie gerade nicht gekuckt hätten. »Habt Vertrauen«, sagte Old Thrashbarg, »oder schmort in der Hölle!«
Er hatte sich als erster ein Sandwich aussuchen dürfen. Man fand, das sei die einfachste Lösung.

Und jetzt war diese Frau aus dem Nichts aufgetaucht und schnurstracks in die Hütte des Sandwichmachers gegangen. Sein Ruhm hatte sich offenbar herumgesprochen, obwohl man sich kaum vorstellen konnte, wo herum, weil es Old Thrashbarg zufolge sonst überhaupt nichts gab. Aber ganz egal, woher sie gekommen war – vermutlich war das unergründlich –, jetzt war sie jedenfalls da, und zwar in der Hütte des Sandwichmachers. Wer war sie?
Und wer war das seltsame Mädchen, das da stocksauer vor der Hütte herumstand, Steine durch die Gegend schoß und allem Anschein nach nicht die geringste Lust hatte, hierzusein? Es kam den Dorfbewohnern merkwürdig vor, daß ein Mädchen den ganzen langen Weg von der Unergründlichkeit bis hierher in einem Streitwagen zurücklegen sollte, der ganz eindeutig ein Riesenfortschritt im Vergleich zu dem lodernden darstellte, in dem man ihnen den Sandwichmacher gesandt hatte, wenn das Mädchen überhaupt nicht hiersein wollte.
Alle wandten sich Thrashbarg zu, aber der kniete murmelnd auf dem Boden, blickte starr in den Himmel und war finster entschlossen, jeden Blickkontakt zu meiden, bis ihm irgend etwas einfiel.

»Trillian«, sagte der Sandwichmacher und lutschte an seinem blutenden Daumen. »Was...? Wer...? Wann...? Wo...?«

»Genau das wollte ich dich auch gerade fragen«, sagte Trillian, während sie sich in Arthurs Hütte umsah. Überall lagen ordentlich aufgereihte Küchengeräte. Es gab einige schlichte Schränke und Regale und ein schlichtes Bett in der Ecke. Eine Tür in der hinteren Zimmerwand führte irgendwohin, aber wohin, konnte Trillian nicht sehen, da die Tür geschlossen war. »Nett«, sagte sie, allerdings mit fragendem Unterton. Ihr war nicht ganz klar, wozu das alles gut sein sollte.

»Sehr nett«, sagte Arthur. »Unheimlich nett. Ich wüßte wirklich nicht, daß ich schon mal was Netteres erlebt hätte. Ich bin hier glücklich. Sie mögen mich, ich mache ihnen Sandwiches, und... äh, ja, das wär's eigentlich schon. Sie mögen mich, und ich mache ihnen Sandwiches.«

»Klingt, äh...«

»Idyllisch«, sagte Arthur entschieden. »Ist es. Ist es wirklich. Ich erwarte nicht, daß du es besonders toll findest, aber für mich ist es, tja, es ist perfekt. Sieh mal... Setz dich doch bitte, mach's dir bequem. Kann ich dir irgendwas anbieten, äh, ein Sandwich vielleicht?«

Trillian nahm sich eins und betrachtete es. Sie schnüffelte vorsichtig daran.

»Probier nur«, sagte Arthur. »Schmeckt gut.«

Trillian knabberte kurz, biß dann ein Stück ab und mampfte skeptisch.

»Schmeckt wirklich gut«, sagte sie und betrachtete das Sandwich.

»Mein Lebenswerk«, sagte Arthur, wobei er versuchte, stolz zu klingen und nicht wie ein Vollidiot. Er war daran gewöhnt, ein bißchen verehrt zu werden, und mußte mental erst mal einige Gänge zurückschalten.

»Was ist denn da für Fleisch drauf?« fragte Trillian.
»Ah ja, das, ähm, das ist Absolut Normales Viech.«
»Das ist was?«
»Absolut Normales Viech. Erinnert ein bißchen an eine Kuh oder, besser, ein Rind. Eigentlich mehr so eine Art Büffel. Große, in Herden herumziehende Tiere.«
»Und was ist daran so ungewöhnlich?«
»Nichts, es ist absolut normal.«
»Aha.«
»Ungewöhnlich ist höchstens, woher sie kommen.«
Trillian runzelte die Stirn und hörte auf zu kauen.
»Woher kommen sie denn?« fragte sie mit vollem Mund. Sie würde nicht schlucken, bevor sie das nicht wußte.
»Tja, eigentlich geht es nicht nur darum, woher sie kommen, sondern auch, wohin sie gehen. Keine Angst, du kannst ruhig schlucken. Ich hab das Zeug tonnenweise gegessen. Es ist erstklassig. Sehr saftig. Sehr zart. Ein leicht süßliches Aroma mit lang anhaltendem, rauchigem Nachgeschmack.«
Trillian hatte noch immer nicht geschluckt.
»Woher«, fragte sie, »kommen sie, und wohin gehen sie?«
»Sie kommen von einem Punkt östlich der Hondo-Berge. Das sind die großen direkt hinter uns, du mußt sie beim Anflug gesehen haben, und dann donnern sie zu Tausenden über die weite Anhondo-Ebene, und, äh, tja, das ist eigentlich alles. Daher kommen sie. Und da verschwinden sie.«
Trillian runzelte die Stirn. Irgend etwas daran leuchtete ihr noch immer nicht ganz ein.
»Wahrscheinlich hab ich mich nicht ganz verständlich ausgedrückt«, sagte Arthur. »Wenn ich sage, daß sie von einem Punkt östlich der Hondo-Berge kommen, dann meine ich, daß sie plötzlich dort auftauchen, über die Anhondo-Ebene donnern und, tja, sich anschließend einfach

auflösen. Wir haben ungefähr sechs Tage Zeit, soviel wie möglich zu fangen, dann sind sie wieder verschwunden. Und im Frühjahr geht es genauso, nur andersrum.«

Trillian schluckte widerwillig. Andernfalls hätte sie das Zeug nur ausspucken können, und so schlecht schmeckte es wirklich nicht.

»Verstehe«, sagte sie, nachdem sie sich davon überzeugt hatte, daß sich keine Nebenwirkungen einstellten. »Und warum heißen sie Absolut Normale Viecher?«

»Tja, ich schätze, weil das Ganze den Leuten sonst wohl etwas merkwürdig vorkäme. Ich glaube, Old Thrashbarg hat sie so genannt. Er sagt, daß sie kommen, woher sie kommen, und daß sie gehen, wohin sie gehen, und daß das Bobs Wille ist, und damit basta.«

»Wer...?«

»Laß uns gar nicht erst davon anfangen.«

»Gut. Dir scheint's hier ja wirklich gutzugehen.«

»Mir geht's gut. Du siehst aber auch gut aus.«

»Mir geht's auch gut. Sehr gut sogar.«

»Gut. Das ist schön.«

»Ja.«

»Schön.«

»Schön.«

»Nett von dir, daß du mal vorbeischaust.«

»Ja.«

»Schön«, sagte Arthur und sah sich hilflos um. Es war schon erstaunlich, wie wenig einem einfiel, wenn man sich nach so langer Zeit wiedersah.

»Du fragst dich bestimmt, wie ich dich gefunden habe«, sagte Trillian.

»Ja!« sagte Arthur. »Genau das hab ich mich gefragt: Wie hast du mich gefunden?«

»Tja, wie du vielleicht weißt – oder auch nicht weißt –, arbeite ich für einen der großen Sub-Ätha-Sender...«

»Doch, weiß ich«, sagte Arthur, dem es gerade wieder eingefallen war. »Ja, du hast es genau richtig gemacht. Wirklich toll. Aufregende Sache. Ganz prima. Muß richtig Spaß machen.«
»Es ist anstrengend.«
»All das Herumgereise. Ja, kann ich mir vorstellen.«
»Wir haben Zugang zu praktisch jeder Art von Information. Ich habe deinen Namen auf der Passagierliste des abgestürzten Schiffes gefunden.«
Arthur war erstaunt.
»Willst du damit sagen, sie *wußten* von dem Absturz?«
»Ja, natürlich wußten sie davon. Ein kompletter Spaceliner verschwindet doch nicht, ohne daß es jemand mitkriegt.«
»Aber... du meinst, sie wußten, wo es passiert ist? Sie wußten, daß ich überlebt habe?«
»Ja.«
»Aber es ist nie jemand gekommen, um nachzusehen oder mich zu suchen oder zu retten. Absolut nichts.«
»Nein, da kommt auch nichts mehr. Sieht nach einer hochkomplizierten Versicherungsgeschichte aus. Sie haben das Ganze einfach begraben. Tun so, als sei es nie passiert. Die Versicherungsbranche ist mittlerweile völlig abgedreht. Wußtest du, daß sie für Versicherungsvorstände die Todesstrafe wieder eingeführt haben?«
»Ehrlich?« sagte Arthur. »Nein, wußte ich nicht. Für welches Vergehen?«
Trillian runzelte die Stirn.
»Was meinst du mit ›welches Vergehen‹?«
»Ach so.«
Trillian sah Arthur lange an und sagte dann in verändertem Tonfall: »Es wird Zeit, daß du Verantwortung übernimmst, Arthur.«
Arthur versuchte, die Bemerkung zu begreifen. Er hatte festgestellt, daß es häufig einen Augenblick oder mehrere

dauerte, bis er begriff, worauf die Leute hinauswollten, also ließ er gemütlich ein paar davon verstreichen. Sein Leben verlief gegenwärtig so erfreulich und entspannt, daß immer genügend Zeit blieb, alles ein Weilchen auf sich einwirken zu lassen. Er ließ alles ein Weilchen auf sich einwirken.

Was sie meinte, verstand er danach allerdings immer noch nicht, also mußte er es schließlich zugeben.

Sie schenkte ihm ein kühles Lächeln und drehte sich dann zur Hüttentür um.

»Random?« rief sie. »Komm rein. Komm rein und sag deinem Vater guten Tag.«

VIERZEHNTES KAPITEL

Als der Reiseführer sich wieder zu einer glatten, dunklen Scheibe zusammenfaltete, kamen Ford auf einmal haufenweise Dinge zu Bewußtsein. Das heißt, sie schossen eher an seinem Bewußtsein vorbei, denn es waren zu viele und zu hektisch ablaufende Dinge, um gleichzeitig verarbeitet werden zu können. Sein Kopf dröhnte, sein Knöchel schmerzte, und obwohl er sich wegen des Knöchels nicht wie ein Weichei aufführen wollte, fand er nach wie vor, daß man multidimensionale Logik am besten in der Badewanne zu begreifen versuchte. Er brauchte Zeit, um über all das nachzudenken. Zeit, einen steifen Drink und irgendein aromatisches, schaumiges Öl.

Er mußte raus aus dem Gebäude. Er mußte den Reiseführer hier herausbekommen. Gemeinsam schafften sie es aber wahrscheinlich nicht. Gehetzt sah er sich im Raum um.

Denk nach, denk nach, denk nach. Es mußte etwas Einfaches, Offensichtliches sein. Wenn sich sein ekliger, bedrohlicher Verdacht bestätigte, daß er es mit ekligen, bedrohlichen Vogonen zu tun hatte, dann bedeutete das, je einfacher und offensichtlicher, desto besser.

Und plötzlich entdeckte er, was er brauchte.

Er würde gar nicht erst versuchen, das System zu besiegen, er würde es benutzen. Das Erschreckende an den Vogonen war die vollkommen hirnlose Entschlossenheit, mit der sie all die hirnlosen Dinge ausführten, zu denen sie sich entschlossen hatten. Dabei war es grundsätzlich sinnlos, an ihren Verstand zu appellieren, weil sie keinen hatten. Wenn man allerdings die Nerven behielt, konnte man manchmal Kapital daraus schlagen, daß sie scheuklappig und holzhirnig darauf bestanden, scheuklappig und holzhirnig zu sein. Man konnte durchaus sagen, daß nicht nur ihre Linke häufig nicht wußte, was die Rechte tat, meist hatte auch die Rechte selbst nur ziemlich verschwommene Vorstellungen davon.

Konnte er es wagen, das Ding einfach an sich selbst zu schicken?

Konnte er es wagen, das Ding einfach ins Postsystem zu stecken, und es den Vogonen überlassen, es ihm zuzustellen, während sie gleichzeitig die Reiseführerzentrale in sämtliche Bestandteile zerlegten, um herauszufinden, wo er es versteckt hatte?

Ja.

Er packte die Scheibe fieberhaft ein. Wickelte sie in Papier. Adressierte sie. Er hielt kurz inne und fragte sich, ob er das Richtige tat, dann vertraute er das Päckchen dem Postschacht des Gebäudes an.

»Colin«, sagte er und wandte sich dem kleinen, schwebenden Ball zu. »Ich werde dich jetzt deinem Schicksal überlassen.«

»Hach, wie mich das freut«, sagte Colin.

»Koste es richtig aus«, sagte Ford. »Ich möchte nämlich, daß du wie ein erstklassiges Kindermädchen auf dieses Päckchen aufpaßt und es aus dem Gebäude geleitest. Falls man dich dabei erwischt, wirst du wahrscheinlich abgefakkelt, und ich werde dir nicht beistehen können. Du wirst ganz, ganz schlimme Dinge erleben, und das ist wirklich sehr bedauerlich. Verstanden?«

»Ich gluckse vor Glück«, sagte Colin.

»Zisch los!« sagte Ford.

Colin tauchte ergeben in den Postschacht, um seine Fracht zu verfolgen. Sorgen mußte Ford sich jetzt also nur noch um sich selbst, aber das bedeutete Sorgen genug. Durch die Tür, die er vorsichtshalber abgeschlossen und mit einem großen Aktenschrank verrammelt hatte, drangen schwere, laute Laufgeräusche.

Was ihm besondere Sorgen bereitete, war, daß alles so glattgegangen war. Alles hatte ungeheuer gut gepaßt. Mit hingebungsvoller Fahrlässigkeit war er durch den Tag gestolpert, und trotzdem hatte alles mit traumwandlerischer Sicherheit funktioniert. Abgesehen von seinem Schuh. Wegen des Schuhs war er verbittert. Das war eine offene Rechnung, eine, die irgendwer bezahlen würde.

Mit ohrenbetäubendem Brüllen explodierte die Tür in den Raum. Durch das Chaos aus Rauch und Staub sah er große, schneckenartige Wesen hereinstürmen.

Alles lief also wie geschmiert, ja? Na, das wollte er doch mal sehen.

Beseelt von echtem Forscherdrang, schmiß er sich wieder aus dem Fenster.

FÜNFZEHNTES KAPITEL

Der erste Monat, das Kennenlernen, war ein bißchen schwierig.

Der zweite Monat, das Verarbeiten dessen, was sie im Verlauf des ersten Monats voneinander erfahren hatten, war wesentlich einfacher.

Der dritte Monat, in dem das Kästchen ankam, war wirklich knifflig.

Anfangs war sogar der Begriff Monat an sich schwierig gewesen. Arthur hatte damit auf Lamuella erfreulich wenig Probleme gehabt. Die Tage dauerten unwesentlich länger als fünfundzwanzig Stunden, was im Grunde nur bedeutete, daß Arthur *jeden Tag* eine Stunde länger im Bett bleiben konnte und natürlich regelmäßig seine Uhr nachstellen mußte, was er mit großer Freude tat.

Sein heimatliches Gefühl wurde durch den Umstand noch verstärkt, daß Lamuella von einem Mond umkreist und von einer Sonne bestrahlt wurde und nicht, wie viele der anderen Planeten, über die er hier und da gestolpert war, von lächerlich vielen dieser Himmelskörper umgeben war.

Der Planet umkreiste seine einzige Sonne alle dreihundert Tage, was ein vernünftiger Zeitraum war, weil sich das Jahr auf diese Weise nicht so sehr in die Länge zog. Der Mond umkreiste Lamuella etwa neunmal jährlich, woraus sich eine Monatsdauer von knapp über dreißig Tagen ergab, was absolut perfekt war, weil man sich so mit dem Erledigen aller möglichen Dinge etwas mehr Zeit lassen konnte. All das erinnerte nicht bloß an die Verhältnisse auf der Erde, es stellte sogar eine Verbesserung dieser Verhältnisse dar.

Random hingegen hatte das Gefühl, in einem sich ständig

wiederholenden Alptraum gefangen zu sein. Sie bekam Schreikrämpfe und bildete sich ein, der Mond sei hinter ihr her. Jede Nacht war er da, und wenn er dann endlich verschwand, kam die Sonne heraus und verfolgte sie. Immer und immer wieder.

Trillian hatte Arthur gewarnt, daß es Random gewisse Schwierigkeiten bereiten könnte, sich an einen regelmäßigeren Tagesablauf zu gewöhnen, trotzdem war Arthur nicht auf jemanden gefaßt gewesen, der allen Ernstes anfing, den Mond anzujaulen.

Er war natürlich auf nichts von alldem gefaßt gewesen.

Seine *Tochter*?

Seine Tochter? Er und Trillian hatten doch nie – oder doch? Er war fest überzeugt, daß er sich daran hätte erinnern können. Was war mit Zaphod?

»Nicht die gleiche Spezies, Arthur«, hatte Trillian geantwortet. »Nachdem ich beschlossen hatte, ein Kind zu bekommen, hat man alle möglichen genetischen Tests mit mir veranstaltet und nur ein einziges passendes Gegenstück gefunden. Mir ist aber erst viel später aufgegangen, was das bedeutete. Ich habe es überprüft, und ich hatte recht. Normalerweise rücken die so was nicht gerne raus, aber ich hab drauf bestanden.«

»Willst du damit sagen, daß du zur DNA-Bank gegangen bist?« Arthur waren fast die Augen aus dem Kopf gefallen.

»Ja. Nur ist Random nicht ganz so zufällig entstanden, wie man dem Namen nach meinen könnte, weil du natürlich der einzige Spender warst. Immerhin scheinst du aber ein ziemlicher Vielflieger gewesen zu sein.«

Mit großen Augen hatte Arthur das unglücklich wirkende Mädchen angeglotzt, das ihn, linkisch am Türrahmen lehnend, musterte.

»Aber wann ... wie lange ...?«

»Was willst du wissen? Ihr Alter?«
»Ja.«
»Das falsche.«
»Was soll denn das heißen?«
»Das soll heißen, daß ich keine Ahnung habe.«
»*Was?*«
»Tja, nach meinen Zeitmaßstäben gerechnet, habe ich sie vor zehn Jahren bekommen, aber sie ist eindeutig wesentlich älter. Sieh mal, ich reise doch ständig vorwärts und rückwärts durch die Zeit. Das ist mein Job. Ich hab sie mitgenommen, wann immer ich konnte, aber manchmal ging das eben nicht. Dann hab ich sie in Zeitzonen-Tagesheimen gelassen, aber heutzutage kriegt man ja nirgends mehr vernünftige Zeitbescheide. Man gibt die Kinder morgens da ab und hat keine Ahnung, wie alt sie am Abend sein werden. Man beschwert sich, bis man schwarz wird, aber das bringt überhaupt nichts. Einmal hab ich sie bloß für ein paar Stunden in einem dieser Heime gelassen, und als ich zurückkam, hatte sie gerade die Pubertät überstanden. Ich hab getan, was ich konnte, Arthur. Jetzt bist du an der Reihe. Ich muß mich um einen Krieg kümmern.«
Die zehn Sekunden nach Trillians Abreise waren wohl die längsten, die Arthur je erlebt hatte. Zeit ist, wie wir wissen, relativ. Man kann lichtjahrelang durch die Sternenwelt reisen, und sofern man das mit Lichtgeschwindigkeit tut, ist man bei seiner Rückkehr vielleicht bloß um Sekunden gealtert, während der eigene Zwillingsbruder oder die eigene Zwillingsschwester zwanzig, dreißig, vierzig oder noch mehr Jahre älter ist, abhängig davon, wie weit man gereist ist.
Was einen natürlich schwer erschüttern wird, und zwar tief im Innersten, vor allem, wenn man gar nicht wußte, daß man einen Zwillingsbruder oder eine Zwillingsschwester hat. Die paar Sekunden, die man nicht da war, werden kaum

ausgereicht haben, um einen auf die schockierenden, neuen und seltsam fortgeschrittenen Verwandtschaftsverhältnisse vorzubereiten, die man bei seiner Rückkehr vorfindet.

Für Arthur waren zehn stumme Sekunden zu wenig, um sein gesamtes Selbst- und Lebensbild so umzuarrangieren, daß plötzlich eine ganz und gar neue Tochter hineinpaßte, von deren bloßer Existenz er beim Aufwachen an diesem Morgen noch nicht einmal die leiseste Ahnung eines schwachen Verdachts gehabt hatte. Tiefempfundene Familienbande kann man nicht innerhalb von zehn Sekunden aufbauen, ganz egal, wie weit und schnell man vor ihnen davonreist, und als Arthur das Mädchen ansah, das mit gesenktem Kopf auf seiner Türschwelle stand, fühlte er sich bloß verzweifelt, verwirrt und betäubt.

Er hielt es für zwecklos, seine Verzweiflung zu leugnen.

Er ging zu ihr und drückte sie an sich.

»Ich liebe dich nicht«, sagte er. »Tut mir leid. Bisher kenne ich dich ja nicht mal. Bitte hab ein paar Minuten Geduld.«

Wir leben in seltsamen Zeiten.

Außerdem leben wir an seltsamen Orten: Orten, die sämtlich in unseren eigenen Universen liegen. Die Menschen, mit denen wir unsere Universen bevölkern, sind die Schatten vollständig anderer Universen, die sich mit unseren eigenen überschneiden. In diese verstörende Komplexität endloser Rekursion hinausblicken und Dinge wie ›Oh, hallo, Ed. Bist schön braun geworden. Wie geht's Carol?‹ sagen zu können, erfordert ausgeprägte Fähigkeiten, Wichtiges von Unwichtigem zu trennen, Fähigkeiten, die sich letztlich alle ihrer selbstbewußten Wesen aneignen müssen, um sich vor dem Versinken in jenes Chaos zu schützen, durch das sie trudeln und stürzen. Also geben Sie Ihren Gören eine Chance, okay?

Auszug aus »Angewandte Elternschaft in einem fraktalisch debilisierten Universum«.

»Was ist das hier?«

Arthur hatte es beinahe aufgegeben. Das heißt, er würde es eben *nicht* aufgeben. Er würde es absolut nicht aufgeben. Noch nicht. Niemals. Aber hätte er zu jenem Menschenschlag gehört, der irgendwann aufgab, hätte er es wahrscheinlich in genau diesem Augenblick getan.

Als hätte es nicht gereicht, stinkig und jähzornig zu sein, losziehen und im Paläozoikum spielen zu wollen, absolut nicht einzusehen, weshalb die Gravitation den ganzen Tag über eingeschaltet bleiben mußte, und die Sonne anzuschreien, sie solle ihr gefälligst nicht ständig hinterherlaufen, hatte Random auch noch mit Arthurs Tranchiermesser Steine ausgebuddelt, um damit nach den Pikkas zu werfen, weil die sie immer so komisch anglotzten.

Arthur wußte nicht mal, ob es auf Lamuella überhaupt ein Paläozoikum gegeben hatte. Old Thrashbarg zufolge war der Planet eines Vruunstagnachmittags voll ausgebildet im Nabel eines Riesenohrwurms gefunden worden, und obwohl Arthur als abgehärteter Weltraumrreisender mit guten Dreiernoten in Physik und Erdkunde recht erhebliche Zweifel an dieser Darstellung hatte, war es komplette Zeitverschwendung, sich mit Thrashbarg über solche Dinge zu streiten.

Seufzend saß er da und kümmerte sich um das abgesplitterte, verbogene Messer. Er wollte sie lieben, und wenn es ihn umbrachte. Oder sie. Oder beide. Vater zu sein, war nicht leicht. Er wußte, daß niemand je behauptet hatte, es wäre leicht, aber darum ging es nicht, denn schließlich hatte er nie darum gebeten, einer zu sein.

Er tat, was er konnte. Jeden Augenblick, den er nicht mit dem Herstellen von Sandwiches beschäftigt war, verbrachte er mit ihr, redete mit ihr, ging mit ihr spazieren, saß mit ihr auf dem Hügel und betrachtete mir ihr den Sonnenuntergang über dem Tal, in das sich das Dorf schmiegte, bemüht, etwas über ihr Leben zu erfahren und ihr seines zu erklären. Das war eine knifflige Angelegenheit. Was ihnen, abgesehen von beinahe identischen Genen, gemeinsam war, hatte ungefähr die Ausmaße einer Erbse. Oder besser: ungefähr die von Trillian, und was die betraf, unterschieden sich ihrer beider Ansichten geringfügig.

»Was ist das hier?«

Er begriff plötzlich, daß sie mit ihm sprach und er es nur nicht bemerkt hatte. Oder besser, daß er ihre Stimme nicht wiedererkannt hatte.

Statt ihn wie sonst verbittert und gehässig anzublaffen, stellte sie ihm plötzlich eine simple Frage.

Überrascht drehte er sich um.

Sie saß auf einem Hocker in der Hüttenecke, wie üblich leicht vornübergebeugt, die Knie zusammengepreßt, die Füße auswärts gestellt, das Gesicht von den dunklen Haaren fast verdeckt, und betrachtete etwas, das sie mit beiden Händen umschlossen hielt.

Unsicher ging Arthur auf sie zu.

Ihre Stimmungsumschwünge waren nicht voraussagbar, aber bisher waren es grundsätzlich Umschwünge von einer schlechten Laune zur nächsten gewesen. Verbitterte Vorwürfe wurden ohne Vorwarnung von tiefstem Selbstmitleid abgelöst, um anschließend langen Anfällen dumpfer Verzweiflung Platz zu machen, die nur unterbrochen wurden von jähen Ausbrüchen sinnloser Gewalt gegen leblose Gegenstände und lautstarken Forderungen, in elektrische Clubs gehen zu dürfen.

Nur gab es auf Lamuella nicht nur keine elektrischen Clubs, sondern überhaupt keine Clubs und außerdem auch keine Elektrizität. Es gab eine Schmiede und eine Bäckerei, ein paar Lastkarren und einen Ziehbrunnen, aber diese Dinge stellten auch schon die Hochwassermarkierungen der lamuellanischen Technologie dar, und so richtete sich ein

Großteil von Randoms unablässigen Wutausbrüchen gegen die schier unfaßbare Rückständigkeit des Planeten.

Mit Hilfe einer kleinen Flex-O-Leiste, die chirurgisch in ihr Handgelenk implantiert worden war, konnte sie zwar Sub-Ätha-Fernsehsender empfangen, nur heiterte sie das kein bißchen auf, weil es auf allen Programmen nur so wimmelte von Nachrichten über irrsinnig aufregende Dinge, die an praktisch jedem anderen Ort der Galaxis passierten. Außerdem hörte und sah sie auf die Weise gelegentlich etwas von ihrer Mutter, die sie ausgesetzt hatte, um über irgendeinen Krieg zu berichten, der nun allem Anschein nach dort nicht stattgefunden hatte oder zumindest völlig verkehrt verlaufen war, weil es vorher zu keiner vernünftigen nachrichtendienstlichen Absprache gekommen war. Darüber hinaus konnte sie sich über das Gerät massenhaft tolle Adventure-Shows ansehen, in denen alle möglichen unwahrscheinlich teuren Raumschiffe ineinanderrauschten.

Die Dorfbewohner waren wie hypnotisiert von all den wundervollen, magischen Bildern, die über Randoms Handgelenk flitzten. Sie hatten bisher nur ein einziges Raumschiff abstürzen sehen, und dieser Absturz war so erschreckend, grausam und schockierend gewesen und hatte solch entsetzliche Verwüstungen, soviel Feuer und Tod verursacht, daß sie in all ihrer blödsinnigen Einfalt gar nicht auf die Idee gekommen waren, es könne sich dabei um Unterhaltung handeln.

Old Thrashbarg war so erstaunt, daß er in Random unverzüglich eine Abgesandte Bobs sah, kam anschließend jedoch ziemlich bald zu dem Entschluß, sie sei gesandt worden, um seinen Glauben auf die Probe zu stellen, wenn nicht gar seine Geduld. Was ihn besonders beunruhigte, war die Anzahl der Raumschiffabstürze, die er neuerdings in seine frommen Geschichten eingliedern mußte, sofern er auch weiterhin von den Dorfbewohnern beachtet werden

und verhindern wollte, daß sie alle davonliefen, um ständig auf Randoms Handgelenk zu starren.
Im Augenblick sah sie nicht auf ihr Handgelenk. Ihr Handgelenk war abgeschaltet. Arthur ging behutsam neben ihr in die Hocke, um zu sehen, was sie in der Hand hielt.
Es war seine Uhr. Er hatte sie abgebunden, als er zum Duschen unter den nahegelegenen Wasserfall gegangen war, und Random hatte sie gefunden und versuchte nun herauszufinden, wie sie funktionierte.
»Das ist bloß eine Uhr«, sagte Arthur. »Sie zeigt die Zeit an.«
»Das weiß ich«, sagte sie. »Aber du fummelst ständig daran herum, und sie geht noch immer nicht richtig. Nicht mal annähernd.«
Sie hielt die Anzeige ihrer Handgelenkleiste hoch, die automatisch die Ortszeit einblendete. Ihre Handgelenksleiste hatte sich sofort nach Randoms Ankunft auf dem Planeten still und heimlich darangemacht, die örtliche Gravitation und den Umlauf-Impuls zu messen, festgestellt, wo die Sonne stand, und deren Bewegung am Himmel verfolgt. Anschließend hatte sie der Umwelt Hinweise auf die regionalen Gepflogenheiten im Umgang mit Maßeinheiten entnommen und sich selbsttätig richtig eingestellt. Derartige Anpassungen nahm die Leiste ständig vor, was besonders dann von unschätzbarem Wert war, wenn man häufig sowohl durch den Raum als auch durch die Zeit reiste.
Mit gerunzelter Stirn betrachtete Random die Uhr ihres Vaters, die nichts von alldem tat.
Arthur liebte seine Uhr. Er selbst hätte sich niemals eine so gute zugelegt. Er hatte sie an seinem zweiundzwanzigsten Geburtstag von einem reichen Patenonkel mit schlechtem Gewissen bekommen, der bis zu diesem Tag nicht nur jeden einzelnen von Arthurs vorhergegangenen Geburtstagen vergessen hatte, sondern auch dessen Namen. Die Uhr

zeigte Tag, Monat und Mondphase an, und in kaum mehr lesbaren Buchstaben stand auf der lädierten, zerkratzten Unterseite eingraviert: »Zum einundzwanzigsten Geburtstag für Albert«, und darunter das falsche Datum.

Der Uhr war in den vergangenen Jahren wirklich einiges an schlimmen Dingen zugestoßen, und für die meisten dieser Dinge galt die Garantie garantiert nicht. Arthur konnte sich allerdings nicht vorstellen, daß man in der Garantie ausdrücklich darauf hingewiesen hatte, ein Anspruch auf genaues Funktionieren der Uhr bestehe lediglich innerhalb der besonderen Gravitations- und Magnetfelder der Erde, und das auch nur, solange der Tag vierundzwanzig Stunden dauere und der Planet nicht explodiere und so weiter. Diese Voraussetzungen waren von so grundlegender Art, daß sogar Anwälte sie übersehen haben mußten.

Zum Glück war die Uhr aufziehbar, oder besser, zog sich von selbst auf. Nirgendwo im gesamten Universum hätte er Batterien auftreiben können, die exakt den auf der Erde gängigen Abmessungen und Spannungsvorschriften entsprochen hätten.

»Und was sollen die ganzen Zahlen?« fragte Random.

Arthur nahm ihr die Uhr aus der Hand.

»Die Zahlen hier am Rand bezeichnen die Stunden. In dem kleinen Fenster hier rechts steht ›Do‹, was bedeutet, daß Donnerstag ist, und daneben steht ›14‹, was bedeutet, daß wir den Vierzehnten des Monats ›Mai‹ schreiben, was hier drüben steht.

Und das hier, dieses sichelförmige Fenster in der oberen Hälfte, zeigt die Mondphasen an. Das heißt, es zeigt einem, welcher Teil des Mondes nachts von der Sonne angestrahlt wird, was jeweils abhängt von der Position der Sonne, des Mondes und, äh ... der Erde.«

»Der Erde«, sagte Random.

»Ja.«

»Und von da kommt ihr. Du und Mama.«
»Ja.«
Random nahm ihm die Uhr wieder ab und betrachtete sie erneut, ganz offensichtlich verwirrt. Dann hob sie sie an ihr Ohr und lauschte verdutzt.
»Was ist das für ein Geräusch?«
»Sie tickt. Das ist der Mechanismus, der die Uhr antreibt. Das sogenannte Uhrwerk. Es besteht aus allen möglichen ineinandergreifenden Zahnrädern und Federn, die dafür sorgen, daß sich die Zeiger mit genau der richtigen Geschwindigkeit bewegen, um die Stunden und Minuten und Tage und so weiter anzuzeigen.«
Random starrte die Uhr erneut skeptisch an.
»Irgendwas scheint dir nicht einzuleuchten«, sagte Arthur.
»Was?«
»Stimmt«, sagte Random schließlich. »Warum ist das alles nur Hardware?«

Arthur schlug einen Spaziergang vor. Er hatte das Gefühl, daß sie über gewisse Dinge reden sollten, und zum erstenmal machte Random zwar nicht direkt einen zugänglichen oder bereitwilligen Eindruck, aber immerhin auch keinen muffigen.
Die ganze Situation war auch von Randoms Standpunkt aus gesehen ausgesprochen sonderbar. Es war ja nicht so, daß sie prinzipiell schwierig sein wollte, nur wußte sie nicht, wie oder was sie sonst sein sollte. Wer war dieser Kerl? Was war das für ein Leben, das sie hier führen sollte? Was war das für eine Welt, in der sie es führen sollte? Und was war das für ein Universum, das durch ihre Augen und Ohren auf sie einstürmte? Wozu war es gut? Was wollte es?
Sie war in einem Raumschiff geboren worden, das sich von irgendwo nach anderswo bewegt hatte, und als es anderswo angekommen war, hatte sich das Anderswo nur als ein

weiteres Irgendwo entpuppt, von dem aus man wieder nach anderswo fliegen mußte, und so weiter und so fort.
Sie erwartete grundsätzlich, daß sie anderswo sein sollte. Sich fehl am Platze zu fühlen, war für sie völlig normal. Und da dieses Problem durch die ständigen Zeitreisen allenfalls verschlimmert worden war, hatte sie inzwischen nicht mehr nur das Gefühl, ständig fehl am Platze, sondern außerdem auch noch fast immer zur falschen Zeit dort zu sein.
Ihr fiel nicht auf, daß sie das so empfand, weil sie es nie anders empfunden hatte, genauso wie es ihr nie merkwürdig vorgekommen war, daß sie fast überall, wo sie hinkam, entweder Gewichts- oder Anti-Gravitations-Anzüge tragen mußte und meist auch spezielle Atemgeräte. Die einzigen Orte, an denen sie sich nicht deplaziert fühlte, waren die Lebensräume, die sie sich eigenhändig schuf: die virtuellen Realitäten in den elektrischen Clubs. Es war ihr nie in den Sinn gekommen, daß auch das echte Universum etwas sein konnte, in das man hineinpaßte.
Und das galt auch für diese Lamuella-Welt, in der ihre Mutter sie abgeladen hatte. Und es galt diesem Menschen, der die Güte besessen hatte, ihr dies kostbare, wundervolle Leben zu schenken, um einen besseren Sitzplatz zu bekommen. Und es war sein Glück, daß er sich wenigstens nett und freundlich aufführte, sonst hätte es nämlich richtigen Ärger gegeben. Ernsthaft. Mit dem besonders geschärften Stein, den sie in ihrer Tasche mit sich herumtrug, konnte sie notfalls eine ganze Menge Ärger anrichten.
Es kann äußerst gefährlich sein, etwas ohne ausreichende Vorbereitung aus der Sicht eines anderen Menschen zu betrachten.

Sie saßen an der Stelle, die Arthur besonders liebte, auf einem Hang, von dem aus man das ganze Tal überblicken konnte. Die Sonne versank über dem Dorf.

Das einzige, was Arthur nicht so sehr liebte, war, daß man auch ein Stück weit in das nächste Tal sehen konnte, wo eine tiefe, dunkle, verstümmelte Schneise im Wald die Stelle kennzeichnete, an der sein Schiff abgestürzt war. Aber vielleicht war es genau das, was ihn immer wieder hierher zurückzog. Es gab zahlreiche Stellen, von denen aus man die üppige lamuellanische Hügellandschaft betrachten konnte, aber hingezogen fühlte er sich zu genau diesem Punkt, an dem sich ein allgegenwärtiger, dunkler Fleck aus Angst und Schmerz an den äußersten Rand seines Gesichtsfeldes schmiegte.

Seit sie ihn aus dem Wrack gezogen hatten, war er nie wieder dortgewesen.

Würde nie wieder hingehen.

Könnte es nicht ertragen.

Tatsächlich hatte er gleich am Tag nach seiner Rettung, noch betäubt und verwirrt vom Schock des Absturzes, ein Stück des Wegs in jene Richtung zurückgelegt. Er hatte ein gebrochenes Bein gehabt, einige gebrochene Rippen und ernste Verbrennungen und war ganz bestimmt nicht in der Lage gewesen, zusammenhängend zu denken, hatte jedoch darauf bestanden, daß ihn die Dorfbewohner begleiteten, was sie dann schließlich, wenn auch widerwillig, taten. Trotzdem war es ihm nicht glungen, bis zu dem Punkt vorzudringen, an dem brodelnd der Boden geschmolzen war, und so hatte er dem Ort des Grauens schließlich ein für allemal hinkend den Rücken gekehrt.

Bald darauf hatte sich herumgesprochen, daß es in dem gesamten Gebiet spuke, und niemand hatte seither gewagt, dorthin zurückzukehren. Das Land war reich an bildschönen, grünenden, herrlichen Tälern – wozu also in ein äußerst beunruhigendes hineinlaufen? Laßt die Vergangenheit ruhen und die Gegenwart voranschreiten in die Zukunft.

Random hielt die Uhr in ihre Hände gebettet und drehte sie langsam, um die langen Strahlen der Abendsonne warm über die Kratzer und stumpfen Stellen im dicken Glas gleiten zu lassen. Es faszinierte sie, den spinnenartigen Sekundenzeiger seiner Wege ticken zu sehen. Immer wenn er einmal ganz herum war, hatte sich der längere der beiden großen Zeiger um genau eine der sechzig kleinen Unterteilungen am Rande des Zifferblattes weiterbewegt. Und wenn der lange Zeiger seine Kreisbewegung vollendet hatte, war der kleinere Zeiger jeweils auf den nächsten der Hauptabschnitte gewandert.

»Du siehst sie dir jetzt schon über eine Stunde an«, sagte Arthur sanft.

»Ich weiß«, sagte sie. »Eine Stunde ist vorbei, wenn der große Zeiger einmal ganz rum ist, nicht?«

»Das stimmt.«

»Dann sehe ich sie mir jetzt seit einer Stunde und siebzehn ... Minuten an.«

Sie lächelte ein hocherfreutes, geheimnisvolles Lächeln und rückte ein bißchen näher, so nah, daß sie leicht an seinen Arm gelehnt saß. Arthur entfuhr ein leiser Seufzer, der wochenlang in seiner Brust eingepfercht gewesen war. Er wollte den Arm um die Schultern seiner Tochter legen, spürte jedoch, daß es dazu noch zu früh war und sie vor ihm zurückschrecken würde. Aber irgend etwas tat sich. Etwas rührte sich ihn ihr. Noch nie in ihrem Leben hatte ihr etwas soviel bedeutet wie diese Uhr. Was genau sie ihr bedeutete, hatte Arthur bisher nicht begriffen, aber er war ausgesprochen erfreut und erleichtert, daß überhaupt etwas seine Tochter berührte.

»Erklär's mir noch mal«, sagte Random.

»Es steckt wirklich nicht viel dahinter«, sagte Arthur. »Diese Uhrwerke sind über Hunderte von Jahren immer weiterentwickelt ...«

»Erdenjahre.«
»Ja. Man hat sie im Laufe der Jahre immer weiter verfeinert. Ein äußerst kunstfertiges und delikates Handwerk. Sie mußten sehr klein sein und immer sekundengenau gehen, ganz egal, wie sehr man sie durch die Gegend wedelte oder wie oft man sie hinwarf.«
»Und wieso nur auf einem einzigen Planeten?«
»Tja, weißt du ... weil sie da hergestellt wurden. Man hatte nicht damit gerechnet, daß Uhren irgendwo hingeraten könnten, wo sie mit Dingen wie anderen Sonnen und Monden und Magnetfeldern klarkommen müßten. Ich meine, diese hier *funktioniert* noch immer absolut einwandfrei, aber das ist natürlich herzlich sinnlos, so weit, wie wir von der Schweiz entfernt sind.«
»Von wo?«
»Der Schweiz. Da hat man solche wie die hier hergestellt. Das ist ein kleines, gebirgiges Land. Nervtötend ordentlich. Die Hersteller der Uhren wußten nicht, daß es noch andere Welten gibt.«
»Ziemlich große Wissenslücke.«
»Ja, kann man sagen.«
»Wo sind die denn hergekommen?«
»Die, das heißt, wir ... man könnte sagen, wir sind da gewachsen. Wir haben uns auf der Erde entwickelt. Aus ... ich weiß nicht genau, irgendeiner Art Matsch oder so was Ähnlichem.«
»Genau wie diese Uhr.«
»Ähm. Ich glaube nicht, daß die Uhr aus dem Matsch gewachsen ist, nein.«
»*Du verstehst nicht!*« Random sprang schreiend auf. »Du verstehst nicht! Du verstehst *mich* nicht, du verstehst *gar nichts*. Du bis so *dumm*! Ich *hasse* dich!«
Die Uhr noch immer fest umklammert, lief sie hektisch den Hügel hinunter und schrie dabei, daß sie ihn haßte.

Arthur sprang erschrocken und völlig verdattert auf. Er lief ihr durch die Büschel faserigen Grases hinterher. Das Laufen fiel ihm schwer und verursachte ihm Schmerzen. Der Beinbruch, den er beim Absturz erlitten hatte, war nicht glatt gewesen und nicht sauber verheilt. Er rannte humpelnd und zuckend.
Urplötzlich drehte sie sich um und sah ihn an, das Gesicht dunkelrot vor Wut.
Sie fuchtelte mit der Uhr in seine Richtung. »Verstehst du nicht, daß die irgendwo hingehört? Irgendwohin, wo sie funktioniert? Irgendwohin, wo sie *paßt?*«
Sie wandte sich ab und rannte weiter. Sie war gesund und leichtfüßig, und Arthur konnte nicht annähernd mit ihr Schritt halten.
Nicht, daß er nicht damit gerechnet hätte, als Vater könne man derartig gewaltige Probleme bekommen, vielmehr hatte er nie damit gerechnet, überhaupt Vater zu werden, schon gar nicht so plötzlich und unerwartet auf einem fremden Planeten.
Random wandte sich ihm erneut zu, um ihn anzuschreien. Aus irgendeinem Grund blieb er jedesmal stehen, wenn sie stehenblieb.
»Wofür hältst du mich eigentlich?« rief sie wütend. »Für deine Beförderung in die erste Klasse? Und was glaubst du, wofür Mama mich gehalten hat? So 'ne Art Eintrittskarte für das Leben, das sie nie gehabt hat?«
»Ich weiß überhaupt nicht, was du damit sagen willst«, keuchte Arthur unter Schmerzen.
»Du weißt nie, was irgend jemand mit irgendwas sagen will!«
»Was willst du damit sagen?«
»Sei still! Sei still! *Sei still!*«
»Sag's mir! Bitte sag's mir! Was soll das heißen, das Leben, das sie nie gehabt hat?«

»Sie wäre am liebsten auf der Erde geblieben! Sie wäre am liebsten nie mit diesem hirntoten Fruchtgummi Zaphod weggegangen! Sie meint, daß sie dann ein völlig anderes Leben gelebt hätte!«
»Aber«, sagte Arthur, »sie wäre getötet worden! Sie wäre bei der Explosion der Erde getötet worden!«
»Und? Wäre das etwa kein anderes Leben gewesen?«
»Das ...«
»Sie hätte mich nicht bekommen müssen! Sie haßt mich!«
»Das kann doch nicht dein Ernst sein! Wie kannst du so was auch nur denken, äh, ich meine ...«
»Sie dachte, wenn sie mich kriegt, paßt sie endlich irgendwohin! *Dafür* sollte ich sorgen! Aber ich hab sogar noch schlechter in alles reingepaßt als sie! Also hat sie mich einfach ausgesperrt und lebt jetzt ihr blödes Leben weiter!«
»Was ist denn so blöd an ihrem Leben? Findest du nicht, daß sie unwahrscheinlich erfolgreich ist? Immerhin ist sie über die Sub-Ätha-Sender in allen Zeiten und Welten präsent, und ...«
»Blöd! Blöd! Blöd! Blöd!«
Random wandte sich ab und lief weiter. Arthur konnte ihr nicht folgen und mußte sich schließlich ein bißchen hinsetzen, um den Schmerz in seinem Bein abklingen zu lassen. Was er gegen den Aufruhr in seinem Kopf unternehmen sollte, wußte er allerdings nicht.

Eine Stunde später humpelte er zurück ins Dorf. Es wurde langsam dunkel. Die Dorfbewohner grüßten ihn, aber es schien eine gewisse Nervosität in der Luft zu liegen, als wisse niemand so recht, was los war oder was man tun sollte. Man hatte Old Thrashbarg in letzter Zeit ziemlich oft an seinem Bart zupfen und den Mond anstarren sehen, und auch das war kein gutes Zeichen.
Arthur betrat seine Hütte.

Random saß schweigend über den Tisch gebeugt da.
»Es tut mir leid«, sagte sie. »Es tut mit so leid.«
»Das macht doch nichts«, sagte Arthur so sanft, wie er konnte. »Es ist immer gut, ein bißchen, äh, zu plaudern. Wir müssen noch so viel voneinander lernen und begreifen, und das Leben ist nun mal, tja, es ist eben nicht immer ein Zuckerschlecken und Sandwichessen...«
»Es tut mir *so* leid«, wiederholte sie schluchzend.
Arthur ging zu ihr und legte ihr den Arm um die Schultern. Sie wehrte ihn nicht ab oder wich zurück. Dann sah Arthur, was ihr so leid tat.
Im Lichtkegel einer lamuellanischen Laterne lag Arthurs Uhr. Random hatte den unteren Deckel mit der Rückseite des Buttermessers abgehebelt, und nun lagen all die winzigen Zahnräder und Federn und Anker dort, wo sie sie herausgefummelt hatte, in einem verknäulten Häufchen auf dem Tisch.
»Ich wollte bloß wissen, wie sie funktioniert«, sagte Random, »wie das alles zusammengehört. Es tut mir so leid! Ich kriege sie nicht wieder ganz, es tut mir leid, es tut mir leid, es tut mir so, so leid. Ich weiß nicht, was ich machen soll. Ich lasse sie heil machen! Ehrlich! Ich lasse sie wieder heil machen!«

Am folgenden Tag kam Thrashbarg vorbei und erzählte einen Haufen Zeug über Bob. Er versuchte, beruhigend auf Random einzuwirken, indem er sie einlud, über das unergründliche Geheimnis des Riesenohrwurms nachzusinnen, aber Random sagte, es gebe keinen Riesenohrwurm, und Thrashbarg wurde ausgesprochen frostig und wortkarg und sagte, sie werde ihr Leben in ewiger Finsternis beschließen. Random sagte, prima, da habe es schließlich auch begonnen, und am nächsten Tag traf das Päckchen ein.
Langsam reichte es mit den Ereignissen.

Das heißt, eigentlich stellte der komische Lenkroboter, der unter brummenden Lenkrobotergeräuschen aus dem Himmel fiel, nicht nur das Päckchen zu, sondern sorgte auch für das ungute, allmählich das gesamte Dorf erfassende Gefühl, daß das Faß mit genau diesem Ereignis übergelaufen war.

Das war nicht die Schuld des Lenkroboters. Der brauchte nichts weiter als Arthurs Unterschrift, seinen Daumenabdruck oder ein paar Hautzellenschnipsel aus seinem Genick, und schon würde er wieder verschwinden. Er schwebte wartend in der Gegend herum und fragte sich verunsichert, was wohl der Grund für all diesen Groll war.

Inzwischen hatte Kirp einen weiteren Fisch mit Köpfen an beiden Enden gefangen, nur hatte sich bei genauerer Betrachtung herausgestellt, daß es sich tatsächlich um zwei in der Mitte durchgeschnittene und eher schlampig zusammengenähte Fische handelte, womit es Kirp nicht bloß gründlich mißlungen war, das allgemeine Interesse an zweiköpfigen Fischen wiederzubeleben, sondern zudem gelungen war, ernste Zweifel an der Echtheit des ersten zu säen.

Lediglich in den Augen der Pikkas schien alles seinen ganz gewöhnlichen Gang zu gehen.

Der Lenkroboter bekam Arthurs Unterschrift und machte sich aus dem Staub. Arthur schaffte das Päckchen in seine Hütte, setzte sich und betrachtete es.

»Laß es uns aufmachen!« sagte Random, die an diesem Morgen schon wesentlich fröhlicher wirkte, nachdem endlich auch alles um sie herum restlos sonderbar geworden war, aber Arthur sagte nein.

»Warum nicht?«

»Weil es nicht an mich adressiert ist.«

»Ist es doch.«

»Nein, ist es nicht. Es ist adressiert an ... an Ford Prefect, ich soll bloß drauf aufpassen.«

»Ford Prefect? Ist das der, der ...«
»Ja«, sagte Arthur barsch.
»Von dem hab ich schon gehört.«
»Das hab ich mir gedacht.«
»Laß es uns trotzdem öffnen. Was sollen wir denn sonst damit machen?«
»Weiß ich nicht«, sagte Arthur, der wirklich nicht ganz sicher war.
Er hatte seine ramponierten Messer in aller Herrgottsfrühe in die Schmiede getragen, und Strinder hatte sie sich angesehen und gemeint, er wolle mal sehen, was sich machen lasse.
Wie üblich hatten sie die Messer durch die Luft geschwenkt, um sich langsam an Dinge wie den richtigen Schwerpunkt und die richtige Biegsamkeit heranzutasten, aber der Spaß daran war ihnen vergangen, und Arthur fürchtete, daß seine Tage als Sandwichmacher wohl gezählt waren.
Er ließ den Kopf hängen.
Das nächste Auftauchen der Absolut Normalen Viecher stand unmittelbar bevor, aber Arthur ahnte, daß die Feste und Gelage zur Feier der Jagd in diesem Jahr eher verhalten und unsicher ablaufen würden. Irgend etwas hatte sich auf Lamuella verändert, und Arthur hatte das schreckliche Gefühl, daß es sich dabei um ihn selbst handelte.
»Was meinst du, was da drin ist«, bohrte Random, das Päckchen in den Händen drehend.
»Weiß ich nicht«, sagte Arthur. »Jedenfalls was Schlimmes und Beunruhigendes.«
»Woher willst du das wissen?« protestierte Random.
»Weil alles, was mit Ford Prefect zu tun hat, zwangsläufig schlimmer und beunruhigender ist als alles, womit er nichts zu tun hat«, sagte Arthur. »Glaub's mir.«
»Du bist wegen irgendwas genervt, oder?« sagte Random.

Arthur seufzte.

»Ich bin bloß ein bißchen durcheinander, glaube ich«, sagte Arthur.

»Das tut mir leid«, sagte Random und legte das Päckchen weg. Sie sah ein, daß es ihn wirklich nerven würde, wenn sie es öffnete. Sie mußte es eben tun, wenn er nicht hinsah.

SECHZEHNTES KAPITEL

Arthur wußte nicht genau, was er zuerst vermißt hatte. Als ihm auffiel, daß das eine nicht da war, hüpften seine Gedanken sofort zum anderen, und damit war ihm unverzüglich klar, daß beides verschwunden war und daß sich daraus irgendwelche irrsinnig schlimmen und schwierig zu handhabenden Konsequenzen ergeben würden.

Random war nicht da. Und das Päckchen auch nicht.

Er hatte es den ganzen Tag lang gut sichtbar auf dem Regal liegen lassen. Das war eine Übung in Vertrauen gewesen.

Ihm war bewußt, daß eine der ihm auferlegten Vaterpflichten darin bestand, seinem Kind Vertrauen entgegenzubringen, das Verhältnis zu ihm auf ein Fundament aus Vertrauen und Aufrichtigkeit zu gründen. Zwar hatte er den häßlichen Verdacht gehabt, sich tatsächlich so zu verhalten sei völlig idiotisch, es aber trotzdem getan, und nun wußte er mit absoluter Gewißheit, daß es völlig idiotisch gewesen war.

Man lebt, um zu lernen. In jedem Fall, um zu leben.

Und um in Panik zu geraten.

Arthur rannte aus der Hütte. Es war früher Abend. Das Licht wurde schwächer, und ein Sturm braute sich zusammen. Er konnte Random nirgendwo entdecken, auch keine Spur von ihr. Er fragte. Niemand hatte sie gesehen. Er fragte erneut. Niemand sonst hatte sie gesehen. Man ging nach Hause, um sich schlafen zu legen. Ein leichter Wind fegte um die Ecken des Dorfes, sammelte alle möglichen Dinge auf und schleuderte sie in bedenklich beiläufiger Manier durch die Gegend.

Er traf Old Thrashbarg und fragte ihn. Thrashbarg sah ihn

mit versteinerter Miene an und deutete dann in genau jene Richtung, von der Arthur instinktiv gewußt hatte, daß sie sie einschlagen würde.
Seine schlimmsten Befürchtungen hatten sich bewahrheitet.
Sie hatte den Weg gewählt, auf dem sie sich vor Verfolgern sicher glaubte.
Er sah in den düsteren, wechselhaft graublauen Himmel und kam zu dem Schluß, daß es sich um genau die Art Himmel handelte, aus dem die vier apokalyptischen Reiter problemlos hätten herausgaloppieren können, ohne sich wie eine Horde Vollidioten vorzukommen.
Geplagt von Vorahnungen der schlimmsten und übelsten Sorte, betrat er den Pfad, der durch den Wald ins angrenzende Tal führte. Die ersten schweren Regentropfen schlugen auf dem Boden auf, während Arthur versuchte, sich zum Laufen zu zwingen.

Random erreichte die Spitze des Hügels und sah hinunter in das vor ihr liegende Tal. Der Aufstieg war länger und anstrengender gewesen, als sie gedacht hatte. Sie fürchtete fast, der nächtliche Ausflug sei vielleicht doch keine so gute Idee gewesen, aber ihr Vater hatte während des gesamten Tages in der Nähe der Hütte herumgelungert und sich oder ihr vorzumachen versucht, er passe nicht auf das Päckchen auf. Als er dann endlich zur Schmiede gegangen war, um mit Strinder über die Messer zu reden, hatte Random die günstige Gelegenheit beim Schopf gepackt und sich mit dem Päckchen aus dem Staub gemacht.
Es war sonnenklar, daß sie das Ding nicht einfach in der Hütte oder auch nur im Dorf öffnen konnte. Da hätte ihr Vater jeden Moment auftauchen können. Was bedeutete, daß sie einen Ort finden mußte, wohin man ihr nicht folgen würde.

Sie konnte bleiben, wo sie jetzt war. Sie hatte diesen Weg in der Hoffnung eingeschlagen, daß er ihr nicht nachzukommen wagte, aber selbst wenn er es tat, würde er sie in der hereinbrechenden Dunkelheit und dem einsetzenden Regen hier oben, in den bewaldeten Teilen des Hügels, nicht finden.
Während des gesamten Aufstiegs hatte das Päckchen unter ihrem Arm gerüttelt. Es war ein angenehm griffiges Ding: ein Kästchen mit einem viereckigen Deckel, dessen Seiten jeweils ungefähr so lang waren wie ihr Unterarm und das so tief war wie ihre ausgestreckte Hand, eingewickelt in braunes Pflaspik und mit einer raffinierten, neuen Art sich selbsttätig verknotenden Bandes verschnürt. Es klapperte nicht, wenn man es schüttelte, aber ihr war nicht entgangen, daß das Gewicht aufregend genau in der Mitte zentriert war.
Da sie nun aber schon so weit gekommen war, reizte es sie auf gewisse Weise, nicht stehenzubleiben, sondern den Abstieg fortzusetzen, jenes fast wie ein Sperrgebiet wirkende Tal zu betreten, in dem das Schiff ihres Vaters heruntergekommen war. Sie war sich zwar nicht ganz im klaren, was genau der Begriff »Spuken« eigentlich bedeutete, glaubte jedoch, daß es lustig wäre, das herauszufinden. Sie würde weitergehen und mit dem Öffnen des Päckchens warten, bis sie dort unten ankam.
Allerdings wurde es zunehmend dunkler. Ihre kleine Taschenlampe hatte sie bisher noch nicht eingeschaltet, weil sie nicht weithin sichtbar werden wollte. Gleich müßte sie sie benutzen, aber das spielte wahrscheinlich ohnehin keine Rolle mehr, weil sie sich bereits auf der anderen Seite des Hügels befand, der die beiden Täler voneinander trennte.
Sie schaltete die Lampe ein. Unmittelbar darauf zerriß eine Blitzgabel die Luft über dem Tal, auf dessen Sohle sie sich

zubewegte, und jagte ihr einen gehörigen Schreck ein. Als die Dunkelheit sie wieder umschauderte und der Donnerschlag langsam über der Landschaft ausrollte, kam sie sich mit dem armseligen, in ihrer Hand auf- und abhüpfenden Lichtstift plötzlich ziemlich klein und verloren vor. Vielleicht sollte sie doch haltmachen und das Päckchen gleich an Ort und Stelle öffnen. Oder vielleicht zurückgehen und morgen wieder herkommen. Sie zögerte nur für einen kurzen Augenblick. Sie wußte, daß in dieser Nacht keine Möglichkeit zur Rückkehr mehr bestand. Sie spürte, daß diese Möglichkeit nie mehr bestehen würde.

Sie stieg weiter den Abhang hinunter. Von Minute zu Minute regnete es stärker. Wo noch vor kurzem nur wenige dicke Tropfen gefallen waren, hingen jetzt nasse Bindfäden aus dem Himmel, zischelte es in den Bäumen und wurde der Boden unter ihren Füßen immer glitschiger.

Wenigstens meinte sie, daß das, was in den Bäumen zischelte, der Regen war. Schatten sprangen und schielten sie an, während der Lampenstrahl durch die Äste hüpfte. Vorwärts und abwärts.

Sie hastete ungefähr eine Viertelstunde weiter voran, mittlerweile frierend und bis auf die Haut durchnäßt, und wurde dabei ganz allmählich gewahr, daß sich dort, irgendwo vor ihr, offenbar eine weitere Lichtquelle befand. Ein so schwaches Licht, daß sie fast schon meinte, es sich bloß einzubilden. Sie schaltete ihre Lampe aus, um sich zu vergewissern. Weit vor ihr schien etwas schwach zu schimmern. Was es war, konnte sie nicht erkennen. Sie schaltete die Lampe wieder ein und setzte den Abstieg fort, auf das Was-auch-Immer zu.

Irgend etwas stimmte nicht mit diesen Wäldern.

Ihr war nicht sofort klar, was nicht stimmte, aber sie wirkten einfach nicht wie quicklebendige, gesunde Wälder, die sich auf den Frühling freuten. Die Bäume krümmten sich in

kränklichen Winkeln und machten einen farblosen, brandigen Eindruck. Mehrmals hatte Random im Vorbeigehen das beunruhigende Gefühl, sie versuchten nach ihr zu greifen, aber das waren nur optische Täuschungen, verursacht durch den Lichtstrahl der Lampe, der die Schatten zum Flackern und Taumeln brachte.
Plötzlich fiel etwas aus dem Baum genau vor ihr auf den Boden. Erschrocken machte sie einen Satz rückwärts und ließ dabei sowohl die Lampe als auch das Päckchen fallen. Sie kauerte sich hin und zog sie den besonders geschärften Stein aus der Tasche.
Das Ding, das aus dem Baum gefallen war, bewegte sich. Die Lampe lag auf dem Boden und leuchtete in seine Richtung. Ein gewaltiger, grotesker Schatten taumelte langsam durch den Lichtstrahl auf sie zu. Durch das stetige Zischeln des Regens hörte sie undeutliches Rascheln und Kreischen. Sie scharrte auf dem Boden nach der Lampe, bekam sie zu fassen und richtete sie direkt auf das Wesen.
Im gleichen Augenblick fiel ein zweites Wesen aus einem Baum, der kaum einen Meter von ihr entfernt stand. Wild schwang sie die Lampe vom einen zum anderen. Ihren Stein hielt sie wurfbereit erhoben.
Eigentlich waren die beiden ziemlich klein. Nur der Lichtwinkel hatte sie so bedrohlich groß erscheinen lassen. Nicht bloß klein, sondern klein, pelzig und knuddelig. Und schon ließ sich noch eins aus einem der Bäume fallen. Es fiel durch den Lichtstrahl, also konnte sie es recht deutlich erkennen.
Das Wesen landete geschickt und genau, wendete und begann dann, ebenso wie die beiden anderen, sich langsam und entschlossen auf Random zuzubewegen.
Sie blieb wie angewurzelt hocken. Sie hielt ihren Stein noch immer angriffs- und wurfbereit in der Hand, wurde sich jedoch zunehmend der Tatsache bewußt, daß es sich

bei den Wesen, denen sie angriffs- und wurfbereit gegenüberstand, um Eichhörnchen handelte. Oder wenigstens um eichhörnchenartige Wesen. Weiche, warme, knuddelige eichhörnchenartige Wesen, die sich ihr auf eine Art und Weise näherten, die ihr alles andere als geheuer war.
Sie leuchtete dem ersten mit der Lampe ins Gesicht. Es stieß aggressive, einschüchternde Kreischlaute aus und hielt in einer seiner kleinen Pfotenfäuste ein zerrissenes, feuchtes Stück von einem rosa Lappen. Random wog den Stein drohend in der Hand, aber das beeindruckte das mit seinem feuchten Lappen auf sie zukommende Eichhörnchen nicht im geringsten.
Sie wich zurück. Sie wußte absolut nicht, wie sie sich verhalten sollte. Wären es mordlustig knurrende, geifernde Bestien mit glänzenden Hauern gewesen, hätte sie nach Leibeskräften auf sie eingedroschen, aber Eichhörnchen, die sich derartig seltsam aufführten, überforderten sie irgendwie.
Sie wich weiter zurück. Das zweite Eichhörnchen setzte sich nach rechts ab, um sie seitwärts zu umgehen. Mit einem Napf. Einer Art Eichelnapf. Das dritte war direkt hinter ihm und unternahm nun seinen eigenen Vorstoß. Und was trug es bei sich? Einen kleinen, durchweichten Schnipsel Papier, dachte Random.
Sie trat erneut einen Schritt zurück, blieb mit dem Fuß an einer Baumwurzel hängen und stürzte rücklings hin.
Unverzüglich schoß das erste Eichhörnchen vorwärts, sprang auf sie drauf und bewegte sich über ihren Bauch, mit eiskaltem, entschlossenem Blick und einem zerrissenen nassen Lappen in den Pfoten.
Random versuchte aufzuspringen, kam jedoch nicht viel höher als drei Zentimeter. Das auf ihrem Bauch erschrokken zusammenfahrende Eichhörnchen ließ sie ihrerseits erschrocken zusammenfahren. Das Eichhörnchen erstarrte

und klammerte sich durch den durchweichten Stoff ihres T-Shirts mit winzigen Pfoten in ihre Haut. Dann krabbelte es behutsam, Zentimeter um Zentimeter, an ihr herauf, verharrte schließlich und bot ihr den Lappen an.
Random war wie hypnotisiert von der Fremdartigkeit des Wesens und seinen winzigen, funkelnden Augen. Erneut bot es ihr den Lappen an. Hartnäckig fiepsend, stieß es ihn wiederholt in ihre Richtung, bis sie das Ding schließlich zögernd entgegennahm. Das Eichhörnchen sah sie weiter durchdringend aus kleinen, ruhelosen Augen an. Sie hatte keine Ahnung, was sie tun sollte. Regen und Matsch flossen ihr in Strömen über das Gesicht, und auf ihrem Bauch saß ein Eichhörnchen. Sie hob den Lappen und wischte sich etwas Matsch aus den Augen.
Das Eichhörnchen kreischte triumphierend, schnappte sich den Lappen, hüpfte von ihr herunter und tollte in die dunkle, allumfassende Nacht zurück, schoß einen Baum hinauf, tauchte in ein Loch im Stamm, lehnte sich zurück und rauchte erst mal eine. Währenddessen versuchte Random, das Eichhörnchen mit dem regengefüllten Eichelnapf und das mit dem Schnipsel abzuschütteln. Sie rutschte auf dem Hintern rückwärts vor ihnen davon.
»Nein!« rief sie. »Geht weg!«
Die beiden schossen verängstigt zurück und dann gleich wieder mit ihren Geschenken nach vorn. Sie fuchtelte mit dem Stein vor ihnen herum. »Haut ab!« brüllte sie.
Die Eichhörnchen hasteten konsterniert herum. Dann sprang eines der beiden geradewegs auf sie zu, ließ den Eichelnapf in ihren Schoß fallen, wendete und flüchtete zurück in die Nacht. Das andere stand einen Augenblick bibbernd da, legte seinen Papierschnipsel dann behutsam vor ihr ab und verschwand ebenfalls.
Sie war wieder allein, aber diesmal bebte sie vor Verwirrung. Unsicher kam sie auf die Beine, sammelte ihren Stein

und ihr Päckchen auf, hielt dann inne und nahm auch den Papierschnipsel an sich. Er war so durchweicht und verwittert, daß man kaum erkennen konnte, was es war. Es schien sich um den Überrest eines Bordmagazins zu handeln.
Während Random sich bemühte, wenigstens annähernd zu begreifen, was all das zu bedeuten hatte, trat ein Mann aus dem Wald auf die Lichtung, auf der sie stand, hob eine übel aussehende Waffe und erschoß sie.

Vier oder fünf Kilometer hinter ihr knüppelte Arthur mutlos durch Wind und Regen den Hügel hinauf.
Schon wenige Minuten nach seinem Aufbruch war er wieder umgekehrt und hatte sich mit einer Lampe ausgerüstet. Keiner elektrischen. Die einzige elektrische Lampe auf Lamuella war die, die Random mitgebracht hatte. Arthurs war ein schwacher Abklatsch einer Sturmleuchte: ein perforierter Metallkanister aus Strinders Schmiede, der einen mit brennbarem Fischöl gefüllten Behälter und einen Docht aus verknotetem Heu enthielt und umhüllt war von einer lichtdurchlässigen Haut aus getrockneten Absolut-Normale-Viechergedärmen.
Sie war gerade ausgegangen.
Arthur rüttelte ein paar Sekunden sinnlos an ihr herum. Es bestand nicht die geringste Aussicht, das Ding inmitten eines Unwetters plötzlich wieder zum Aufflammen zu bringen, aber niemand bringt es in einer solchen Situation fertig, nicht wenigstens einen symbolischen Versuch zu unternehmen. Schweren Herzens warf er die Lampe schließlich weg.
Was tun? Die Lage war hoffnungslos. Arthur war durchweicht bis auf die Knochen, seine Klamotten waren aufgebauscht und regenschwer, und jetzt stand er auch noch orientierungslos im Dunkeln.
Dann stand er plötzlich für den Bruchteil einer Sekunde

orientierungslos in grellem Licht und anschließend wieder orientierungslos im Dunkeln.
Der Blitzschlag aus regnerischem Himmel hatte ihm aber wenigstens gezeigt, daß er sich unmittelbar vor dem Kamm des Hügels befand. Wenn er den erst erklommen hätte, könnte er ... tja, er war nicht ganz sicher, was er dann könnte. Darüber wollte er sich Gedanken machen, wenn er oben war.
Er schleppte sich voran und hinauf.
Einige Minuten später war er zumindest sicher, keuchend auf dem Gipfel zu stehen. In weiter Ferne unter ihm schimmerte es schwach. Er hatte keine Vorstellung, was da schimmern mochte, und keine Lust, sich eine zu machen. Da es allerdings das einzige war, worauf er sich zubewegen konnte, machte er sich stolpernd, verirrt und ängstlich auf den Weg.

Der tödliche Lichtstrahl ging geradewegs durch Random hindurch, genauso wie ungefähr zwei Sekunden später der Mann, der ihn abgefeuert hatte. Dabei beachtete er sie überhaupt nicht. Er hatte jemanden erschossen, der hinter ihr stand, und als sie sich nach ihm umdrehte, hockte er über dem Toten und durchwühlte dessen Taschen.
Die Szene erstarrte und löste sich auf. An ihre Stelle trat ein gigantisches Gebiß, eingerahmt von riesenhaften, perfekt geschminkten Lippen. Eine mächtige blaue Bürste erschien aus dem Nichts und begann schäumend auf den Zähnen herumzuputzen, die weiter unbeweglich vor dem schimmernden Regenvorhang strahlten.
Random mußte zweimal blinzeln, bevor sie begriff.
Es war ein Werbespot. Der Kerl, der auf sie geschossen hatte, war Teil eines jener holographischen Spielfilme, die an Bord der Hyperraum-Maschinen gezeigt wurden. Sie konnte nicht mehr weit von dem abgestürzten Schiff ent-

fernt sein. Offensichtlich waren einige seiner Systeme weniger leicht zu zerstören als andere.
Der folgende Kilometer der Reise war besonders beschwerlich. Nicht nur die Kälte, der Regen und die Dunkelheit machten Random zu schaffen, sondern auch die ramponierten und vor sich hinzuckenden Überreste des schiffsintegrierten Unterhaltungssystems. Um sie herum stürzten ununterbrochen Raumschiffe, Düsenflitzer und Hubschalen ab und erhellten die Nacht durch ihre Explosionen, mitten durch sie hindurch schmuggelten verruchte Typen mit komischen Hüten gefährliche Drogen, und auf einer kleinen Lichtung zu ihrer Linken dröhnten Orchester und Chor der Hallapolischen Staatsoper gemeinsam den Abschlußmarsch der AnjaQuantinischen Sternengarde aus dem vierten Akt von Rizgars Blamwellamam von Woont.

Und dann stand sie plötzlich vor einem wirklich üblen Krater mit blasig aufgeworfenem Rand. Noch immer ging ein schwaches Schimmern von dem aus, was unter anderen Umständen wie ein monströses, auf dem Boden einer Grube festgebratenes Stück Kaugummi ausgesehen hätte: den geschmolzenen Überresten eines einst stolzen Raumschiffes.
Sie stand einige Zeit da und betrachtete es, dann ging sie auf dem Rand des Kraters weiter.
Ohne genau zu wissen, was sie eigentlich noch suchte, setzte sie ihren Weg fort, wobei sie sich rechts von der grauenhaften Grube hielt.
Obwohl der Regen inzwischen etwas nachgelassen hatte, war es noch immer ausgesprochen naß, und da sie nicht wußte, was sie in dem Päckchen mit sich trug, ob es vielleicht etwas Empfindliches oder Zerbrechliches war, hielt sie es für zweckmäßig, eine halbwegs trockene Stelle zu suchen und es dort zu öffnen. Sie hoffte, daß es nicht schon beim Herunterfallen kaputtgegangen war.

Sie leuchtete mit ihrer Lampe in die umstehenden Bäume, die hier nur spärlich wuchsen und zum größten Teil verkohlt und abgeknickt waren. Etwas weiter entfernt glaubte sie einen zerklüfteten Felsvorsprung zu erkennen, der ein wenig Schutz bieten mochte, und begann, sich tastend auf ihn zuzubewegen. Überall um sich herum entdeckte sie Schutt, der aus dem Schiff geschleudert worden war, bevor es auseinandergebrochen und endgültig in Flammen aufgegangen war.

Nachdem sie sich zwei-, dreihundert Meter weit vom Krater entfernt hatte, stieß sie auf die zerfetzten Überbleibsel eines flauschigen, pinkfarbenen Materials, die durchnäßt und matschig in den abgeknickten Bäumen hingen. Sie nahm völlig zu Recht an, daß es sich dabei um die Reste des Rettungskokons handelte, in dem ihr Vater der Katastrophe entronnen war. Als sie näher herantrat, um sich die Sache genauer anzusehen, entdeckte sie unmittelbar davor auf dem Boden einen halb mit Matsch bedeckten Gegenstand.

Sie hob ihn auf und wischte ihn ab. Es war ein elektronisches, ungefähr taschenbuchgroßes Gerät. Als sie es berührte, begannen auf seiner Oberfläche große, freundliche Buchstaben schwach zu leuchten: »KEINE PANIK.« Sie wußte, was das war: das Reiseführer-Exemplar ihres Vaters. Augenblicklich wurde sie wesentlich ruhiger, sah hoch in den gewittrigen Himmel und ließ sich ein bißchen Regen über das Gesicht und in den Mund rinnen.

Nach einem kurzen Kopfschütteln eilte sie weiter auf die Felsen zu, und kaum hatte sie begonnen, auf sie hinauf und über sie hinwegzuklettern, da entdeckte sie auch schon genau das, was sie suchte: einen Höhleneingang. Sie leuchtete mit der Lampe hinein. Die Höhle wirkte trocken und sicher. Vorsichtig nach Hindernissen tastend, trat sie hinein. Die Öffnung war ziemlich geräumig, aber nicht besonders tief. Erschöpft und erleichtert setzte sich Random auf einen geeigneten Stein, stellte das Kästchen vor sich auf den Boden und machte sich unverzüglich daran, es auszupacken.

SIEBZEHNTES KAPITEL

Für geraume Zeit gab es zahlreiche Spekulationen und Kontroversen darüber, wohin die sogenannte »fehlende Substanz« des Universums verschwunden sei. Überall in der Galaxis erwarben die wissenschaftlichen Fakultäten sämtlicher größeren Universitäten immer ausgefeiltere Apparaturen zum Sondieren und Durchsuchen des Innersten entfernter Galaxien und wandten sich anschließend dem genauen Mittelpunkt und den äußersten Rändern des gesamten Universums zu, nur um am Ende, als sie endlich fündig wurden, feststellen zu müssen, daß es sich bei der fehlenden Substanz um genau das Zeug handelte, in das ihre Apparaturen bei Lieferung eingepackt gewesen waren.

In dem Kästchen war ziemlich viel fehlende Substanz, kleine, weiche, runde weiße Kügelchen aus fehlender Substanz, die Random zu Boden fallen ließ, um kommenden Naturwissenschaftlergenerationen etwas zum Einkreisen und Entdecken zu hinterlassen, wenn die Befunde der derzeitigen Forschergeneration erst verschollen und in Vergessenheit geraten waren.

Aus den Fehlende-Substanz-Kügelchen hob sie die nichtssagende schwarze Scheibe. Sie legte sie auf einen Stein neben sich und durchstöberte all die fehlende Substanz nach weiteren Dingen, einer Gebrauchsanweisung, Zubehör oder ähnlichem, fand jedoch nichts. Es war nichts weiter drin. Nur die schwarze Scheibe.

Sie richtete ihre Lampe darauf.

Kaum hatte sie das getan, begannen sich in der scheinbar glatten Oberfläche der Scheibe Risse aufzutun. Random

wich nervös zurück, erkannte dann jedoch, daß sich das Ding, was immer es auch war, lediglich entfaltete.
Es war ein hinreißend schöner Vorgang, außergewöhnlich kunstvoll, aber zugleich einfach und elegant. Es sah aus wie ein sich selbst öffnendes Origami oder eine Rosenknospe, die binnen Sekunden voll erblühte.
Wo noch Augenblicke zuvor eine sanft gewölbte schwarze Scheibe gewesen war, war jetzt ein Vogel. Ein Vogel, der auf der Stelle schwebte.
Random wich noch weiter zurück, vorsichtig und wachsam.
Der Vogel erinnerte ein wenig an einen Pikka, nur war er wesentlich kleiner. Das heißt, eigentlich war er größer oder, um noch genauer zu sein, weder größer noch kleiner oder, ganz genau, keinesfalls kleiner als doppelt so groß.
Außerdem war irgend etwas an ihm merkwürdig, aber Random wußte nicht auf Anhieb, was es war.
Eine Eigenschaft hatte er allerdings unbestreitbar mit den Pikkas gemein: Auch er erweckte den Eindruck, als betrachte er etwas für niemanden sonst Sichtbares.
Plötzlich verschwand er.
Und ebenso plötzlich wurde anschließend alles schwarz. Random kauerte sich angespannt hin und tastete in ihrer Tasche nach dem besonders geschärften Stein. Die Schwärze wich zurück und rollte sich zu einer Kugel zusammen, und dann war die Schwärze wieder der Vogel. Träge mit den Flügeln schlagend, hing er vor ihr in der Luft und starrte sie an.
»Entschuldige bitte«, sagte er auf einmal. »Ich muß mich nur eben kalibrieren. Hörst du, was ich jetzt sage ...?«
»Was du wann sagst?« fragte Random.
»Gut«, sagte der Vogel. »Und hörst du, was ich jetzt sage?«
Diesmal sprach er in einer wesentlich höheren Tonlage.
»Ja, klar höre ich das!« sagte Random.

»Und hörst du auch, was ich jetzt sage?« fragte er, diesmal mit tiefer, düsterer Grabesstimme.
»*Ja!*«
Es folgte eine Pause.
»Nein, offenbar nicht«, sagte der Vogel nach einigen Sekunden. »Also gut, dein Hörbereich liegt offenbar zwischen zwanzig und sechzehn Kilohertz. Fein. Ist das so angenehm für dich?« sagte er in wohltuendem, leichtem Tenor. »Keine unangenehmen Mißtöne in den höheren Lagen? Scheinbar nicht. Gut. Dann kann ich die als Datenkanäle verwenden. So. Und wie oft siehst du mich?«
Urplötzlich bestand die Luft aus nichts anderem mehr als ineinander verschachtelten Vögeln. Random war durchaus daran gewöhnt, sich in virtuellen Wirklichkeiten aufzuhalten, aber was sie nun sah, war eine gehörige Portion schriller als alles, was sie bisher erlebt hatte. Es schien, als sei die gesamte Geometrie des Raumes um sie herum aus nahtlos ineinander übergehenden Vogelformen neu erschaffen worden.
Random schnappte nach Luft, ruderte mit den Armen durch den vogelförmigen Raum und schlug sich die Hände vors Gesicht.
»Hmmm, offenbar entschieden zu oft«, sagte der Vogel. »Und wie ist es jetzt?«
Ziehharmonikagleich zog er sich zu einem Vogeltunnel zusammen, wie ein zwischen parallel stehenden Spiegeln gefangener Vogel, der bis in endlose Ferne reflektiert wird.
»Was bist du?« schrie Random.
»Dazu kommen wir gleich«, sagte der Vogel. »Wie oft, bitte?«
»Na, eigentlich fast ...« Random gestikulierte hilflos in die Ferne.
»Die Ausdehnung ist also immer noch unendlich, aha, aber

immerhin scheinen wir uns der richtigen räumlichen Matrix ja langsam zu nähern. Gut. Nein, die Antwort lautet eine *Orange* und zwei Zitronen.«

»*Zitronen?*«

»Wenn ich drei Zitronen und drei Orangen habe und zwei Orangen und eine Zitrone wegnehme, was bleibt dann übrig?«

»Hä?«

»Fein, dann meinst du also, daß die Zeit *so herum* verläuft, ja? Interessant. Bin ich noch immer unendlich?« fragte er und dehnte sich mal nach hier, mal nach da in den Raum aus. »Bin ich jetzt unendlich? Wie gelb bin ich?«

Der Vogel nahm ununterbrochen hirnzermürbende Änderungen seiner Form und seiner Ausdehnung vor.

»Ich weiß nicht …«, sagte Random verstört.

»Du mußt nicht mehr antworten, ich brauche dich nur noch anzusehen. Also dann. Bin ich deine Mutter? Bin ich ein Felsen? Erscheine ich dir mächtig, matschig und sinuswellenförmig verflochten? Nein? Wie ist es jetzt? Bewege ich mich rückwärts?«

Zum erstenmal stand der Vogel absolut ruhig und unbewegt da.

»Nein«, sagte Random.

»Doch, genau das habe ich getan: Ich habe mich rückwärts durch die Zeit bewegt. Hmmm. Fein, damit wäre das dann wohl auch geklärt. Falls es dich interessiert, kann ich dir sagen, daß du dich in deinem persönlichen Universum in drei Dimensionen bewegst, die du als Raum bezeichnest. Du bewegst dich linear in einer vierten, die du als Zeit bezeichnest, und stehst wie angewurzelt in einer fünften: der sogenannten Elementarwahrscheinlichkeit. Danach wird es ein bißchen kompliziert, und in den Dimensionen 13 bis 22 passiert ein ganzer Haufen Zeug, der dich garantiert nicht interessiert. Das einzige, was du im Augenblick wissen mußt, ist, daß das Universum wesentlich komplizierter ist, als du dir vorstellen kannst, selbst wenn du von der Prämisse ausgehst, es sei auch so schon beschissen genug. Ich kann problemlos auf Formulierungen wie ›beschissen‹ verzichten, falls sie dein Zartgefühl verletzen.«

»Mir doch scheißegal, wie du redest.«

»Fein.«

»Was zum Teufel bist du?«

»Ich bin Der Reiseführer. In *deinem* Universum bin ich *dein* Reiseführer. Genaugenommen bewege ich mich in etwas, das man rein formal als Vollständige Ansammlung Sämtlichen Allgemeinen Misch-Maschs bezeichnet, was bedeutet ... warte, ich zeig's dir.«

Er wendete in der Luft, rauschte aus der Höhle und hockte sich dann unter die äußerste Kante eines Felsvorsprungs, geschützt vor dem wieder stärker werdenden Regen.

»Komm her«, sagte er, »und sieh es dir an.«

Obwohl es Random absolut nicht paßte, von einem Vogel herumkommandiert zu werden, folgte sie ihm aus dem Höhleneingang, wobei sie den Stein in ihrer Tasche allerdings weiter fest umschlossen hielt.

»Regen«, sagte der Vogel. »Siehst du? Simpler Regen.«

»Ich weiß, was Regen ist.«

Das Zeug wehte in regelrechten Wänden durch die Nacht, nur gelegentlich vom Mondlicht durchdrungen.

»Und? Was ist Regen?«

»Was heißt hier, *was ist Regen*? Hör mal, wer bist du eigentlich? Wieso warst du in dem Kästchen? Wieso bin ich die halbe Nacht durch den Wald gerannt und hab mich mit schwachsinnigen Eichhörnchen rumgeschlagen, um am Ende mit einem komischen Vogel dazustehen, der mich fragt, was Regen ist? Das ist Wasser, das durch die bescheuerte Luft fällt, mehr nicht. Willst du sonst noch was wissen, oder können wir wieder nach Hause gehen?«

Der Vogel antwortete erst nach einer langen Pause. »Du willst nach Hause?«
»Ich hab kein Zuhause!«
Random schrie so laut, daß sie beinahe vor sich selbst erschrak.
»Sieh in den Regen«, sagte der Vogel-Führer.
»Ich *sehe* in den Regen! Wo soll ich denn sonst hinsehen?«
»Was siehst du?«
»Was ist denn das für 'ne Frage, du dämlicher Vogel? Ich sehe jede Menge Regen. Wasser, das runterfällt.«
»Was für Formen siehst du in dem Wasser?«
»Formen? Da sind keine Formen. Das ist bloß, bloß ...«
»Bloß ein Misch-Masch«, sagte der Vogel-Führer.
»Ja ...«
»Und was siehst du jetzt?«
Kaum wahrnehmbar, fächerte ein dünner Lichtstrahl aus den Augen des Vogels. In der trockenen Luft unter dem Felsvorsprung war nichts zu sehen. Dort aber, wo der Strahl auf die fallenden Regentropfen traf, erschien eine weiße Wand aus Licht, so hell, klar und deutlich, daß sie fast greifbar wirkte.
»Oh, klasse. 'ne Laser-Show«, sagte Random gereizt. »Na, *so was* hab ich natürlich noch *nie* gesehen, außer bei ungefähr fünf Millionen Rockkonzerten.«
»Sag mir, was du siehst!«
»Bloß 'ne weiße Lichtfläche! Blöder Vogel!«
»Da ist nichts, was nicht auch schon vorher dagewesen wäre. Ich verwende das Licht lediglich, um deine Aufmerksamkeit in bestimmten Augenblicken auf bestimmte Tropfen zu lenken. Und was siehst du jetzt?«
Das Licht ging aus.
»Nichts.«
»Dabei tue ich genau das gleiche wie vorher, nur mit ultraviolettem Licht. Du kannst es nicht sehen.«

»Und was soll das für einen Sinn haben, mir was zu zeigen, was ich nicht sehen kann?«
»Nur den, dir eines begreiflich zu machen, nämlich: selbst wenn man etwas sieht, bedeutet das noch keineswegs, daß es auch tatsächlich vorhanden ist. Und wenn man etwas nicht sieht, bedeutet das keineswegs, daß es nicht vorhanden ist. Du siehst lediglich, was deine Sinne dich erkennen lassen.«
»Ich hab mich schon lange nicht mehr so gelangweilt«, sagte Random und schnappte anschließend ziemlich laut nach Luft.
Mitten im Regen hing ein riesiges und sehr lebendiges dreidimensionales Bild ihres Vaters, der offenbar gerade irgend etwas Verblüffendes entdeckt hatte.

Ihr Vater, der ungefähr drei Kilometer hinter ihr durch den Wald stolperte, blieb plötzlich stehen. Zu seiner Verblüffung sah er in der verregneten Luft ungefähr drei Kilometer vor sich ein klares Bild von sich selbst hängen, auf dem er einen ziemlich verblüfften Eindruck machte. Ungefähr drei Kilometer vor sich und um einiges rechts von dem Kurs, den er eingeschlagen hatte.
Er hatte sich fast vollständig verfranst, war fest davon überzeugt, vor Kälte, Nässe und Erschöpfung sterben zu müssen, und wünschte sich inzwischen nur noch, es möge nicht allzulange dauern. Hinzu kam, daß ihm gerade ein Eichhörnchen eine vollständig erhaltene Golfillustrierte in die Hand gedrückt hatte und nun auch noch sein Gehirn mit zu jaulen und bibbern begann.
Ein riesiges, strahlendes Bild von sich selbst am Himmel zu sehen, verriet ihm, daß er alles in allem wahrscheinlich völlig richtig lag, was das Jaulen und Bibbern betraf, aber wahrscheinlich völlig falsch hinsichtlich der von ihm eingeschlagenen Richtung.

Er holte tief Luft, wandte sich weiter nach rechts und marschierte in Richtung der unerklärlichen Lightshow.

»Okay, aber was soll das beweisen?« fragte Random hartnäckig nach. Beunruhigt hatte sie nicht das Auftauchen des Bildes an sich, sondern die Tatsache, daß es ein Bild ihres Vaters gewesen war. Ihr erstes Hologramm hatte sie im Alter von zwei Monaten gesehen und war zum Spielen mitten hineingesetzt worden. Und ihr bisher letztes hatte vor ungefähr einer halben Stunde im Wald den Marsch aus der AnjaQuantinischen Sternengarde gespielt.

»Nur daß, was du da siehst, ebensowenig vorhanden oder nicht vorhanden ist wie die Lichtfläche«, sagte der Vogel. »Es ist nichts als ein Zusammenwirken von Wasser, das aus dem Himmel in eine bestimmte Richtung fällt, und von Licht, das sich auf für dich erkennbaren Frequenzen in eine andere Richtung bewegt. Auf diese Weise wird in deinem Geist ein scheinbar zusammenhängendes Bild erzeugt. Aber all das sind nur Abbildungen des Misch-Maschs. Ich habe hier noch eine für dich.«

»Meine Mutter!« sagte Random.

»Nein«, sagte der Vogel.

»Ich weiß doch wohl, wie meine Mutter aussieht!«

Es waren Bilder einer Frau, die in einem großen grauen, hangarartigen Gebäude aus einem Raumschiff kletterte. Sie wurde von einer Gruppe langer, dünner purpurgrüner Wesen eskortiert.

Es war eindeutig Randoms Mutter. Na schön, jedenfalls fast eindeutig. Trillian hätte sich bei niedriger Schwerkraft niemals so unsicher bewegt oder sich mit einem dermaßen ungläubigen Blick nach stinklangweiligen alten Lebenserhaltungssystemen umgesehen oder so eine drollige alte Kamera bei sich gehabt.

»Wer ist die Frau dann?« wollte Random wissen.

»Sie ist ein Bestandteil der Ausdehnung deiner Mutter auf der Wahrscheinlichkeitsachse«, sagte der Vogel-Führer.
»Ich verstehe kein Wort von dem, was du da redest.«
»In Raum, Zeit und Wahrscheinlichkeit gibt es Achsen, auf denen man sich bewegen kann.«
»Noch immer nix. Obwohl ich ... Nein. Erklär mal.«
»Ich dachte, du wolltest nach Hause.«
»Erklär es!«
»Möchtest du dein Zuhause sehen?«
»*Sehen?* Meine Heimat ist zerstört worden!«
»Diskontinuierlich auf der Wahrscheinlichkeitsachse. Sieh hin!«
Darauf begann sich etwas sehr Seltsames und Schönes langsam durch den Regen abzuzeichnen. Es war ein mächtiger, bläulich-grünlicher Globus, der sich, in feinen Nebel und Wolken gehüllt, vor einem schwarzen, mit Sternen übersäten Hintergrund drehte.
»Jetzt ist sie da«, sagte der Vogel. »Jetzt wieder nicht.«

Inzwischen weniger als drei Kilometer entfernt, blieb Arthur Dent wie angewurzelt stehen. Er glaubte einfach nicht, was er dort sah, was vor ihm, von Regen umhüllt und doch leuchtendklar und lebensecht, im Nachthimmel hing: die Erde. Der Anblick verschlug ihm den Atem. Und dann, als er nach Luft schnappte, verschwand sie wieder. Und erschien wieder. Um sich dann, und das war's, weswegen er sich am liebsten hingesetzt und Strohhalme in die Haare gesteckt hätte, in ein Würstchen zu verwandeln.

Auch Random verwirrte der Anblick des über ihr hängenden riesigen, blau-grünen, wäßrigen, nebligen Würstchens. Und plötzlich war es eine ganze Kette Würstchen, oder besser, eine ganze Kette Würstchen, in der viele der Würstchen fehlten. Die ganze leuchtende Kette vollführte mitten in der Luft einen irritierenden Tanz aus Drehungen und Schrauben, wurde dann allmählich wieder langsamer, verblaßte und wich schließlich der glänzenden Schwärze der Nacht.

»Was war das?« fragte Random kleinlaut.

»Ein flüchtiger Blick entlang der Wahrscheinlichkeitsachse eines diskontinuierlich wahrscheinlichen Objekts.«

»Aha.«

»Fast alle Objekte wandeln und verändern sich entlang ihrer Wahrscheinlichkeitsachsen, aber deine Heimatwelt tut etwas geringfügig Abweichendes. Man könnte sagen, daß sie auf einer Art Verwerfungslinie in der Wahrscheinlichkeitslandschaft liegt, was bedeutet, daß es zahlreiche Wahrscheinlichkeitskoordinaten gibt, an denen sie schlicht und ergreifend nicht mehr existiert. Wir haben es hier mit einer inhärenten Instabilität zu tun – was übrigens ein charakteristisches Merkmal sämtlicher Objekte ist, die sich in den üblicherweise als Pluralzonen bezeichneten Sektoren befinden. Verständlich geworden?«

»Nein.«

»Möchtest du hin und dir selbst ein Bild machen?«

»Auf die ... Erde?«

»Ja.«

»Ist das denn möglich?«

Der Vogel-Führer antwortete nicht gleich. Er breitete seine Flügel aus, stieg mit vollendeter Anmut auf und flog hinaus in den Regen, der wieder ein bißchen nachgelassen hatte. Überschwenglich stieg er in den Nachthimmel, Lichter flammten um ihn herum, Dimensionen schwankten in seinem Sog. Er stieß hinab und wendete und schraubte sich hinauf und wendete erneut und schwebte schließlich keinen halben Meter vor Randoms Gesicht in der Luft, langsam und lautlos mit den Flügeln schlagend.

Er sprach erneut zu ihr.

»Dein Universum erscheint dir unermeßlich. Unermeßlich im Raum, unermeßlich in der Zeit. Das liegt an den Filtern, durch die du es wahrnimmst. Ich hingegen wurde ohne Filter gebaut, was bedeutet, daß ich den Misch-Masch wahrnehme, der alle erdenklichen Universen enthält, selbst jedoch ohne Ausmaß ist. Mir ist nichts unmöglich. Ich bin allwissend und allmächtig, ungeheuer eingebildet und werde, was entscheidend ist, in einer praktischen Verpakkung geliefert, die sich von selbst fortbewegt. Wieviel von dem eben Gesagten zutrifft, mußt du allerdings selbst herausfinden.«

Ein Lächeln breitete sich langsam über Randoms Gesicht.

»Du verdammtes kleines Miststück. Du willst mich doch nur hinhalten!«

»Wie ich schon sagte: Nichts ist unmöglich.«

Random lachte. »Na gut«, sagte sie. »Dann laß uns versuchen, auf die Erde zu kommen. Laß uns die Erde besuchen, an irgendeinem Punkt auf ihrer, äh ...«

»Wahrscheinlichkeitsachse?«

»Ja. Irgendwo, wo sie noch nicht hochgegangen ist. Okay. Du bist der Reiseführer, du hast das Kommando. Und wie kriegen wir's hin, daß uns jemand hier aufsammelt?«

»Umkehrentwicklung.«

»Was?«

»Umkehrentwicklung. Für mich ist der Zeitstrom irrelevant. Du entscheidest, was du möchtest. Ich sorge dann lediglich dafür, daß genau das bereits eingetreten ist.«

»Du nimmst mich auf den Arm.«

»Nichts ist unmöglich.«

Random runzelte die Stirn. »Du *nimmst* mich doch auf den Arm, oder?«

»Laß es mich anders formulieren«, sagte der Vogel. »Durch die Umkehrentwicklung sind wir nicht mehr gezwungen, endlos hier zu sitzen und darauf zu warten, daß in einem der entsetzlich wenigen Raumschiffe, die alle paar Jahre diesen galaktischen Sektor durchfliegen, jemand sitzt, der rein zufällig gerade in der richtigen Stimmung ist, Anhalter mitzunehmen. Wir kürzen das ab. Wenn du mitgenommen werden möchtest, kommt ein Schiff und nimmt dich mit. Der Pilot wird sich schon selbst irgendeine von Millionen Erklärungen zurechtlegen, weshalb er sich entschlossen hat, hier zu landen und dich einzusammeln. Der wirkliche Grund allerdings ist, daß ich bestimmt habe, daß er es tut.«

»Das meintest du mit ›ungeheuer eingebildet‹, stimmt's, kleiner Vogel?«

Der Vogel schwieg.

»Na schön«, sagte Random. »Ich will ein Schiff, das mich auf die Erde bringt.«

»Wäre das da recht?«

Das Raumschiff war so lautlos herabgesunken, daß Random es erst bemerkte, als es schon fast auf ihr gelandet war.

Arthur hatte es bemerkt. Er war inzwischen bis auf anderthalb Kilometer herangekommen. Unmittelbar nach der Auflösung der Leuchtwürstchen hatte er das schwache Funkeln weiterer durch die Wolken dringender Lichter wahrgenommen und anfangs geglaubt, es handle sich auch dabei wieder um eine dieser protzigen Jahrmarktsspielereien.

Es dauerte ein, zwei Augenblicke, bis ihm dämmerte, daß es ein richtiges Raumschiff war, und dann dauerte es noch mal ein, zwei Augenblicke, bis ihm dämmerte, daß es genau dort herunterkam, wo seine Tochter sein mußte. Und da begann er, Regen hin, Regen her, alte Beinverletzung hin, alte Beinverletzung her, Dunkelheit hin, Dunkelheit her, auf einmal wirklich zu rennen.

Er fiel sofort hin, rutschte aus und stieß sich das Knie ziemlich schlimm an einem Felsbrocken. Er schlitterte wieder auf die Füße und versuchte es erneut. Dabei beschlich ihn das unangenehm kalte, todsichere Gefühl, er werde Random nun endgültig verlieren. Hinkend und fluchend rannte er weiter. Er wußte zwar nicht, was in dem Kästchen gewesen war, aber darauf gestanden hatte Ford Prefect, und genau das war der Name, den er im Rennen verfluchte.

Das Schiff war eines der schärfsten und schönsten, die Random je gesehen hatte.
Es war atemberaubend. Silbern, schnittig, unbeschreiblich. Hätte sie es nicht besser gewußt, hätte sie es für einen RW6 gehalten. Als es lautlos neben ihr aufsetzte und sie erkannte, daß es tatsächlich ein RW6 war, verschlug es ihr vor Aufregung fast den Atem. So was wie einen RW6 sah man normalerweise nur in jener Art von Illustrierten, die geradezu prädestiniert waren, Bevölkerungsunruhen auszulösen.
Außerdem war Random unglaublich nervös. Die Art und der Zeitpunkt dieser Ankunft waren zutiefst besorgniserregend. Entweder war das der irrwitzigste Zufall, den sie je erlebt hatte, oder etwas ausgesprochen Eigentümliches und Beunruhigendes ging da vor sich. Angespannt wartete sie darauf, daß sich die Ausstiegsluke des Schiffes öffnete. Ihr Reiseführer – sie betrachtete ihn längst als ihr Eigentum – schwebte federleicht und beinahe unmerklich mit den Flügeln schlagend über ihrer rechten Schulter.
Die Luke öffnete sich. Nur ein schwacher Lichtschein drang nach außen. Einige Augenblicke verstrichen, dann tauchte eine männliche Gestalt auf. Der Mann stand für Sekunden reglos da und versuchte offenbar, seine Augen an die Dunkelheit zu gewöhnen. Endlich entdeckte er Random und schien überrascht zu sein. Er ging auf sie zu. Dann stieß er plötzlich einen entsetzten Schrei aus und fing an, auf sie loszurennen.
Random war ganz bestimmt nicht die Art Mensch, auf die

man nachts zurennt, wenn sie gerade wirklich extrem schlecht drauf ist. Den Stein in ihrer Tasche betastete sie bereits wieder seit dem Augenblick, in dem sie das herunterkommende Schiff bemerkt hatte.

Noch immer schlitternd, schleudernd und gegen Bäume knallend, erkannte Arthur lediglich, daß er zu spät kam. Das Schiff war nur für ungefähr drei Minuten auf dem Boden gewesen und stieg jetzt geräuschlos und anmutig wieder über den Bäumen auf, wendete elegant in dem feinen Nieselregen, zu dem der Sturm abgeklungen war, stieg und stieg, richtete die Nase auf und raste jäh und ohne erkennbare Anstrengung durch die Wolken davon.

Weg. Und Random war da drin. Das konnte Arthur zwar unmöglich wissen, aber darum kümmerte er sich nicht weiter und wußte es trotzdem. Sie war weg. Er hatte sein Vaterpensum erledigt und konnte kaum fassen, wie gründlich er alles vermasselt hatte. Er versuchte weiterzulaufen, aber seine Füße wehrten sich dagegen, sein Knie tat höllisch weh, und er wußte, daß es zu spät war.

Er war fest davon überzeugt, sich unmöglich elender und entsetzlicher fühlen zu können als in diesem Augenblick, aber da täuschte er sich.

Er humpelte weiter und erreichte schließlich die Höhle, in der Random Schutz gesucht und das Kästchen geöffnet hatte. Im Erdboden davor waren die Abdrücke des Raumschiffes zu sehen, das vor wenigen Minuten dort gelandet war. Von Random fehlte jede Spur. Bekümmert schlurfte er in die Höhle und entdeckte das leere Kästchen sowie diverse Häufchen Fehlende-Substanz-Kügelchen, die auf dem Boden verteilt lagen. Das machte ihn ein bißchen böse. Er hatte ihr beizubringen versucht, daß man alles aufgeräumt zurückließ. Und ihr wegen etwas derartigem ein bißchen böse sein zu können, erleichterte es ihm, sich wegen ihres Verschwindens nicht ganz so elend zu fühlen. Er wußte, daß keine Aussicht bestand, sie je wiederzufinden.

Sein Fuß stieß gegen ein unerwartetes Hindernis. Er bückte sich, um es aufzuheben, und war restlos überrascht, als er es erkannte. Es war sein alter Reiseführer. Wie war der denn in die Höhle geraten? Arthur war nie zur Absturzstelle zurückgekehrt, um nach ihm zu suchen. Er hatte die Absturzstelle nie wiedersehen wollen und den Reiseführer eigentlich auch nicht. Er hatte sich damit abgefunden, auf Lamuella zu sein und bis ans Ende seiner Tage Sandwiches zu machen. Wie kam das Ding nur in die Höhle? Es war eingeschaltet. Von der Vorderseite aus strahlten ihn die Worte »KEINE PANIK« an.

Er verließ die Höhle und trat hinaus in das gedämpfte, feuchte Mondlicht. Er setzte sich auf einen Stein, um einen Blick in den alten Reiseführer zu werfen, und entdeckte dann, daß der Stein gar kein Stein war, sondern ein Lebewesen.

ACHTZEHNTES KAPITEL

Mit einem ängstlichen Aufschrei schoß Arthur in den Stand. Es war schwer zu sagen, wovor er größere Angst hatte: Daß er die Person verletzt haben könnte, auf die er sich versehentlich gesetzt hatte, oder daß die Person, auf die er sich versehentlich gesetzt hatte, ihn deswegen verletzen könnte.

Bei genauerem Hinsehen schien aber zumindest in letzterer Hinsicht kein akuter Grund zur Sorge zu bestehen. Der Jemand, auf dem er gesessen hatte, war bewußtlos. Damit war zumindest die Frage, weshalb er auf dem Boden lag, bereits weitgehend beantwortet. Immerhin schien er aber normal zu atmen. Arthur fühlte seinen Puls. Auch der war normal.

Die Person lag halb zusammengerollt auf der Seite. Es war schon so lange und so weit her, daß Arthur das letzte Mal Erste Hilfe geleistet hatte, daß er sich absolut nicht erinnern konnte, was man in einem solchen Fall zu tun hatte. Ihm fiel wieder ein, daß man zuallererst gar nichts zu tun, sondern etwas zu haben hatte, nämlich einen Erste-Hilfe-Kasten.

Verflucht.

Sollte er den Mann auf den Rücken rollen oder nicht? Was, wenn er sich irgendwelche Knochen gebrochen hatte? Was, wenn er seine Zunge verschluckt hatte? Was, wenn er ihn verklagte? Und, davon mal ganz abgesehen, wer war der Kerl eigentlich?

In diesem Augenblick ächzte der Bewußtlose laut und rollte sich auf den Rücken.

Arthur fragte sich, ob er ihn . . .

Er sah ihn sich an.
Er sah ihn sich noch mal an.
Er sah ihn sich noch mal an, nur um absolut sicherzugehen.
Ungeachtet seiner Vermutung, er sei schon restlos am Boden zerstört, sank seine Stimmung weiter.
Die Gestalt ächzte erneut und schlug die Augen auf. Sie brauchte einen Augenblick, um scharfzustellen, dann blinzelte sie und richtete sich auf.
»Du!« sagte Ford Prefect.
»Du!« sagte Arthur Dent.
Ford ächzte erneut.
»Was willst du diesmal erklärt haben?« fragte Arthur und schloß verzweifelt die Augen.

Fünf Minuten später saß Ford aufrecht und massierte die ansehnliche Beule an seiner linken Kopfseite.
»Wer zum Teufel war dieses Weib?« sagte er. »Warum sind wir von Eichhörnchen umzingelt, und was wollen die Viecher?«
»Das *Weib* war meine Tochter, und die Eichhörnchen traktieren mich schon die ganze Nacht«, sagte Arthur. »Die versuchen ununterbrochen, mir Illustrierte und ähnliches Zeug anzudrehen.«
Ford runzelte die Stirn. »Ehrlich?« fragte er.
»Und halbe Lappen.«
Ford überlegte.
»Oh«, sagte er, »ist dein Schiff hier irgendwo in der Nähe abgestürzt?«
»Ja«, sagte Arthur leicht gepreßt.
»Daran liegt's wahrscheinlich. Kommt schon mal vor: Die Kabinenroboter der Schiffe werden vernichtet. Die Kybernetikhirne, die sie steuern, überleben, und der freigesetzte Geist befällt die ortsansässigen Wildtiere. So was kann ganze Ökosysteme in sinnlos um sich schlagende Dienstlei-

stungsbetriebe verwandeln, in denen dann alles nur noch heiße Handtücher und Drinks an Durchreisende verteilt. Sollte gesetzlich verboten werden. Ist es wahrscheinlich schon. Aber wahrscheinlich ist es auch gesetzlich verboten, es gesetzlich zu verbieten, also haben alle was, worüber sie sich ordentlich aufregen können. Na klasse. Was hast du gesagt?«

»Ich habe gesagt, das Weib war meine Tochter.«

Ford hörte auf, sich den Kopf zu massieren.

»Sag das noch mal.«

»Ich habe gesagt«, sagte Arthur verärgert, »das Weib war meine Tochter.«

»Ich wußte gar nicht«, sagte Ford, »daß du eine Tochter hast.«

»Tja, es gibt wahrscheinlich ziemlich viel, was du nicht von mir weißt«, sagte Arthur, »aber wenn man's genau nimmt, gibt es wahrscheinlich auch ziemlich viel, was *ich* von mir nicht weiß.«

»Na schön. Schön, schön. Wann ist es denn passiert?«

»So genau weiß ich das nicht.«

»Klingt ja schon nach wesentlich vertrauterem Gebiet«, sagte Ford. »Ist eine Mutter in die Geschichte verwickelt?«

»Trillian.«

»*Trillian?* Ich hätte nie gedacht, daß ...«

»Nein. Hör mal, das Ganze ist etwas peinlich ...«

»Ich erinnere mich, daß sie mir mal irgendwann erzählt hat, sie hätte ein Kind, aber mehr so am Rande. Wir laufen uns hin und wieder über den Weg. Aber mit der Kleinen hab ich sie nie gesehen.«

Arthur sagte nichts.

Einigermaßen verwirrt begann Ford erneut, seinen Kopf zu betasten.

»Bist du *sicher*, daß das *deine* Tochter war?« sagte er.

»Erzähl mir, was passiert ist.«

»Phrrr. Lange Geschichte. Ich bin hergekommen, um das Päckchen abzuholen, das ich dir zur Verwahrung geschickt habe ...«

»Ah, ja. Was war denn eigentlich drin?«

»Etwas, das möglicherweise unvorstellbar gefährlich ist.«

»Und so was schickst du an *mich?*« protestierte Arthur.

»War die sicherste Adresse, die mir eingefallen ist. Ich dachte, ich könnte mich bei deiner absolut stinklangweiligen Haltung darauf verlassen, daß du es garantiert nicht aufmachst. Egal, jedenfalls habe ich dieses komische Dorf bei Nacht nicht entdecken können. Ich hatte sowieso nur die allernötigsten Informationen. Ich hab kein einziges Landesignal oder ähnliches entdecken können. Vermutlich habt ihr hier gar keine Signale oder so was.«

»Stimmt. Deshalb gefällt es mir hier ja auch so gut.«

»Dann aber hab ich ein schwaches Signal von deinem alten Reiseführer aufgefangen und es angepeilt, weil ich dachte, so würde ich dich finden. Und mußte feststellen, daß ich in irgendeinem Wald gelandet war. Hab überhaupt nicht kapiert, was das nun wieder heißen sollte. Ich steige also aus, und dann sehe ich diese Frau da stehen. Ich gehe auf sie zu, um hallo zu sagen, und plötzlich sehe ich, daß sie dieses Ding hat!«

»Welches Ding?«

»Das Ding, das ich dir geschickt habe! Den neuen Reiseführer! Den komischen Vogel! Du Trottel solltest ihn sicher verwahren, und dann hockt er dieser Frau sozusagen auf der Schulter. Ich bin auf sie zugelaufen, und sie hat mich mit einem Stein geschlagen.«

»Aha«, sagte Arthur. »Und was hast du gemacht?«

»Na, ich bin umgefallen, was denn sonst? Ich war ernstlich verletzt. Sie und der Vogel sind auf mein Schiff zugegangen. Und wenn ich ›mein Schiff‹ sage, dann meine ich einen RW6.«

»Einen was?«
»Einen RW6, verzarkt noch mal. Zwischen meiner Kreditkarte und dem Zentralcomputer des Reiseführers hat sich inzwischen eine wirklich tolle Beziehung entwickelt. Arthur, du kannst dir einfach nicht vorstellen, was dieses Schiff ...«
»Dann ist ein RW6 also ein Raumschiff, ja?«
»*Ja!* Es ist ein ... ach, vergiß es. Bitte, Arthur, tu mir einen Gefallen und versuch, wenigstens mal irgendwas auf die Reihe zu bringen ... Oder besorg dir einen Prospekt. Ich hatte also ernsthafte Probleme. Und, wenn mich nicht alles täuscht, eine leichte Gehirnerschütterung. Ich hab auf den Knien im Matsch gehockt und reichlich geblutet, also hab ich das einzige getan, was mir noch blieb, und das war, diese Frau anzuflehen. Ich hab gesagt, bitte, um Zarks willen, nehmt mir das Schiff nicht weg. Und laßt mich nicht mit einer schweren Kopfverletzung und ohne Verbandszeug mitten in einem primitiven, verzarkten Wald zurück. Das hätte nämlich nicht nur für mich ziemlich üble Folgen, sondern unter Umständen auch für Sie.«
»Und was hat sie darauf geantwortet?«
»Sie hat mir noch mal mit dem Stein auf den Kopf gehauen.«
»Damit dürfte wohl feststehen, daß es meine Tochter war.«
»Reizende Kleine.«
»Man muß sie nur besser kennen«, sagte Arthur.
»Taut sie dann auf, ja?«
»Nein«, sagte Arthur, »aber man lernt mit der Zeit, wann man sich ducken muß.«
Ford hielt sich den Kopf und bemühte sich, die Augen nicht zu verdrehen.
Im Westen, also dort, wo die Sonne aufging, wurde der Himmel langsam heller. Arthur legte keinen besonderen Wert darauf, sich das anzusehen. Das letzte, was er nach

einer höllischen Nacht wie der vergangenen brauchte, war irgendein bescheuerter Tag, der laut und unbekümmert in die Landschaft platzte.

»Was machst du eigentlich hier, Arthur?« wollte Ford wissen.

»Tja«, sagte Arthur, »überwiegend Sandwiches.«

»Was?«

»Ich bin, das heißt wahrscheinlich war, der Sandwichmacher eines kleinen Stammes. Wenn man's genau nimmt, war das Ganze eher peinlich. Als ich hier ankam, oder besser, als sie mich aus dem Wrack dieses Super-High-Tech-Raumschiffes gezogen hatten, das auf ihren Planeten gekracht war, waren sie sehr nett zu mir, also wollte ich mich irgendwie erkenntlich zeigen. Und man sollte ja wohl meinen, daß ich, als gebildeter Vertreter einer hochtechnisierten Kultur, ihnen das eine oder andere hätte zeigen können. Aber das konnte ich natürlich nicht. Wenn es wirklich drauf ankommt, habe ich nämlich nicht die leiseste Ahnung, wie überhaupt irgendwas funktioniert. Ich spreche nicht von Videorecordern, niemand weiß, wie die funktionieren. Ich meine einfache Dinge wie einen Damm, einen artesischen Brunnen oder so. Keinen blassen Schimmer. Ich konnte überhaupt nichts. Eines Tages war ich dann völlig geknickt und habe mir ein Sandwich gemacht. Und das fanden sie alle plötzlich ganz furchtbar aufregend. So was hatten sie noch nie gesehen. Das war eine Idee, auf die bisher noch keiner hier gekommen war, und da ich zufällig sehr gern Sandwiches mache, hat sich von da an alles einfach irgendwie ergeben.«

»Und das hat dir *Spaß* gemacht?«

»Na ja, auf gewisse Weise schon, doch. Sich gute Messer anfertigen lassen und all so was.«

»Du fandest es also nicht etwa hirnerweichend irrwitzig unwahrscheinlich mörderisch öde?«

»Na ja, äh, nein. Eigentlich nicht. Nicht direkt mörderisch.«

»Merkwürdig. Finde ich schon.«

»Tja, da unterscheiden sich unsere Auffassungen offenbar.«

»Ja.«

»Wie von denen der Pikkas.«

Ford hatte keine Ahnung, wovon Arthur sprach, wollte es aber auch lieber gar nicht wissen. Statt dessen fragte er: »Und wie zum Teufel kommen wir jetzt von hier weg?«

»Es wird wohl am einfachsten sein, wenn wir den Weg hinunter ins Tal und von da über die Ebene nehmen, was ungefähr eine Stunde dauert, und dann einen Bogen schlagen. Ich glaube nicht, daß ich es schaffen würde, noch mal über den Hügel zu gehen, so wie ich gekommen bin.«

»Einen Bogen, *wohin*?«

»Zurück ins Dorf, schätze ich«, seufzte Arthur mutlos.

»Ich will nicht in irgendein bescheuertes Dorf!« schnauzte Ford. »Wir müssen hier weg!«

»Wohin? Wie?«

»Woher soll ich das denn wissen? Sag du's mir. Du lebst schließlich hier! Man muß doch irgendwie von diesem verzarkten Planeten runterkommen können.«

»Weiß ich nicht. Was macht man denn normalerweise? Im Zweifel rumsitzen und auf ein vorbeikommendes Raumschiff warten.«

»Ach ja? Und wie viele Raumschiffe haben diese zarkverlassene Müllhalde in letzter Zeit besucht?«

»Na ja, vor ein paar Jahren ist meins hier versehentlich abgestürzt. Und dann war da noch, äh, Trillian, der Paketbote und jetzt du, und ...«

»Ja, ja, aber vielleicht noch irgendwelche weniger *naheliegenden* Kandidaten?«

»Tja, äh, soweit ich weiß, wohl eher keine. Ist ziemlich still hier.«

Wie um ihn absichtlich zu widerlegen, erklang aus weiter Ferne ein langes, tiefes Donnern.
Ford erhob sich verärgert und begann im schwachen, schmerzhaften Licht der frühmorgendlichen Dämmerung hektisch auf und ab zu gehen: Der Himmel in der Ferne sah aus, als habe jemand ein Stück rohe Leber über den Horizont geschleift.
»Du verstehst überhaupt nicht, wie wichtig das ist«, sagte er.
»Was? Meinst du, daß meine Tochter ganz allein da draußen in der Galaxis ist? Glaubst du, ich weiß ni ...«
»Können wir die Galaxis vielleicht später bedauern?« sagte Ford. »Das hier ist wirklich sehr, sehr ernst. Der Reiseführer ist übernommen worden. Man hat ihn aufgekauft.«
Arthur sprang auf.
»Oh! Sehr ernst!« schrie er. »Bitte setz mich sofort über die neuesten Entwicklungen in der Verlagsbranche ins Bild! Du ahnst ja nicht, wie sehr mich das in letzter Zeit beschäftigt hat!«
»Du kapierst aber auch rein gar nichts! Es gibt einen völlig neuen Reiseführer!«
»Oh!« schrie Arthur erneut. »Oh! Oh! Oh! Ich bin sprachlos vor Begeisterung! Ich kann's kaum erwarten, daß er erscheint und ich nachschlagen kann, auf welchen Raumhäfen ich mich am tollsten zu Tode langweilen kann, wenn ich wieder mal in irgendwelchen klumpigen Sternhaufen herumhänge, von denen ich noch nie was gehört habe.«
Ford kniff die Augen zusammen.
»Das ist es, was ihr als Sarkasmus bezeichnet, oder?«
»Du wirst es nicht für möglich halten«, brüllte Arthur, »aber ich glaube, ja! Ich glaube tatsächlich, daß sich ein ganz leiser, winzig kleiner Hauch dieses verrückten Zeugs, das wir Sarkasmus nennen, in meine Sprechweise eingeschlichen hat! Ford, ich habe eine absolut *beschissene* Nacht

hinter mir! Würdest du bitte wenigstens versuchen, das bei der Entscheidung zu berücksichtigen, welchen faszinierenden Fliegenschiß von einer belanglosen Bagetelle du mir als nächstes um die Ohren haust.«

»Krieg dich wieder ein«, sagte Ford. »Ich muß nachdenken.«

»Worüber willst du denn *nachdenken*? Können wir uns nicht einfach hinsetzen, an unseren Unterlippen herumzupfen und ein bißchen budumbudumbudum machen? Könnten wir nicht einfach sachte vor uns hin sabbern und ein paar Minuten lang schlaff nach links wegsacken? Ich verkrafte das nicht, Ford! Ich verkrafte das nicht mehr: all dieses Nachdenken und Sachen-Ausknobeln. Du denkst vielleicht, daß ich hier nur rumstehe und brülle ...«

»Wäre mir, ehrlich gesagt, nie in den Sinn gekommen.«

»Aber ich meine es ernst! Was soll das alles? Wir gehen davon aus, daß wir jedesmal, wenn wir irgendwas tun, die Folgen kennen, sprich, daß mehr oder weniger genau das eintritt, was wir beabsichtigt haben. Das ist nicht nur teilweise unzutreffend. Das ist wildester, wahnsinnigster, dümmster, engstirnigster, gequirltester, kleinhirnigster Quatsch.«

»Genau das meine ich ja.«

»Danke«, sagte Arthur und setzte sich wieder hin. »Was?«

»Temporale Umkehrentwicklung.«

Arthur verbarg seinen Kopf in den Händen und schüttelte ihn sanft hin und her.

»Besteht irgendeine humane Möglichkeit«, stöhnte er, »dich davon abzuhalten, mir zu erzählen, was diese bescheuerte temporale Umkehr-Was-auch-Immer ist?«

»Nein«, sagte Ford. »Und zwar, weil deine Tochter mitten drin steckt und die Sache wirklich todernst ist.«

Ferner Donner rollte in die kurze Stille.

»Also gut«, sagte Arthur. »Erzähl's mir.«

»Ich bin aus einem hochgelegenen Bürofenster gesprungen.«

Das heiterte Arthur auf.

»Oh!« sagte er. »Wieso machst du das nicht noch mal?«

»Hab ich gemacht.«

»Hmmm«, sagte Arthur enttäuscht. »Hat offenbar nichts genützt.«

»Was mich beim erstenmal gerettet hat, war – wie ich in aller Bescheidenheit sagen darf – ein absolut verblüffendes Zusammenspiel aus genial schnellem Schalten, Behendigkeit, guter Beinarbeit und Selbstaufopferung.«

»Inwiefern Selbstaufopferung?«

»Ich habe die eine Hälfte eines innig geliebten und vermutlich unersetzlichen Paars Schuhe fallen lassen.«

»Und wieso war das Selbstaufopferung?«

»Weil es meine waren!« sagte Ford mürrisch.

»Sieht so aus, als hätten wir unterschiedliche Wertesysteme.«

»Aber meins ist besser.«

»Das hängt davon ab, wie ... ach, vergiß es. Nachdem du dich also beim erstenmal auf besonders clevere Art gerettet hast, bist du vernünftigerweise ein zweites Mal gesprungen. Bitte erzähl mir nicht, wieso. Erzähl mir bloß, was weiter passiert ist, falls du's nicht lassen kannst.«

»Ich bin direkt in das offene Cockpit eines vorbeifliegenden Düsenkleinbusses gefallen, dessen Fahrer gerade versehentlich den Schleudersitz betätigt hatte, obwohl er eigentlich nur die Kassette in seiner Stereoanlage hatte umdrehen wollen. Also, das konnte nicht mal *ich* für eine besonders clevere Leistung von mir halten.«

»Ach, weiß ich nicht«, sagte Arthur matt. »Wahrscheinlich bist du am Abend vorher in den Düsenbus eingebrochen und hast die Cassette eingelegt, die der Pilot am wenigsten mag.«

»Nein, hab ich nicht«, sagte Ford.

»Hätte ja immerhin sein können.«

»Aber merkwürdigerweise hat das *jemand anders getan*. Und genau das ist der springende Punkt: Die Ketten und Verästelungen entscheidender Ereignisse und Zufälle lassen sich weiter und weiter zurückverfolgen. Und wie sich am Ende herausstellt, hat der neue Reiseführer das alles gedreht. Dieser Vogel.«

»Welcher Vogel?«

»Hast du ihn nicht gesehen?«

»Nein.«

»Oh. Ein tödliches kleines Vieh. Sieht hübsch aus, schwingt große Reden und läßt Wellenformen trennscharf und nach Lust und Laune zusammenklappen.«

»Was bedeutet das?«

»Temporale Umkehrentwicklung.«

»Ah«, sagte Arthur. »Ah ja.«

»Die Frage lautet, *was er damit in Wirklichkeit beabsichtigt.*«

»Ich habe zufällig ein Sandwich in der Tasche«, sagte Arthur kramend. »Möchtest du ein Stück?«

»Immer her damit.«

»Ich fürchte nur, es ist ein bißchen zermatscht und durchweicht.«

»Macht nichts.«

Sie mampften ein Weilchen vor sich hin.

»Das ist wirklich ziemlich gut«, sagte Ford. »Was ist da für Fleisch drauf?«

»Absolut Normales Viech.«

»Ist mir noch nie untergekommen. Also, die Frage lautet«, fuhr Ford fort, »was der Vogel in Wirklichkeit damit beabsichtigt. Was steckt dahinter?«

»Hmm«, kaute Arthur.

»Als ich den Vogel gefunden habe«, fuhr Ford fort, »was ich übrigens einer Reihe von Zufällen zu verdanken hatte, die schon für sich genommen ziemlich interessant sind, hat er das fantastischste Feuerwerk an multidimensionalen Vorführungen abgebrannt, das ich je erlebt habe. Anschließend sagte er, seine Dienste stünden mir in meinem Universum zur Verfügung. Ich hab gesagt, danke, aber kein Bedarf. Und er sagte, er würde mir trotzdem dienen, ob ich das nun wolle oder nicht. Ich sagte, versuch's doch, und er sagte, das würde er und hätte es sogar schon getan. Ich sagte, das würden wir ja sehen, und er sagte, und ob. Und in genau dem Augenblick hab ich mich entschlossen, das Ding einzupacken und da herauszuschaffen. Es dir zuzuschicken, erschien mir am sichersten.«

»Ach ja? Für wen?«

»Nun beschwer dich nicht schon wieder. Anschließend hielt ich es aus diesem und jenem Grund für angebracht, wieder aus dem Fenster zu springen, da mir die Alternativen gerade ausgegangen waren. Zu meinem Glück war der Düsenbus da, andernfalls wären mir nämlich nur noch geniales Schnellschalten, Behendigkeit und vielleicht ein weiterer Schuh geblieben oder, falls auch das nichts genützt hätte, ein Aufprall auf den Boden. Und das alles bedeutete, daß der Reiseführer, ob mir das nun paßte oder nicht, tatsächlich für mich arbeitete, was in meinen Augen nun wirklich beunruhigend war.«

»Wieso?«

»Weil man, wenn man den Reiseführer hat, derjenige zu sein glaubt, für den er arbeitet. Von da an ist für mich alles schwindelerregend glattgegangen, bis zu genau dem Augenblick, in dem ich der Schnecke mit dem Stein begegnet bin, und plötzlich, bäng, bin ich vom Tisch. Mitten auf der Achterbahn ausgestiegen.«

»Sprichst du etwa von meiner Tochter?«

»So nett wie möglich. Sie ist die nächste Person in der Kette, die auch wieder denken wird, alles laufe sagenhaft nach ihren Wünschen. Sie kann, wem immer sie möchte, Teile der Landschaft auf den Schädel hauen, alles wird sich in ihrem Sinne entwickeln, bis sie ihre Aufgabe erledigt hat, und dann wird auch für sie alles vorbei sein. Das ist temporale Umkehrentwicklung, und was damit entfesselt worden ist, hat bisher offenbar noch niemand begriffen.«

»Ich zum Beispiel.«

»Was? Oh, Arthur, wach auf. Paß auf, ich erklär's dir noch mal: Der neue Reiseführer stammt aus den Forschungslabors. Er ist das erste Produkt, das mit Hilfe der neuen Technik der Ungefilterten Wahrnehmung funktioniert. Weißt du, was das heißt?«

»Hör mal, ich hab Sandwiches gemacht, um Bobs willen!«

»Wer ist denn Bob?«

»Nicht so wichtig. Erzähl einfach weiter.«

»Ungefilterte Wahrnehmung heißt, daß der Reiseführer alles wahrnimmt. Klar? *Ich* nehme nicht alles wahr. *Du* nimmst nicht alles wahr. Wir haben Filter. Der neue Reiseführer hat keine. Seine Sinne nehmen *alles* wahr. Ist eigentlich gar kein kompliziertes technisches Konzept. Es kam nur darauf an, einen Bestandteil wegzulassen. Soweit kapiert?«

»Geh doch einfach davon aus, ich hätte es kapiert, dann kannst du ohne Rücksicht auf mich weiterreden.«

»Schön. Also, da der Vogel jedes erdenkliche Universum wahrnehmen kann, ist er in jedem erdenklichen Universum gegenwärtig. Ja?«

»J . . . a . . . a . . . a . . .-ein.«

»Und nun passiert folgendes: Die hohlen Waffeln aus der Marketingabteilung und der Buchhaltung sagen sich, oh, das klingt prima, heißt das nicht, daß wir nur eins von den Dingern herstellen müssen und dann unendlich oft verkaufen können? Schiel mich nicht so an, Arthur, so *denken* Buchhalter!«

»Das ist doch ziemlich schlau, oder?«
»Nein! Das ist unwahrscheinlich *dämlich*! Sieh mal, diese Maschine ist nicht nur ein kleiner Reiseführer. Sie ist vollgepackt mit wirklich intelligentem, cybertechnischem Spielkram, aber da sie außerdem über Ungefilterte Wahrnehmung verfügt, wirkt alles, was sie tut, und sei es auch noch so unbedeutend, wie ein Virus. Ein Virus, der sich durch den gesamten Raum, die gesamte Zeit und ein paar Millionen anderer Dimensionen ausbreiten kann. Alles kann angepeilt werden, überall, in jedem Universum, in dem wir uns bewegen. Seine Kraft wirkt rekursiv. Denk an ein Computerprogramm. Irgendwo ist ein Schlüsselbefehl, und alles andere sind nur Funktionen, die sich gegenseitig abrufen, oder Klammern, die sich unaufhörlich in einem endlosen Adreßraum ausweiten. Was passiert, wenn die Klammern wegfallen? Wo ist das endgültige ›End if‹? Ergibt irgend etwas von alldem einen Sinn? Arthur?«
»Entschuldige, ich war kurz eingenickt. Irgendwas mit dem Universum, ja?«
»Irgendwas mit dem Universum, ja«, sagte Ford erschöpft. Er setzte sich wieder hin. »Na schön«, sagte er. »Dann zerbrich dir mal über folgendes den Kopf: Was glaubst du, wen ich in der Reiseführerzentrale gesehen habe? Vogonen. Aha. Wie ich sehe, hast du jetzt wenigstens *ein* Wort von meinem Gerede verstanden.«
Arthur sprang auf.
»Dieses Geräusch«, sagte er.
»Welches Geräusch?«
»Das Donnern.«
»Was ist damit?«
»Das ist kein Donner. Das ist der Frühjahrszug der Absolut Normalen Viecher. Er hat begonnen.«
»Was reitest du eigentlich immer auf diesen Viechern rum?«

»Ich reite nicht auf ihnen rum. Ich verarbeite bloß Teile von ihnen zu Sandwiches.«
»Und warum heißen sie Absolut Normale Viecher?«
Arthur erzählte es ihm.
Er kam nicht besonders häufig in den Genuß, Fords Augen vor Erstaunen riesengroß werden zu sehen.

NEUNZEHNTES KAPITEL

Es war ein Schauspiel, an das Arthur sich nie so recht hatte gewöhnen oder an dem er sich hätte satt sehen können. Er und Ford waren zügig am Ufer des Baches entlanggewandert, der das Tal durchfloß, hatten schließlich die Ausläufer der weiten Ebene erreicht und sich in die Äste eines großen Baumes hochgezogen, um einen der seltsameren und herrlicheren Anblicke besser bewundern zu können, die die Galaxis zu bieten hatte.

Die große, donnernde Herde aus Tausenden und Abertausenden von Absolut Normalen Viechern wogte in prachtvoller Schlachtordnung über die Anhondo-Ebene. Im frühen, fahlen Morgenlicht stürmten die mächtigen Tiere durch den feinen Dampf ihres Körperschweißes, der sich mit dem von ihren Hufen aufgewirbelten schmutzigen Nebel vermischte, und wirkten schon aus diesem Grund unwirklich und gespenstisch, aber das wahrhaftig Atemberaubende an ihnen war, woher sie kamen und wohin sie verschwanden, nämlich schlicht und ergreifend aus dem, beziehungsweise ins Nichts.

Sie bildeten eine feste, stampfende Phalanx von ungefähr hundert Metern Breite und einem knappen Kilometer Länge. Während der acht oder neun Tage, an denen sie normalerweise auftauchte, bewegte sich die Phalanx nicht, abgesehen von einer gelegentlichen leichten Verschiebung zur Seite oder nach hinten. Aber obwohl die Phalanx selbst mehr oder weniger unbeweglich blieb, stürmten die großen Tiere, aus denen sie sich zusammensetzte, mit einer Geschwindigkeit von über vierzig Stundenkilometern voran, am einen Ende der Ebene aus der flirrenden Luft auftau-

chend und am anderen Ende ebenso abrupt wieder verschwindend.
Niemand wußte, woher sie kamen, niemand wußte, wohin sie verschwanden. Sie waren so wichtig für den Fortbestand des Lebens auf Lamuella, daß es fast schien, als traue sich niemand zu fragen. Old Thrashbarg hatte irgendwann einmal gesagt, zuweilen bedeute eine gewährte Antwort, daß einem der Gegenstand der Frage genommen werde. Einige der Dorfbewohner hatten daraufhin im kleinen Kreis behauptet, dies sei der einzige ernsthaft weise Ausspruch, den sie je von Old Thrashbarg gehört hätten, und die Bemerkung nach kurzer Debatte zu einem reinen Glückstreffer erklärt.
Das Geräusch der stampfenden Hufe war so durchdringend, daß es fast alles andere übertönte.
»Was hast du gesagt?« rief Arthur.
»Ich hab gesagt«, rief Ford, »daß das sehr nach einem Beweis für die Dimensionalverschiebung aussieht.«
»Was soll denn das sein?« rief Arthur zurück.
»Na ja, ziemlich viele Leute befürchten, daß die Raumzeit wegen all dem, was mit ihr passiert, erste Anzeichen des Auseinanderbrechens zeigt. Es gibt eine ganze Reihe von Welten, auf denen man anhand der unglaublich langen oder gewundenen Zugrouten von Tieren nachvollziehen kann, auf welche Weise die Landmassen auseinandergebrochen sind. Das hier könnte was Ähnliches sein. Wir leben in verdrehten Zeiten. Wie dem auch sei, in Ermangelung eines anständigen Raumhafens ...«
Arthur sah ihn wie versteinert an.
»Was soll das heißen?« fragte er.
»Was heißt hier, was soll das heißen?« rief Ford. »Du weißt ganz genau, was das heißen soll. Wir werden hier rausreiten müssen.«
»Willst du damit etwa allen Ernstes vorschlagen, daß wir

versuchen sollen, auf einem Absolut Normalen Viech zu reiten?«

»Jaaa. Um zu sehen, wo es hinrennt.«

»Wir wären sofort tot! Nein«, ergänzte Arthur, »wären wir nicht. Ich jedenfalls nicht. Ford, hast du jemals was von einem Planeten namens Stavromula Beta gehört?«

Ford runzelte die Stirn. »Glaube nicht«, sagte er. Er zog sein eigenes, lädiertes Exemplar des Reiseführers heraus und schaltete es auf Betriebsbereitschaft. »Irgendwelche Besonderheiten bei der Schreibweise?« sagte er.

»Keine Ahnung. Ich hab den Namen bisher nur gehört, und zwar von jemandem, dessen Mund mit Zähnen anderer Leute vollgestopft war. Weißt du noch, was ich dir über Agrajag erzählt habe?«

Ford dachte einen Moment nach. »Meinst du diesen Kerl, der überzeugt war, daß du ihn immer und immer wieder umgebracht hast?«

»Ja. Einer der Orte, an dem ich ihn seiner Behauptung nach umgebracht habe, war Stavromula Beta: Jemand hat ganz offenbar versucht, mich zu erschießen. Ich ducke mich, und Agrajag, oder besser, eine seiner zahlreichen Reinkarnationen, wird getroffen. Das scheint zu irgendeinem Zeitpunkt definitiv geschehen zu sein, also gehe ich davon aus, daß ich nicht sterben kann, bevor ich mich nicht auf Stavromula Beta geduckt habe. Nur hat noch nie jemand davon gehört.«

»Hmm.« Ford gab dem Reiseführer ein paar weitere Suchbegriffe ein, wurde jedoch nicht fündig.

»Nichts«, sagte er.

»Ich dachte nur gerade ... nein, nie davon gehört«, sagte er abschließend. Er fragte sich allerdings, weshalb der Name ihm irgendwie bekannt vorkam.

»Na schön«, sagte Arthur. »Ich habe beobachtet, wie die lamuellanischen Jäger Absolut Normale Viecher erlegen.

Wenn man eins in der Herde aufspießt, wird es bloß zertrampelt, also muß man sie einzeln herauslocken, um sie zu töten. Das machen die Jäger fast wie Toreros, nämlich mit grellfarbenen Capes. Man bringt eins der Viecher dazu, auf einen loszustürmen, macht dann einen Ausfallschritt zur Seite und schwingt das Cape möglichst elegant um sich herum. Hast du zufällig so was wie ein grellfarbenes Cape bei dir?«
»Ginge das?« sagte Ford und reichte ihm sein Handtuch.

ZWANZIGSTES KAPITEL

Auf den Rücken von anderthalb Tonnen Absolut Normalen Viechs zu springen, die mit einer Geschwindigkeit von über vierzig Stundenkilometern an einem vorbeidonnern, ist nicht so leicht, wie es auf den ersten Blick aussehen mag. Mit Sicherheit nicht so leicht, wie die lamuellanischen Jäger es aussehen ließen, und Arthur rechnete fest damit, daß sich dieser Teil der Aufgabe als der schwierigste erweisen würde.

Womit er hingegen ganz und gar nicht gerechnet hatte, war, daß es sich als so verflucht schwierig erweisen sollte, überhaupt bis zum schwierigsten Teil vorzudringen. Es war jener Teil, der eigentlich leicht hätte sein sollen, der sich dann als praktisch unmöglich erwies.

Es gelang ihnen nicht einmal, auch nur die Aufmerksamkeit eines einzigen Tieres auf sich zu ziehen. Die Absolut Normalen Viecher waren so sehr damit beschäftigt, mit den Hufen einen anständigen Donner zusammenzutrommeln und mit gesenkten Köpfen und vorgeschobenen Schultern den Boden zu Brei zu stampfen, daß es schon etwas Geologischem und nicht bloß etwas Irritierendem bedurft hätte, sie zu erschüttern.

Allein das Ausmaß des Donnerns und Stampfens war letztlich zuviel für Arthur und Ford. Obwohl sie fast zwei Stunden damit zugebracht hatten, wild herumzutänzeln und immer albernere Dinge mit ihrem mittelgroßen, blümchenverzierten Badehandtuch zu veranstalten, hatten sie es nicht mal geschafft, auch nur einen beiläufigen Blick eines der an ihnen vorbeidonnernden und -stampfenden großen Viecher zu ergattern.

Sie hatten sich der horizontalen Lawine aus schwitzenden Leibern bis auf einen Meter genähert. Sich noch näher heranzuwagen, hätte vermutlich ihren sofortigen Tod bedeutet, chronologisch oder nicht chronologisch. Arthur hatte mitangesehen, was von einem Absolut Normalen Viech übrigblieb, wenn es infolge des ungeschickten Fehlwurfes eines jungen, unerfahrenen Jägers aufgespießt wurde, während es noch inmitten der Herde dahindonnerte und -stampfte.

Ein einziges Stolpern genügte. Kein geplantes Treffen mit dem Tod auf Stavromula Beta, wo zur Hölle dieses Stavromula Beta auch sein mochte, hätte Arthur oder irgendwen sonst vor der donnernden, verstümmelnden, stampfenden Kraft dieser Hufe bewahren können.

Schließlich taumelten Arthur und Ford zurück. Erschöpft und geschlagen, setzten sie sich hin und begannen, die Handtuchtechnik des jeweils anderen zu kritisieren.

»Du mußt mehr damit rumflattern«, beschwerte sich Ford. »Du mußt es mehr aus dem Ellenbogen heraus durchschwingen lassen, wenn diese bescheuerten Viecher überhaupt irgendwas mitkriegen sollen.«

»*Durchschwingen?*« protestierte Arthur. »Du bist viel zu steif in der Hüfte!«

»Man braucht mehr Pep beim Ausschwingen«, erwiderte Ford.

»Man braucht ein größeres Handtuch.«

»Man braucht«, sagte eine andere Stimme, »einen Pikka.«

»Man was?«

Die Stimme war von hinten gekommen. Sie drehten sich um, und da stand, im Licht der frühen Morgensonne, Old Thrashbarg.

»Um ein Absolut Normales Viech auf sich aufmerksam zu machen«, sagte er im Näherkommen, »braucht man einen Pikka. Wie den hier.«

Er griff unter das grobe, soutanenartige Gewand, das er ständig trug, und holte einen kleinen Pikka heraus. Der Vogel hockte unruhig auf Old Thrashbargs Hand und starrte angestrengt Bob weiß was an, das ungefähr siebenundneunzig Zentimeter vor seiner Schnabelspitze herumtanzte.

Ford ging sofort in jene Art Kampfhocke, in die er sich immer begab, wenn er nicht genau wußte, was los war oder was er gegen irgendwas unternehmen sollte. Er bewegte seine Arme sehr langsam durch die Luft und hoffte, möglichst unheilverkündend zu wirken.

»Wer ist das?« zischte er.

»Bloß Old Thrashbarg«, sagte Arthur ruhig. »Und das ganze Getue kannst du dir getrost schenken. Als Bluffer hat er genausoviel Erfahrung wie du. Wenn ihr beide richtig anfangt, tanzt ihr nachher wahrscheinlich den ganzen Tag umeinander herum.«

»Der Vogel«, zischte Ford erneut. »Was ist das für ein Vogel?«

»Ein ganz normaler Vogel!« sagte Arthur unwirsch. »Ein Vogel wie jeder andere Vogel. Er legt Eier und sagt *ark* zu irgendwelchen unsichtbaren Dingen. Oder *kar* oder *rit* oder sonstwas.«

»Hast du *gesehen*, daß einer von denen Eier gelegt hat?« fragte Ford mißtrauisch.

»Herrgott noch mal, natürlich hab ich das«, sagte Arthur. »Und ich habe Hunderte dieser Eier gegessen. Geben prima Omelettes ab. Das Geheimnis besteht darin, kleine, gekühlte Butterwürfelchen zu nehmen und das Ganze dann leicht in ...«

»Ich will kein verzarktes Rezept hören«, sagte Ford. »Ich will nur sichergehen, daß das ein echter Vogel ist und nicht wieder einer von diesen multidimensionalen Cyberalpträumen.«

Er erhob sich langsam aus der Hocke und fing an, sich den Staub von den Klamotten zu bürsten. Den Vogel ließ er dabei allerdings nicht aus den Augen.
»Nun denn«, sagte Old Thrashbarg zu Arthur. »So steht also geschrieben, daß Bob die Segnung seines einzigen Sandwichmachers wieder von uns nehmen wird?«
Ford wäre beinahe wieder in die Hocke gegangen.
»Schon in Ordnung«, murmelte Arthur. »Er redet immer so.« Laut sagte er: »Ah, ehrenwerter Thrashbarg. Ähm, ja. Ich fürchte, ich schätze, ich werde jetzt wohl abhauen müssen. Aber mit dem jungen Drimple, meinem Gehilfen, wird ein guter Sandwichmacher an meine Stelle treten. Ihm sind das notwendige Geschick und eine tiefe Zuneigung zu allen Sandwiches gegeben, und die Fertigkeiten, die er sich bisher erworben hat, mögen sie auch noch unvollständig sein, werden mit der Zeit reifen, äh, also, was ich eigentlich meine, ist, daß er es schon schaffen wird.«
Old Thrashbarg bedachte ihn mit einem feierlichen Blick. Seine alten, grauen Augen bewegten sich traurig. Er hob die Arme, in einer Hand noch immer den Pikka, in der anderen seinen Stab.
»Oh, von Bob gesandter Sandwichmacher!« verkündete er. Er verstummte, legte die Stirn in tiefe Falten und seufzte, während er die Augen in frommer Versunkenheit schloß. »Das Leben«, sagte er, »wird ohne dich ein ganzes Stück weniger sonderbar sein!«
Arthur war verblüfft.
»Weißt du«, sagte er, »ich glaube, so etwas Nettes hat noch nie jemand zu mir gesagt.«
»Können wir dann bitte weitermachen?« sagte Ford.
Etwas geschah bereits. Ausgelöst von dem am Ende von Thrashbargs Arm hockenden Pikka schien ein interessiertes Schaudern durch die donnernde Herde zu gehen. Flüchtig zuckte der eine oder andere Kopf in ihre Richtung. Arthur

fielen wieder einige der Absolut-Normale-Viecherjagden ein, die er beobachtet hatte, und er erinnerte sich, daß hinter den capefuchtelnden Jäger-Toreros grundsätzlich immer jemand mit einem Pikka in der Hand gestanden hatte. Er war allerdings davon ausgegangen, daß diese Leute, genau wie er, bloß zum Zuschauen vorbeigekommen waren.

Old Thrashbarg trat vor, etwas dichter an die sich dahinwälzende Herde heran. Einige der Tiere hoben angesichts des Pikka interessiert die Köpfe.

Old Thrashbargs ausgestreckte Arme bebten.

Lediglich der Pikka schien sich überhaupt nicht für das Geschehen zu interessieren. Seine gesamte muntere Aufmerksamkeit galt einigen anonymen Luftmolekülen, die an einer nicht näher zu bestimmenden Stelle vor seinem Schnabel herumtanzten.

»Jetzt!« verkündete Old Thrashbarg schließlich. »Jetzt könnt ihr das Handtuch einsetzen!«

Arthur rückte mit Fords Handtuch vor, wobei er sich genau wie ein Torero zu bewegen versuchte, also auf eine Art und Weise elegant stolzierte, die man ihm bestimmt nicht in die Wiege gelegt hatte. Er wußte, was er tun mußte und daß er es richtig machte. Er fuchtelte und wedelte ein paarmal mit dem Handtuch, um sich warm zu machen, und hielt dann Ausschau.

In einiger Entfernung entdeckte er das Viech, das er haben wollte. Mit gesenktem Kopf galoppierte es am äußersten Rand der Herde auf ihn zu. Old Thrashbarg zuckte kurz mit dem Vogel, das Viech sah auf, warf den Kopf zurück, und dann, als es ihn gerade wieder senken wollte, schwenkte Arthur das Handtuch direkt in seine Blickrichtung. Irritiert warf es den Kopf erneut zurück und verfolgte die Bewegung des Handtuchs mit den Augen.

Er hatte das Viech auf sich aufmerksam gemacht.

Von diesem Augenblick an erschien es ihm als die natürlichste Sache des Universums, das Tier in seine Richtung zu ködern und zu locken. Es hatte den Kopf gehoben und hielt ihn ganz leicht zur Seite geneigt. Es wurde langsamer, fiel in einen leichten Galopp und dann in Trab. Sekunden später stand das riesige Wesen zwischen ihnen, schnaubend, keuchend, schwitzend und den Pikka aufgeregt beschnüffelnd, der von alldem offenbar rein gar nichts mitbekommen hatte. Old Thrashbarg ließ den Vogel mit eigenartigen Armbewegungen vor dem Viech kreisen, hielt ihn dabei jedoch sorgsam außerhalb dessen Reichweite und bewegte ihn immer weiter nach unten. Arthur lenkte die Aufmerksamkeit des Tieres mit seltsamen, kreisenden Handtuchbewegungen mal nach hier, mal nach dort und ebenfalls immer weiter nach unten.

»So was Dämliches hab ich in meinem ganzen Leben noch nicht gesehen«, murmelte Ford vor sich hin. Schließlich sackte das Viech benebelt, aber lammfromm auf die Knie.

»Los!« flüsterte Old Thrashbarg Ford eindringlich zu. »Los! Los jetzt!«

Den verfilzten Pelz mit beiden Händen nach Ansatzpunkten durchwühlend, schwang sich Ford auf den Rücken des mächtigen Tieres und klammerte sich, als er endlich sicher oben saß, mit beiden Händen in das braune Gestrüpp.

»Jetzt du, Sandwichmacher! Los!«

Nach einem längeren, verschnörkelten Zeichen und einem rituellen Handschlagszeremoniell, dem Arthur nicht ganz folgen konnte, da Old Thrashbarg sich beides offensichtlich spontan hatte einfallen lassen, schubste er Arthur vorwärts. Arthur holte tief Luft, kletterte hinter Ford auf den breiten, heißen, bebenden Rücken des Viechs und hielt sich fest. Mächtige Muskeln, groß wie Seelöwen, spielten und spannten sich unter ihm.

Jetzt riß Old Thrashbarg den Vogel urplötzlich empor. Der Kopf des Viechs schwenkte mit. Thrashbarg riß die Arme und den Vogel wieder und wieder in die Höhe, und langsam, schwerfällig schlingerte das Viech hoch und stand schließlich, leicht schwankend, wieder auf allen vieren. Seine beiden Reiter hielten sich nervös und verbissen an ihm fest.

Arthur warf einen Blick über das Meer aus wogenden Tieren und bemühte sich nach Kräften zu erkennen, wohin sie liefen, konnte jedoch nichts weiter als einen flimmernden Hitzeschleier ausmachen.

»Siehst du irgendwas?« sagte er zu Ford.

»Nein.« Ford warf einen Blick über die Schulter und versuchte hinter sich einen Hinweis auf die Herkunft der Viecher zu entdecken.

Auch dort war nichts zu sehen.

Arthur sah zu Thrashbarg herunter.

»Weißt du, woher sie kommen?« rief er. »Oder wohin sie gehen?«

»Ins Reich des Königs!« rief Old Thrashbarg zurück.

»König?« rief Arthur überrascht. »Was für ein König?« Das Absolut Normale Viech unter ihm schwankte und wackelte unruhig.

»Wie, *was für ein* König?« rief Old Thrashbarg. »*Der* König. Der einzige.«

»Aber ... du hast doch nie einen König erwähnt«, rief Arthur einigermaßen konsterniert zurück.

»Was?« rief Old Thrashbarg. Durch das Trommeln Tausender Hufe konnte man kaum etwas verstehen, und der alte Mann konzentrierte sich auf das, was er tat.

Den Vogel noch immer emporhaltend, führte er das Viech langsam um sich herum, bis es wieder parallel zur Bewegungsrichtung der großen Herde stand. Er machte einen Schritt nach vorn. Das Viech folgte. Er machte einen weiteren Schritt. Wieder folgte das Viech. Schließlich schleppte es sich behäbig, aber stetig voran.

»Ich sagte, du hast nie was von einem König erzählt«, rief Arthur noch einmal.

»Ich habe nicht *ein* König gesagt«, rief Old Thrashbarg. »*Der* König, hab ich gesagt.«

Er holte weit aus und schleuderte den Pikka mit ganzer Kraft in die Luft über der Herde. Damit schien der Vogel absolut nicht gerechnet zu haben, da er offenbar nicht das geringste von dem mitbekommen hatte, was um ihn herum vor sich gegangen war. Er brauchte einen Moment, um zu begreifen, was da geschah, entfaltete dann seine kleinen Flügel, breitete sie aus und flog.

»Los!« rief Thrashbarg. »Reite los, deinem Schicksal entgegen, Sandwichmacher!«

Arthur war nicht so ganz sicher, ob er überhaupt Lust hatte, seinem Schicksal entgegenzureiten. Er wollte nur das wie auch immer geartete Ziel erreichen, auf das sie zusteuerten, um wieder von diesem Wesen heruntersteigen zu dürfen. Er fühlte sich dort oben alles andere als sicher. Das Viech nahm Tempo auf, während es dem davonfliegenden Pikka zu folgen versuchte. Und dann befand es sich wieder am Rande der gewaltigen Tierflut und rannte Sekunden darauf, den Kopf gesenkt, den Pikka vergessen, inmitten der Herde dahin, mit großer Geschwindigkeit auf jenen Punkt zu, an dem die Phalanx sich in Luft auflöste. Arthur und Ford klammerten sich verzweifelt in das riesige Monster, von allen Seiten umgeben von Bergen wogender Leiber.

»Los! Reitet auf dem Viech!« rief Thrashbarg. Seine weit entfernte Stimme hallte schwach in ihren Ohren wider. »Reitet auf dem Absolut Normalen Viech! Reitet, reitet!«

Ford rief Arthur ins Ohr: »Wohin hat er gesagt, reiten wir?«

»Er hat irgendwas von einem König gesagt«, rief Arthur zurück und hielt sich verzweifelt fest.

»Was für ein König?«
»Hab ich auch gefragt. Er meinte bloß, *der* König.«
»Ich wußte gar nicht, daß irgendeiner *der* König ist«, rief Ford.
»Ich auch nicht«, rief Arthur zurück.
»Außer natürlich *dem* König – auf einem gewissen Gebiet. Dem *King*«, rief Ford. »Aber den wird er ja wohl nicht gemeint haben.«
»Auf welchem Gebiet? Was für ein *König*?« rief Arthur.
Sie hatten den Ausgang fast erreicht. Direkt vor ihnen galoppierten die Absolut Normalen Viecher ins Nichts und verschwanden.
»Was soll denn das heißen, *was für ein* König?« rief Ford.
»Weiß *ich* doch nicht, was für ein König. Ich hab doch nur gesagt, daß er unmöglich den *King* meinen kann, also frag mich nicht, wen er gemeint hat.«
»Ford, ich verstehe kein Wort von dem, was du redest.«
»Sag bloß?« sagte Ford. Dann leuchteten jäh die Sterne auf, drehten sich und wirbelten um ihre Köpfe, um dann, genauso jäh, wieder zu erlöschen.

EINUNDZWANZIGSTES KAPITEL

Nebelgraue Gebäude rückten langsam flimmernd näher. Sie hüpften auf ausgesprochen peinliche Art und Weise auf und nieder.

Was waren das für Gebäude?

Wozu dienten sie? An was erinnerten sie?

Es ist schwer zu sagen, was irgendwelche Dinge darstellen sollen, wenn man sich plötzlich und unerwartet in einer anderen Welt wiederfindet, die sich hinsichtlich ihrer Kultur und sämtlicher existentiellen Lebensgrundlagen von der eigenen unterscheidet und zudem über eine unwahrscheinlich öde und ausdruckslose Architektur verfügt.

Der Himmel über den Gebäuden war von kaltem, feindseligem Schwarz. Die Sterne, die, so weit von der Sonne entfernt, blendendgrelle Punkte hätten sein müssen, wirkten durch die dicke, mächtige Schutzkuppel matt und schlierig. Eine Art Plexiglas. Jedenfalls irgendwas Dickes, Stumpfes.

Tricia spulte das Band wieder zum Anfang zurück.

Sie wußte, daß irgend etwas daran merkwürdig war.

Na ja, genaugenommen waren ein paar Millionen Dinge daran merkwürdig, aber nur eines davon ließ ihr wirklich keine Ruhe, und das hatte sie noch nicht richtig am Wickel.

Sie seufzte und gähnte.

Während sie wartete, daß das Band zurückspulte, räumte sie einige der schmutzigen Styropor-Kaffeebecher zusammen, die sich auf dem Schneidetisch angesammelt hatten, und schnippte sie in den Mülleimer.

Sie saß in einem der kleinen Schneideräume einer Videoproduktionsfirma in Soho. Sie hatte die Tür von oben bis unten mit »Bitte nicht stören«-Zetteln bepflastert und die Telefonzentrale angewiesen, keine Anrufe zu ihr durchzustellen. Das hatte ursprünglich dazu dienen sollen, ihren sensationellen Fang zu bewahren, bewahrte nun jedoch nur noch sie selbst vor Peinlichkeiten.

Sie würde sich das Band noch einmal ansehen, von Anfang an. Falls sie es durchhielt. Sie mußte vielleicht hier und da ein bißchen vorspulen.

Es war kurz vor sechzehn Uhr, es war Montag, und sie hatte ein ziemlich flaues Gefühl. Sie versuchte herauszufinden, worauf dieses flaue Gefühl zurückzuführen war, und an Kandidaten bestand kein Mangel. Zum einen waren all diese Dinge auf den nächtlichen Rückflug von New York gefolgt. Das Rotauge. Immer tödlich, so was.

Anschließend, auf dem Rasen vor ihrem Haus, die Anmache durch die Außerirdischen und der Flug zum Planeten Rupert. Sie hatte nicht genügend Erfahrung mit solchen Reisen, um schwören zu können, daß auch die grundsätzlich tödlich waren, hätte allerdings jede Wette angenommen, daß regelmäßige Teilnehmer solcher Aktionen diese lauthals verfluchten. Illustrierte veröffentlichten ständig Stresstabellen. Fünfzig Stresspunkte, wenn man arbeitslos wurde. Fünfundsiebzig Punkte für eine Scheidung oder eine neue Frisur und so weiter. Im eigenen Garten von Außerirdischen angequatscht und zum Planeten Rupert geflogen zu werden, war nie erwähnt worden, aber Tricia war sicher, daß es zumindest ein paar Dutzend Punkte bringen würde.

Nicht daß die Reise besonders anstrengend gewesen wäre. Im Grunde war sie unglaublich langweilig gewesen. Jedenfalls ganz bestimmt nicht anstrengender als die Reise, die sie gerade über den Atlantik unternommen hatte und die ungefähr genauso lange gedauert hatte, nämlich knapp sieben Stunden.

Das war doch wohl ganz schön erstaunlich, oder? Für einen Flug bis an die äußerste Grenze des Sonnensystems ebenso lange zu brauchen wie für einen Flug nach New York, bedeutete, daß das Schiff mit einem fantastischen, beispiellosen Antrieb ausgestattet sein mußte. Sie fragte ihre Gastgeber darüber aus, und sie stimmten ihr zu. Ja, er sei ziemlich gut.

»Aber wie *funktioniert* er?« hatte sie aufgeregt nachgefragt. Zu Beginn der Reise war sie noch unheimlich aufgeregt gewesen.

Sie fand die Stelle auf dem Band und sah sie sich an. Die Grebulonier, wie sie sich selbst nannten, zeigten ihr höflich, welche Knöpfe sie drückten, um das Schiff in Gang zu setzen.

»Ja, aber nach welchem *Prinzip* funktioniert er?« hörte sie sich selbst von hinter der Kamera aus beharren.

»Ach, du meinst, ob es ein Warp-Antrieb oder so was in der Art ist?« sagten sie.

»Ja«, hakte Tricia nach. »Was *ist* es?«

»Wahrscheinlich in der Art«, sagten sie.

»In *welcher* Art?«

»Warp-Antrieb, Photonen-Antrieb, was in der Art. Da müßtest du schon den Bordmechaniker fragen.«

»Wer von euch ist das?«

»Wissen wir nicht. Wir haben nämlich alle den Verstand verloren.«

»Ach ja«, sagte Tricia verzagt. »Das sagtet ihr ja schon. Ähm, dann ... wie habt ihr euren Verstand denn eigentlich genau verloren?«

»Wissen wir nicht«, sagten sie geduldig.

»Weil ihr den Verstand verloren habt«, echote Tricia niedergeschlagen.

»Möchtest du fernsehen? Der Flug dauert ziemlich lange. Wir sehen viel fern. Das macht uns Spaß.«

Das Band war randvoll mit fesselnden Szenen wie dieser und entsprechend spannend anzusehen. Erschwerend kam hinzu, daß die Bildqualität extrem bescheiden war. Tricia wußte nicht genau, woran das lag. Die Grebulonier schienen auf etwas andere Lichtfrequenzen anzusprechen, und das an Bord vorherrschende Ultraviolett hatte die Videokamera gründlich durcheinandergebracht. Es wimmelte von Störsignalen und Videoschnee. Was wahrscheinlich mit dem Warp-Antrieb zusammenhing, über den keiner ihrer Gastgeber auch nur das geringste wußte.

Was sie also auf dem Band hatte, war im wesentlichen ein Haufen etwas zu dünn und zu bleich geratener Leute, die herumsaßen und Bildschirme anglotzten, auf denen Fernsehsendungen liefen. Außerdem hatte sie mit der Kamera noch durch den winzigen Ausguck neben ihrem Sitz gefilmt und so einige nette, eher streifige Sternbilder festgehalten. Sie wußte, daß die Aufnahmen echt waren, aber es hätte satte drei oder vier Minuten gedauert, sie nachzustellen.

Schließlich hatte sie beschlossen, ihr kostbares Bandmaterial für Rupert selbst aufzuheben, sich einfach zurückgelehnt und mit ihren Gastgebern ferngesehen. Sie hatte sogar einige Zeit gedöst.

Zum Teil war ihr flaues Gefühl daher auf die Erkenntnis zurückzuführen, daß ihr soviel Zeit in einem mit atemberaubender Technik vollgestopftem außerirdischen Raumschiff zur Verfügung gestanden und sie den Großteil dieser Zeit, untermalt von *M*A*S*H*- und *Cagney und Lacey*-Wiederholungen, schlicht verdöst hatte. Aber was hätte sie sonst tun sollen? Sie hatte natürlich auch einige Fotos geschossen, nur waren die, wie sich nach ihrer Rückkehr aus dem Labor herausstellte, allesamt bös verschwommen.

Zum anderen war ihr flaues Gefühl vermutlich auf die Landung auf Rupert zurückzuführen. Wenigstens die war dramatisch und haarsträubend gewesen. Das Schiff war in weitem Bogen über eine finstere, bedrückende Landschaft geschwebt, ein Gelände, das so hoffnungslos weit von seiner Muttersonne Sol entfernt war, daß es wirkte wie die psychologische Karte der seelischen Narben eines ausgesetzten Kindes.

Licht flammte durch die frostige Finsternis und geleitete das Schiff in den Eingang einer Art Höhle, die sich selbsttätig aufzubiegen schien, um das kleine Raumfahrzeug in Empfang zu nehmen.

Wegen des Anflugwinkels und der ungünstigen Position des winzigen, dick verglasten Ausgucks in der Außenhaut des Schiffes hatte Tricia bedauerlicherweise nichts von alldem mit der Kamera einfangen können. Sie sah sich den betreffenden Teil des Bandes an.

Die Kamera war direkt auf die Sonne gerichtet.

Das ist normalerweise ziemlich schlecht für eine Videokamera. Aber wenn die Sonne grob geschätzt eine Drittelmilliarde Kilometer entfernt ist, macht es überhaupt nichts. Es macht nicht mal einen Eindruck, geschweige denn ein Bild. Man sieht bloß einen kleinen Lichtpunkt mitten im Ausschnitt, der praktisch alles mögliche sein könnte. Nur ein Stern unter vielen.

Tricia spulte vor.

Ah. Das, was jetzt folgte, war recht vielversprechend gewesen. Sie waren aus dem Schiff gestiegen und hatten ein großräumiges, graues, hangarartiges Bauwerk betreten. Das war unbestreitbar außerirdische Technologie dramatischsten Ausmaßes. Mächtige graue Gebäude unter dem dunklen Firmament der Plexiglaskuppel. Es waren genau die Gebäude, die sie sich auch am Ende des Bandes angesehen hatte. Einige Stunden später, bei ihrer Abreise von Rupert, hatte sie weitere Aufnahmen von ihnen gemacht. An was erinnerten sie sie?

Tja, genauso wie der ganze Rest erinnerten sie sie vor allem an die Kulisse praktisch jedes in den letzten zwanzig Jahren gedrehten Low-Budget-Science-fiction-Films. Sie waren wesentlich größer, klar, aber auf dem Bildschirm wirkte alles vollendet geschmacklos und kein bißchen überzeugend. Nicht nur die Bildqualität war schauderhaft, man sah dem Material zudem an, daß Tricia mit den unerwarteten Nebenwirkungen der im Vergleich zur Erde merklich niedrigeren Gravitation zu kämpfen gehabt und es als fast unlösbare Aufgabe empfunden hatte, die Kamera davon abzuhalten, ständig auf peinliche, absolut unprofessionelle Art und Weise auf und ab zu hüpfen. Einzelheiten zu erkennen, war deswegen unmöglich.

Und da kam auch schon der Anführer auf sie zu, um sie zu begrüßen, lächelnd und mit ausgestreckter Hand.

Weiter hatte er keinen Namen.

Nur der »Anführer«.

Keiner der Grebulonier hatte einen Namen, was vor allem daran lag, daß ihnen keine einfielen. Tricia hatte bemerkt, daß einige von ihnen dazu übergegangen waren, sich nach Figuren aus Fernsehsendungen zu benennen, die sie von der Erde empfingen, aber sosehr sie sich auch bemühten, einander Wayne und Bobby und Chuck zu nennen, schien ihnen ein Überbleibsel dessen, was tief in ihrem aus der fernen Sternenheimat mitgebrachten, kulturellen Unterbewußtsein schlummerte, zu sagen, daß es so nicht richtig war und nicht funktionierte.

Der Anführer war den anderen sehr ähnlich gewesen. Vielleicht nicht ganz so dünn. Er erzählte Tricia, wie sehr ihm ihre Sendungen gefallen hätten, daß er ihr größter Fan sei, wie glücklich er sei, daß sie es geschafft habe, zu kommen und sie auf Rupert zu besuchen, wie sehr sich alle auf ihr Kommen gefreut hätten, daß er hoffe, der Flug sei angenehm gewesen, und so weiter. Er hatte ihr nicht gerade das

Gefühl vermittelt, daß sie eine Gesandte von einem anderen Stern oder etwas Vergleichbares war.
Und jetzt, auf dem Videoband, kam er ihr nur noch vor wie irgendein Kerl, der kostümiert und geschminkt vor einer Kulisse stand, die nicht aussah, als könne man sich ungestraft gegen sie lehnen.
Sie saß da, starrte auf den Bildschirm, das Gesicht in die Hände gebettet, und schüttelte in dumpfer Bestürzung den Kopf.
Das war *gräßlich*.
Und gräßlich war nicht nur diese Stelle, sondern auch das, was folgte. Als der Anführer sie fragte, ob sie nach dem langen Flug Hunger habe und ob sie nicht vielleicht mitkommen und eine Kleinigkeit zu sich nehmen wolle. Sie könnten dann alles weitere beim Essen besprechen.
Sie wußte noch, was sie in jenem Augenblick gedacht hatte.
Außerirdisches Essen.
Wie würde sie damit zurechtkommen?
Müßte sie das tatsächlich essen? Würde sie so was wie eine Papierserviette in die Finger bekommen, in die sie das Zeug unbemerkt hineinspucken könnte? Würden sich nicht alle möglichen verzwickten Probleme mit der Immunabwehr ergeben?
Wie sich herausstellte, waren es Hamburger.
Was sich außerdem herausstellte, war, daß es nicht bloß Hamburger waren, sondern ganz klar und eindeutig Hamburger von McDonald's, die man in einer Mikrowelle aufgewärmt hatte. Sie sahen nicht bloß so aus. Sie rochen nicht bloß so. Sie wurden auch noch in den üblichen, von oben bis unten mit »Mc-Donald's« bedruckten Styropormuscheln serviert.
»Iß! Laß es dir schmecken!« sagte der Anführer. »Für unseren Ehrengast ist das Beste gerade gut genug!«
Das war in seinem Privatapartment gewesen. Tricia hatte

sich mit an Furcht grenzender Verwirrung darin umgesehen, aber dennoch alles auf Band aufgezeichnet.
Ein Wasserbett hatte dort gestanden. Und eine Midi-Hifi-Anlage. Und eines dieser langen, von innen elektrisch beleuchteten Glasdinger, die auf Tischplatten hocken und so aussehen, als flössen zu groß geratene Spermaklumpen in ihnen herum. Die Wände waren mit Samt ausgeschlagen.
Der Anführer räkelte sich auf einem Sitzsack aus braunem Kordsamt und sprühte sich Mundspray in den Rachen.
Tricia hatte plötzlich eine Heidenangst bekommen. Sie war, zumindest ihres Wissens, weiter von der Erde entfernt als je ein Mensch zuvor, und zwar in Gesellschaft eines Außerirdischen, der sich auf einem Sitzsack aus braunem Kordsamt räkelte und sich Mundspray in den Rachen sprühte.
Sie wollte keine falsche Bewegung machen. Sie wollte ihm keinen Schreck einjagen. Aber es gab gewisse Dinge, die sie wissen mußte.
»Wie sind Sie ... wo haben Sie ... das her?« fragte sie und deutete unsicher durch den Raum.
»Die Ausstattung?« fragte der Anführer. »Gefällt sie Ihnen? Sehr kultiviert, nicht wahr? Wir sind sehr kultivierte Leute, wir Grebulonier. Wir kaufen kultivierte Konsumgüter ... per Versand.«
Daraufhin hatte Tricia unglaublich langsam genickt.
»Per Versand ...«, hatte sie gesagt.
Der Anführer gluckste. Eines dieser dunklen, schokoladigen, beteuernden, öligen Glucksen.
»Sie denken wohl, die liefern uns das Zeug hierher. Nein! Haha! Wir haben uns extra ein Postfach in New Hampshire einrichten lassen und machen da regelmäßig Stippvisiten. Haha!«
Er ließ sich unglaublich entspannt in seinen Sitzsack zurücksinken, griff nach einer aufgewärmten Fritte und knab-

berte an deren Ende herum, den Mund zu einem amüsierten Lächeln verzogen.
Tricia merkte, daß ihr Gehirn langsam anfing, winzige Blasen zu werfen. Sie ließ die Videokamera weiterlaufen.
»Wie bezahlen Sie, also, äh, wie bezahlen Sie denn all diese wunderbaren ... Sachen?«
Der Anführer gluckste erneut.
»American Express«, sagte er mit einem nonchalanten Achselzucken.
Wieder nickte Tricia sehr langsam. Sie wußte, daß die Karten exklusiv an praktisch jeden ausgegeben wurden.
»Und die hier?« sagte sie und hielt den Hamburger hoch, den er ihr aufgetischt hatte.
»Ganz einfach«, sagte der Anführer. »Wir stellen uns an.«
Auch das, dachte Tricia, während es ihr kalt den Rücken herunterrieselte, war wieder eine entsetzlich gute Erklärung.

Sie drückte erneut auf die Schnellvorlauftaste. Von alldem war nichts zu gebrauchen. Durchgehend alptraumhafter Irrsinn. Es wäre ihr nicht schwergefallen, etwas wesentlich Glaubhafteres zu fälschen.
Und noch ein flaues Gefühl stieg beim Betrachten dieses hoffnungslos gräßlichen Bandes in ihr auf, und mit dumpfem Entsetzen begann sie sich darüber klarzuwerden, daß es die Erklärung für alles war.
Sie mußte es ...
Sie schüttelte den Kopf und versuchte zu denken.
Ein nächtlicher Flug nach Osten ... die Schlaftabletten, die sie eingenommen hatte, um den Flug zu überstehen. Der Wodka, den sie getrunken hatte, um den Tabletten nachzuhelfen.
Was noch? Tja. Die siebzehn Jahre währende fixe Idee, ein bezaubernder Mann mit zwei Köpfen, von denen einer als

Papagei in einem Käfig getarnt gewesen war, habe versucht, sie bei einer Party aufzureißen, und sich dann, weil er es nicht erwarten konnte, in einer fliegenden Untertasse auf den Weg zu einem anderen Planeten gemacht. Diese Idee schien plötzlich einen ganzen Haufen unangenehmer Aspekte zu haben, die ihr nie richtig in den Sinn gekommen waren. Nie richtig in den Sinn. In siebzehn Jahren nicht.

Sie stopfte sich die Faust in den Mund.

Sie brauchte Hilfe.

Und dann auch noch Eric Bartletts sinnloses Gerede von einem Raumschiff, das auf ihrem Rasen gelandet sein sollte. Und davor ... New York war, tja, sehr heiß und anstrengend gewesen. Die großen Hoffnungen und die bittere Enttäuschung. Der Astrologiekram.

Sie mußte einen Nervenzusammenbruch gehabt haben.

Das war es. Sie war erschöpft gewesen und hatte einen Nervenzusammenbruch gehabt und kurz nach ihrer Ankunft zu Hause zu halluzinieren begonnen. Sie hatte die ganze Geschichte geträumt. Eine außerirdische Rasse, deren Vertreter, allen Wissens um ihre Identität und Geschichte beraubt, auf einem entlegenen Außenposten unseres Sonnensystems festsaßen und ihr kulturelles Vakuum mit unserem kulturellen Schrott auffüllten.

Ha! Auf diese Art machte einem die Natur klar, daß man sich schleunigst in eine teure medizinische Einrichtung begeben sollte.

Sie war sehr, sehr krank. Sie sah nach, wie viele große Becher Kaffee sie bereits in sich hineingeschüttet hatte, und bemerkte dann, wie schwer und schnell sie atmete.

Jedes Problem ist schon zum Teil gelöst, sagte sie sich, wenn man sich bewußt wird, daß man es hat. Sie konzentrierte sich auf ihre Atmung. Sie hatte sich rechtzeitig gefangen. Sie hatte erkannt, was mit ihr los war. Sie befand sich auf dem Rückweg von jenem unergründlichen psychologischen Abgrund, an dessen Rand sie gestanden hatte. Sie wurde allmählich wieder ruhiger, ruhiger, ruhiger. Sie ließ sich auf den Stuhl zurücksinken und schloß die Augen.

Nach einiger Zeit, nachdem sich ihre Atmung wieder normalisiert hatte, öffnete sie die Augen.

Woher hatte sie dann das Band?

Es lief noch immer.

Also gut.

Es war eine Fälschung.

Eine von ihr selbst angefertigte Fälschung, das war es. Nur sie selbst konnte die Fälschung angefertigt haben, denn ihre Stimme erklang während der ganzen Zeit von der Tonspur und stellte Fragen. Hin und wieder schwenkte die Kamera am Ende einer Einstellung nach unten, und dann sah sie ihre eigenen Füße in ihren eigenen Schuhen. Sie hatte das Ganze gefälscht und konnte sich weder daran erinnern, es gefälscht zu haben, noch vorstellen, weshalb sie es getan hatte.

Beim Betrachten des flimmernden Schneetreibens auf dem Bildschirm wurde ihre Atmung wieder hektischer.

Sie mußte *noch immer* halluzinieren.

Sie schüttelte den Kopf, um die Bilder zu vertreiben. Ihr fehlte jede Erinnerung daran, diesen ganz offensichtlich gefälschten Kram gefälscht zu haben. Darüber hinaus meinte sie Erinnerungen zu haben, die dem gefälschten Kram ausgesprochen *ähnlich* waren. In völlig verdatterter Trance starrte sie weiter auf den Bildschirm.

Derjenige, der in ihrer Einbildung der Anführer hieß, befragte sie über Astrologie, und sie antwortete ruhig und gelassen. Nur sie selbst hörte ihrer Stimme die gut kaschierte, zunehmende Panik an.

Der Anführer drückte auf einen Knopf. Eine kastanienbraune Samtwand glitt zur Seite und gab den Blick frei auf eine hohe, breite Wand aus flachen Bildschirmen.

Jeder der Bildschirme zeigte ein aus unterschiedlichen Szenen zusammengesetztes Kaleidoskop: Ein paar Sekunden Game-Show, ein paar Sekunden Polizeiserie, ein paar Sekunden aus dem Überwachungssystem eines großen Kaufhauses, ein paar Sekunden aus einem Urlaubsfilmchen, ein paar Sekunden Sex, ein paar Sekunden Nachrichten, ein paar Sekunden Komödie. Ganz offensichtlich war der Anführer sehr stolz auf den ganzen Krempel, denn er fuchtelte mit den Armen wie ein Dirigent, während er fortfuhr, kompletten Schwachsinn zusammenzufaseln.

Auf eine weitere Handbewegung hin wurden alle Bildschirme gleichzeitig schwarz und bildeten dann gemeinsam einen riesigen Computermonitor, auf dem eine detaillierte graphische Darstellung sämtlicher Planeten des Sonnensystems vor dem Hintergrund der übrigen Sternbilder zu sehen war. Die Anzeige war vollkommen statisch.

»Wir verfügen über große Kenntnisse«, sagte der Anführer, »große Kenntnisse in angewandter Kalkulation, in kosmologischer Trigonometrie und dreidimensionaler Navigationsdifferentialrechnung. Große Kenntnisse. Große, große Kenntnisse. Nur haben wir sie verloren. Es ist ein Jammer. Wir lieben es, über Kenntnisse zu verfügen, aber sie sind weg. Sie trudeln irgendwo durchs All. Mit unseren Namen und allem Wissen über unsere Heimat, unsere Freunde und Angehörigen. Bitte«, sagte er und bedeutete ihr, sich vor das Steuerpult des Computers zu setzen, »stellen Sie uns Ihre Kenntnisse zur Verfügung.«

Anschließend hatte Tricia die Videokamera offenbar auf dem Stativ befestigt, um die gesamte Szenerie einzufangen. Sie trat selbst ins Bild und nahm ruhig vor dem riesigen Computerdisplay Platz, verbrachte einige Augenblicke damit, sich mit der Schnittstelle vertraut zu machen, und begann dann gefaßt und sachkundig so zu tun, als habe sie einen blassen Schimmer von dem, was sie tat.

So schwierig war es dann allerdings gar nicht gewesen. Immerhin war sie eine ausgebildete Mathematikerin und Astrophysikerin und zudem eine erfahrene Fernsehmoderatorin, und was sie an Fachwissen im Laufe der Jahre vergessen hatte, ersetzte sie vollkommen mühelos durch geschicktes Bluffen.

Der Computer, an dem sie arbeitete, bewies eindeutig, daß die Grebulonier aus einer wesentlich fortgeschritteneren und hochstehenderen Kultur stammten, als man ihrem derzeitigen, geistesabwesenden Zustand nach hätte vermuten können, und mit seiner Hilfe gelang es ihr, innerhalb einer knappen halben Stunde ein grobes Arbeitsmodell des Sonnensystems zusammenzustoppeln.

Es war nicht besonders stimmig oder sauber, aber es sah gut aus.

Die Planeten schwirrten auf annehmbar simulierten Umlaufbahnen herum, und man konnte die Bewegungen des gesamten kunstvollen kosmologischen Uhrwerks von praktisch jedem Punkt innerhalb des Systems aus betrachten – zumindest grob. Man konnte es sich von der Erde aus ansehen, man konnte es sich vom Mars aus ansehen, und so weiter. Und man konnte es sich von der Oberfläche des Planeten Rupert aus ansehen. Tricia war ziemlich beeindruckt von ihrer eigenen Leistung gewesen, aber mindestens ebenso beeindruckt von dem Computersystem, mit dem sie gearbeitet hatte. Um die Aufgabe mit einem jener Rechner zu bewältigen, die sie von der Erde her kannte, hätte sie wahrscheinlich ein knappes Jahr lang herumprogrammieren müssen.

Als sie fertig war, trat der Anführer hinter sie und betrachtete das Ergebnis. Er war hocherfreut und glücklich über das, was sie erreicht hatte.

»Gut«, sagte er. »Und jetzt möchte ich Sie bitten, mir zu zeigen, wie man das gerade von Ihnen entworfene System

anwendet, um die Informationen aus diesem Buch zu übersetzen.«
Sehr sanft legte er ein Buch vor ihr ab.
Es war *Du und Deine Planeten* von Gail Andrews.

Tricia hielt das Band wieder an.
Sie hatte wahrhaftig das Gefühl, innerlich zu schlottern. Das Gefühl zu halluzinieren war zwar mittlerweile fast vergangen, hatte aber leider nichts Einfacherem oder Klarerem in ihrem Kopf Platz gemacht.
Sie stieß sich mit dem Stuhl vom Schneidetisch ab und überlegte. Vor langen Jahren hatte sie der Astronomie den Rücken gekehrt, weil sie hundertprozentig sicher gewesen war, ein Lebewesen von einem anderen Planeten getroffen zu haben. Bei einer Party. Außerdem war sie hundertprozentig sicher gewesen, daß sie, falls sie das irgend jemandem erzählte, zur größten Lachnummer aller Zeiten würde. Aber wie konnte sie Kosmologie studieren und *nicht* über das Wichtigste reden, was sie zum Thema beizusteuern wußte? Sie hatte das einzige getan, was ihr geblieben war: Sie hatte es aufgegeben. Jetzt arbeitete sie beim Fernsehen, und die Geschichte wiederholte sich.
Sie hatte Videomaterial, richtiges *Videomaterial,* von der verblüffendsten Story in der Geschichte des ... nein, *der gesamten Geschichte:* ein vergessener Außenposten einer fremdartigen Zivilisation, der sein einsames Dasein auf dem entlegensten Planeten unseres Sonnensystems fristete.
Sie hatte die Story.
Sie war *dagewesen.*
Sie hatte es *gesehen.*
Sie hatte das *Videoband,* Herrgott noch mal.
Und falls sie es jemals irgendwem zeigte, wäre sie die größte Lachnummer aller Zeiten.

Wie konnte sie irgend etwas von alldem beweisen? Es lohnte sich nicht einmal, darüber nachzudenken. Das Ganze war ein Alptraum, aus welchem Blickwinkel sie es auch zu betrachten versuchte. Ihr Kopf begann zu pochen. Sie hatte ein paar Aspirin in der Handtasche. Sie verließ den kleinen Schneideraum und ging zum Wasserspender am Ende des Flurs. Sie nahm eine Tablette und trank mehrere Becher Wasser.

Alles wirkte wie ausgestorben. Normalerweise sah man auf den Fluren wesentlich mehr Leute geschäftig hin und her eilen, oder wenigstens *irgendwelche* Leute hin und her eilen. Sie lugte kurz in den Schneideraum, der neben ihrem lag, aber auch dort war niemand.

Sie hatte ziemlich schwere Geschütze aufgefahren, um etwaige Störenfriede von sich fernzuhalten. »BITTE NICHT STÖREN«, stand auf einem der Zettel an der Tür. »SPIELEN SIE NICHT MAL MIT DEM GEDANKEN, EINZUTRETEN. MIR IST VÖLLIG EGAL, UM WAS ES GEHT. GEHEN SIE WEG. ICH BIN BESCHÄFTIGT!«

Bei ihrer Rückkehr bemerkte sie, daß das Mitteilungslämpchen auf ihrem Durchwahlapparat blinkte, und fragte sich, wie lange es das wohl schon tat.

»Hallo?« sagte sie zur Telefonistin.

»Oh, Miss McMillan, wie gut, daß Sie sich melden. Sie werden ständig verlangt. Ihr Sender. Die versuchen verzweifelt, Sie zu erreichen. Würden Sie bitte zurückrufen?«

»Warum haben Sie die denn nicht durchgestellt?«

»Sie haben doch gesagt, ich solle niemanden durchstellen, auf gar keinen Fall. Sie haben gesagt, ich solle bestreiten, daß sie überhaupt da wären. Ich wußte nicht, was ich machen sollte. Ich bin sogar nach hinten gekommen, um Ihnen Bescheid zu sagen, aber ...«

»Schon gut«, sagte Tricia und verfluchte sich. Sie rief in ihrem Büro an.

»*Tricia! Verkackt und zugenäht,* wo steckst du?«
»Im Schneideraum.«
»Die haben gesagt ...«
»Ich weiß. Was gibt's?«
»Was es *gibt?* Bloß ein bescheuertes Raumschiff!«
»Was? *Wo?*«
»Regent's Park. Ein fetter, silberner Apparat. Irgendein Mädel mit einem Vogel. Sie spricht englisch, bewirft die Leute mit Steinen und verlangt, daß jemand ihre Uhr repariert. Komm in die Hufe.«

Tricia starrte es an.
Es war keine grebulonische Maschine. Nicht, daß sie plötzlich Expertin für außerirdische Raumschiffe gewesen wäre, aber das hier war ein schnittiges, wundervoll silber-weißes Exemplar, das nicht nur so groß war wie eine überdimensionale Hochseeyacht, sondern auch in jeder anderen Hinsicht an eine erinnerte. Neben ihm hätte das schrottreife grebulonische Raumschiff gewirkt wie ein mit Geschütztürmen gespicktes Schlachtschiff. Geschütztürme. Das war es, woran sie die glatten, grauen Gebäude erinnert hatten. Und das Merkwürdige an ihnen war gewesen, daß sie sich, wie Tricia auf dem Rückweg zu dem kleinen grebulonischen Schiff, kurz vor dem Abflug, mit einem flüchtigen Blick festgestellt hatte, während ihres Aufenthaltes auf Rupert bewegt hatten. Gedanken dieser Art schossen ihr durch den Kopf, als sie aus dem Taxi sprang und auf ihr Kamerateam zurannte.
»Wo ist das Mädchen?« rief sie durch den Krach der Hubschrauber und Polizeisirenen.
»Da!« rief der Produktionsleiter, während der Tontechniker eilig ein drahtloses Mikro an ihr befestigte. »Sie sagt, ihre Mutter und ihr Vater stammen von hier, allerdings aus einer Paralleldimension oder so was in der Art, und sie hat

die Uhr ihres Vaters dabei, und ... ach, keine Ahnung. Was weiß ich denn? Frag sie einfach. Frag sie, wie das ist, aus dem Weltraum zu kommen.«

»Herzlichen Dank, Ted«, murmelte Tricia, vergewisserte sich, daß ihr Mikro fest saß, gab dem Tontechniker einen vernünftigen Pegel, holte tief Luft, warf die Haare zurück und wechselte in ihre Rolle als professionelle Reporterin: auf vertrautes Gelände, auf alles gefaßt.

Wenigstens auf fast alles.

Sie drehte sich um und hielt nach dem Mädchen Ausschau. Das mußte sie sein, mit der wilden Mähne und dem wilden Blick. Das Mädchen wandte sich ihr zu. Und starrte sie an.

»Mutter!« kreischte sie und begann Tricia mit Steinen zu bewerfen.

ZWEIUNDZWANZIGSTES KAPITEL

Tageslicht explodierte um sie herum. Eine heiße, drükkende Sonne. Unter dem flimmernden Hitzeschleier erstreckte sich eine Wüstenebene bis in weite Ferne. Sie donnerten auf sie hinaus.

»Spring!« rief Ford Prefect.

»Was?« rief Arthur Dent, der sich verzweifelt im Fell des Absolut Normalen Viechs festklammerte.

Er bekam keine Antwort.

»Was hast du gesagt?« rief Arthur erneut und bemerkte dann, daß Ford Prefect nicht mehr da war. Er sah sich panisch um und rutschte langsam ab. Als ihm klar wurde, daß er sich nicht länger halten konnte, stieß er sich mit aller Kraft seitwärts ab und rollte sich beim Aufprall auf den Boden zu einer Kugel zusammen, rollte weiter und weiter, weg von den stampfenden Hufen.

Was für ein Tag, dachte er, während er sich lauthals den Staub aus den Lungen zu husten begann. Einen so miesen Tag hatte er nicht mehr erlebt, seit die Erde hochgegangen war. Er rappelte sich auf die Knie, kam auf die Beine und rannte. Er wußte nicht genau, wovor weg oder wohin, aber zu rennen schien ihm in jedem Fall angebracht.

Er lief schnurstracks in Ford Prefect, der dastand und seinen Blick über die Landschaft schweifen ließ.

»Sieh mal«, sagte Ford. »Haargenau, was wir brauchen.«

Arthur hustete noch etwas mehr Staub aus und wischte sich noch etwas mehr Staub aus den Haaren und den Augen. Keuchend drehte er den Kopf, um sich anzusehen, was Ford sich ansah.

Es sah nicht gerade nach einem Königreich, dem Reich *des*

Königs auf einem bestimmten Gebiet oder überhaupt irgendeines Königs aus. Aber es wirkte sehr einladend.
Schon die Umgebung. Sie befanden sich in einer Wüstenwelt. Der staubige Boden war knochenhart und hatte fein säuberlich all jene Teile von Arthur mit Prellungen versehen, die nicht schon im Laufe der Festlichkeiten der letzten Nacht damit versehen worden waren. Vor ihnen ragten in einiger Entfernung mächtige, sandsteinartige Felswände auf, vom Wind und dem in dieser Gegend vermutlich nur sehr spärlich fallenden Regen abgetragen zu abenteuerlichen, unwirklichen Formen, die zu den unwirklichen Formen der hier und dort aus der dürren, orangefarbenen Landschaft sprießenden Riesenkakteen paßten.
Einen Augenblick lang hegte Arthur die leise Hoffnung, sie könnten unerwartet in Arizona, New Mexico oder vielleicht in South Dakota gelandet sein, aber leider wies allerhand darauf hin, daß dies nicht der Fall war.
Zum einen die noch immer donnernden, noch immer stampfenden Absolut Normalen Viecher. Sie kamen zu Zehntausenden aus dem fernen Horizont gewogt, verschwanden auf einer Strecke von knapp einem Kilometer spurlos und schwenkten dann donnernd und stampfend auf den entgegengesetzten Horizont zu.
Und dann die Raumschiffe, die vor dem Imbiß parkten. Ah. Der Reich-des-Königs-Imbiß. Irgendwie eine ziemlich enttäuschende Auflösung, dachte Arthur unwillkürlich.
Genaugenommen parkte nur eines der Raumschiffe vor dem Reich-des-Königs-Imbiß. Die anderen drei standen auf dem Parkplatz daneben, aber der Blickfang war ohnehin das vor dem Imbiß abgestellte Schiff. Ein herrliches Ding. Rundherum mit wilden Flossen verziert, mit viel zuviel Chrom an den Flossen und einer Karosserie, die praktisch durchgehend knallrosa lackiert war. Es hockte da wie ein riesiges, brütendes Insekt und sah aus, als wolle es jeden

Augenblick auf irgendwas draufhüpfen, das ungefähr einen Kilometer entfernt war.
Der Reich-des-Königs-Imbiß stand haargenau dort, wo die Absolut Normalen Viecher entlanggestürmt wären, hätten sie nicht kurz davor eine kleinere transdimensionale Umleitung gewählt. Der Imbiß stand allein und unbehelligt da. Ein ganz normaler Imbiß. Eine Fernfahrerkneipe. Irgendwo mitten im Nirgendwo. Abgeschieden. Das Reich des Königs.
»Wir werden das Raumschiff kaufen«, sagte Ford leise.
»Kaufen?« sagte Arthur. »Sieht dir gar nicht ähnlich. Normalerweise klaust du so was doch einfach.«
»Manchmal muß man eben ein bißchen Respekt zeigen«, sagte Ford.
»Und wahrscheinlich auch ein bißchen Bargeld«, sagte Arthur. »Was in aller Welt mag so was wert sein?«
Mit einer kurzen Handbewegung zog Ford seine Dine-O-Charge-Kreditkarte aus der Tasche. Arthur bemerkte, daß Fords Hand ganz leicht zitterte.
»Das wird denen noch leid tun, mich zum Restaurant-Kritiker machen zu wollen ...«, schnaubte er.
»Was soll das denn heißen?« fragte Arthur.
»Zeige ich dir gleich«, sagte Ford mit einem bösartigen Funkeln im Blick. »Laß uns mal reingehen und ein paar *Spesen* machen, ja?«

»Ein paar Bier«, sagte Ford, »und ich weiß nicht genau, auch ein paar Schinkenbrötchen, oder was Sie so dahaben, oh, und das rosa Ding da draußen.«
Er schnippte seine Karte auf den Tresen und sah sich beiläufig um. Eine Art Stille breitete sich aus.
Besonders laut war es auch vorher nicht gewesen, aber jetzt herrschte definitiv eine Art Stille. Sogar das entfernte Donnern der Absolut Normalen Viecher, die das Reich des

Königs behutsam mieden, erschien urplötzlich leicht gedämpft.

»Sind gerade in die Stadt *geritten*«, sagte Ford, als sei weder daran noch an sonstwas irgendwas merkwürdig. Er lehnte in außergewöhnlich entspanntem Winkel an der Bar.

Außer ihm und Arthur waren noch ungefähr drei weitere Gäste anwesend, die an Tischen saßen und sich mit ihren Bieren beschäftigten. Ungefähr drei. Manche Leute würden sagen, es waren genau drei, aber der Imbiß war nicht der richtige Ort für solche Aussagen, kein Ort, an dem man sich festlegen mochte. Außerdem war noch ein großer Kerl da, der auf einer kleinen Bühne Sachen aufbaute. Ein altes Schlagzeug. Ein paar Gitarren. Country-und-Western-Krempel.

Der Barkeeper bewegte sich nicht gerade zügig, um Fords Bestellung zu erledigen. Genaugenommen bewegte er sich gar nicht.

»Glaube nicht, daß das rosa Ding zu verkaufen ist«, sagte er schließlich in jener besonderen Sprechweise, die immer geraume Zeit in Anspruch nimmt.

»Glaube doch«, sagte Ford. »Wieviel wollen Sie haben?«

»Tscha . . .«

»Sagen Sie irgendeine Zahl, ich geb Ihnen das Doppelte.«

»Gehört ja gar nicht mir«, sagte der Barkeeper.

»Wem dann?«

Der Barkeeper nickte in Richtung des großen Kerls, der die Bühne vorbereitete. Ein großer, dicker Kerl, behäbig und fast kahl. Ford nickte. Er grinste breit.

»Alles klar«, sagte er. »Schaffen Sie das Bier und die Schinkenbrötchen ran, und rechnen Sie noch nicht zusammen.«

Arthur saß an der Bar und ruhte sich aus. Er war daran gewöhnt, nicht zu wissen, was vor sich ging. Er empfand das als angenehm. Das Bier war ziemlich gut und machte ihn ein

wenig schläfrig, aber das störte ihn nicht im geringsten. Die Schinkenbrötchen waren keine Schinkenbrötchen. Es waren Absolut-Normale-Viecher-Brötchen. Er tauschte ein paar professionelle Bemerkungen von Brötchenzubereiter zu Brötchenzubereiter mit dem Barkeeper aus und ließ Ford einfach machen, was immer Ford machen wollte.
»Alles klar«, sagte Ford, als er sich wieder auf seinen Hokker drehte. »Ist gebongt. Das rosa Ding gehört uns.«
Der Barkeeper war sehr überrascht.
»Er verkauft es Ihnen?«
»Er gibt es uns umsonst«, sagte Ford und biß ein Stück von seinem Brötchen ab. »He, nein, noch nicht zusammenrechnen. Es kommen noch ein paar Sachen dazu. Gutes Brötchen.«
Er nahm einen tiefen Schluck Bier.
»Gutes Bier«, fügte er hinzu. »Und ein gutes Schiff«, sagte er mit einem Blick auf das große rosa Chrominsekt, das teilweise durch die Fenster des Imbisses zu sehen war. »Alles gut, ausgezeichnet. Wißt ihr«, sagte er und lehnte sich nachdenklich zurück, »in Augenblicken wie diesem frage ich mich allen Ernstes, ob es sich lohnt, über die Raumzeitstruktur, den Kausalzusammenhang der multidimensionalen Wahrscheinlichkeitsmatrix und den potentiellen Kollaps sämtlicher Wellenformen in der Vollständigen Ansammlung Sämtlichen Allgemeinen Misch-Maschs und all den anderen Kram nachzudenken, der mir sonst so auf den Senkel geht. Vielleicht stimmt das, was der große Kerl sagt. ›An nichts festhalten. Was soll's? Wozu? Vergiß es einfach.‹«
»Welcher große Kerl?« sagte Arthur.
Ford nickte in Richtung Bühne. Der große Kerl sagte ein paarmal *»one-two«* ins Mikro. Neben ihm waren jetzt auch noch ein paar andere Burschen aufgetaucht. Ein Drummer. Ein Gitarrist.

Der Barkeeper, der mehrere Augenblicke geschwiegen hatte, sagte: »Sie meinen, er *gibt* Ihnen das Schiff – einfach so?«

»Genau«, sagte Ford. »›An nichts festhalten‹, hat er gesagt. ›Nehmt das Schiff. Nehmt es und meinen Segen dazu. Behandelt das alte Mädchen gut.‹ Und genau das werde ich tun.«

Er nahm erneut einen tiefen Schluck Bier.

»Jaja, so ist es«, fuhr er fort. »In Augenblicken wie diesen, da denkt man irgendwie: Klammere dich an nichts. Vergiß es. Aber dann fallen mir die Kerle von InfiniTumb Enterprises wieder ein, und ich denke mir: Die werden nicht ungeschoren davonkommen. Die werden noch leiden. Es ist meine fromme und heilige Pflicht, diese Kerle leiden zu sehen. He, lassen Sie mich mal was für den Sänger auf die Rechnung setzen. Ich hab mir einen Titel gewünscht, und wir haben was vereinbart. Das kommt mit auf die Rechnung, okay?«

»Okay«, sagte der Barkeeper argwöhnisch. Dann zuckte er die Achseln. »Okay, wie Sie wollen. Mir soll's recht sein. Wieviel?«

Ford nannte einen Betrag. Der Barkeeper kippte rücklings zwischen die Flaschen und Gläser. Ford flankte über die Bar, um nach ihm zu sehen und ihm wieder auf die Beine zu helfen. Der Mann hatte kleinere Schnittwunden an einem Finger und am Ellenbogen und stand ein bißchen wacklig auf den Beinen, war aber ansonsten in Ordnung. Der große Bursche auf der Bühne begann zu singen. Der Barkeeper humpelte mit Fords Kreditkarte davon, um sich ihre Gültigkeit bestätigen zu lassen.

»Passiert hier irgendwas, von dem ich nichts verstehe?« sagte Arthur zu Ford.

»Passiert das nicht ständig?« sagte Ford.

»Kein Grund, eklig zu werden«, sagte Arthur. Er kam nach

und nach wieder zu sich. »Sollten wir uns nicht langsam auf den Weg machen?« fragte er hastig. »Kommen wir mit dem Schiff auf die Erde?«
»Garantiert«, sagte Ford.
»Dahin wird Random auch geflogen sein!« sagte Arthur aufgeschreckt. »Wir können ihr folgen! Aber ... äh ...«
Ford ließ Arthur mit seinen Überlegungen allein und holte sein altes Exemplar des Reiseführers heraus.
»Aber wo sind wir auf dieser komischen Wahrscheinlichkeitsachsengeschichte?« sagte Arthur. »Wird die Erde da sein oder nicht? Ich hab so lange nach ihr gesucht. Und alles, was ich gefunden habe, waren Planeten, die ihr bloß ein bißchen oder nicht mal ein bißchen ähnlich sahen, obwohl es, den Kontinenten nach zu urteilen, eindeutig die richtigen waren. Die schlimmste Version hieß WasIssn, wo mich ein entsetzliches kleines Tier gebissen hat. So haben die sich nämlich miteinander verständigt, durch Beißen. Ungeheuer schmerzhaft. Und in der Hälfte der Fälle ist die Erde natürlich überhaupt nicht da, weil sie von den bescheuerten Vogonen in die Luft gejagt worden ist. Rede ich vielleicht gerade völlig wirres Zeug zusammen?«
Ford enthielt sich jedes Kommentars. Er hörte dem Sänger zu. Er reichte Arthur den Reiseführer und deutete auf den Bildschirm. Der aufleuchtende Eintrag lautete: »Erde. Größtenteils harmlos.«
»Das heißt, sie ist da!« sagte Arthur aufgeregt. »Die Erde ist da! Und Random wird hingeflogen sein! In dem Unwetter hat der Vogel ihr die Erde gezeigt!«
Ford bedeutete Arthur, ein bißchen leiser zu schreien. Er lauschte.
Arthur wurde ungeduldig. Er hatte schon häufiger Kneipensänger *Love Me Tender* singen gehört. Es überraschte ihn zwar ein wenig, es hier zu hören, mitten im Weiß-der-Geier-Wo und garantiert nicht auf der Erde, aber andererseits über-

raschte ihn heutzutage manches bei weitem nicht mehr so sehr wie früher. Der Sänger war ziemlich gut, jedenfalls für einen Kneipensänger und wenn man so was mochte, aber Arthur wurde langsam gallig.

Er warf einen Blick auf seine Uhr. Was ihn lediglich daran erinnerte, daß er keine mehr hatte. Random hatte sie, zumindest ihre Überreste.

»Meinst du nicht, daß wir gehen sollten?« sagte er eindringlich.

»Psst!« sagte Ford. »Ich hab für dieses Stück bezahlt.« Er schien Tränen in den Augen zu haben, und das irritierte Arthur gehörig. Er hatte Ford noch nie bewegt gesehen, es sei denn durch einen sehr, sehr starken Drink. Wahrscheinlich der Staub. Er wartete, gereizt und völlig am Takt vorbei mit den Fingerspitzen auf den Tresen klopfend.

Das Stück endete. Der Sänger stimmte *Heartbreak Hotel* an.

»Bevor ich's vergesse«, flüsterte Ford. »Ich muß dieses Restaurant noch besprechen.«

»Was?«

»Ich muß eine Kritik schreiben.«

»Eine *Kritik* schreiben? Über das hier?«

»Ein Einreichen der Kritik bestätigt die Spesenforderung. Ich hab es so gedreht, daß alles vollkommen automatisch passiert und nicht zurückzuverfolgen ist. Und für diese Rechnung *brauchen* wir eine Bestätigung«, fügte er mit einem boshaften Grinsen in sein Bierglas seelenruhig hinzu.

»Für ein paar Bier und ein Schinkenbrötchen?«

»Und ein Trinkgeld für den Sänger.«

»Wieso, wieviel kriegt er denn von dir?«

Ford nannte den Betrag erneut.

»Keine Ahnung, wieviel das ist«, sagte Arthur. »Was ist das in englischen Pfund? Was würde man dafür bekommen?«

»Dafür würde man bekommen ... über den Daumen gepeilt ... äh ...« Ford verdrehte die Augen, während

er angestrengt kopfrechnete. »Die Schweiz«, sagte er schließlich. Er nahm seinen Reiseführer und fing an zu tippen.
Arthur nickte verständig. Es gab Augenblicke, in denen er gern gewußt hätte, von was in aller Welt Ford redete, und andere Augenblicke, wie diesen, in denen es ihm sicherer erschien, nicht mal den Versuch zu unternehmen, es zu verstehen. Er sah Ford über die Schulter. »Das dauert doch wohl nicht lange, oder?« sagte er.
»Nö«, sagte Ford. »Kinderkacke. Nur eine kurze Mitteilung, daß die Brötchen ziemlich gut waren, das Bier gut und kühl, die Wildtiere vor Ort angenehm exzentrisch und der Sänger der beste im gesamten bekannten Universum. So, das war's schon. Das genügt. Wir brauchen ja bloß eine Bestätigung.«
Er berührte einen mit »ENTER« bezeichneten Bereich auf dem Bildschirm, und die Nachricht verschwand im Sub-Ätha.
»Dann hat dir der Sänger also gefallen, ja?«
»Oh, ja«, sagte Ford. Der Barkeeper kehrte mit einem Zettel zurück, der in seiner Hand zu zittern schien. Mit einem ehrfürchtigen Zucken schob er ihn Ford zu.
»Komische Geschichte«, sagte der Barkeeper. »Zuerst hat das System die Karte 'n paarmal nicht akzeptiert. Hat mich nicht gerade gewundert, muß ich sagen.« Schweißperlen standen auf seiner Augenbraue. »Und plötzlich heißt es, aber klar, alles in Ordnung, und das System ... äh, bestätigt. Einfach so. Wollen Sie ... unterschreiben?«
Ford überflog das Formular kurz. Er schnalzte. »Das wird InfiniTumb ganz schön weh tun«, sagte er mit einem Anflug von Mitgefühl. »Was soll's«, fügte er sanft hinzu. »Machen wir sie platt.«
Er unterschrieb das Formular schwungvoll und gab es dem Barkeeper zurück.

»Mehr Geld«, sagte er, »als er beim Colonel mit einer lebenslangen Karriere aus Scheißfilmen und Kasinoauftritten verdient hat. Für genau das, was er am besten kann. In einer Kneipe stehen und singen. Und er hat es selbst ausgehandelt. Ist bestimmt ein schöner Moment für ihn. Richten Sie ihm meinen Dank aus, und bringen Sie ihm einen Drink.« Er warf ein paar Münzen auf den Tresen. Der Barkeeper schob sie beiseite.

»Das wird wohl nicht nötig sein«, sagte er mit einem leichten Krächzen.

»Für mich schon«, sagte Ford. »Alles klar, wir machen die Fliege.«

Sie standen draußen in der Hitze und im Staub und sahen das große rosa Chromding verblüfft und bewundernd an. Zumindest sah Ford es verblüfft und bewundernd an.

Arthur sah es bloß an. »Findest du es nicht etwas übertrieben?«

Er wiederholte die Frage, als sie einstiegen. Die Sitze und die meisten der Instrumente waren mit feinem Fell oder Wildleder bezogen. Das Hauptsteuerpult zierte ein großes, goldenes Monogramm: »EP«.

»Schon komisch«, sagte Ford, als er die Triebwerke des Schiffes zündete, »ich hab ihn gefragt, ob es stimmt, daß er von Wesen aus dem All entführt worden ist, und weißt du, was er geantwortet hat?«

»Wer?« sagte Arthur.

»Der König. Der *King*, um ganz genau zu sein.«

»Wieso King? Welcher König? Oh, das Gespräch haben wir doch schon mal geführt, oder?«

»Vergiß es«, sagte Ford. »Entscheidend ist, daß er nein gesagt hat. Er ist aus freien Stücken mitgegangen.«

»Ich weiß noch immer nicht, von wem wir eigentlich reden«, sagte Arthur.

Ford schüttelte den Kopf. »Paß auf«, sagte er, »da drüben, in dem Fach links von dir, liegen ein paar Cassetten. Warum suchst du dir nicht eine aus und drückst sie rein?«

»Na schön«, sagte Arthur und kramte klappernd in den Hüllen. »Magst du Elvis Presley?« sagte er.

»Oh, ja, das kann man wohl sagen«, sagte Ford. »Also dann. Hoffen wir, daß dieses Maschinchen hält, was es verspricht.«

Er schaltete das Haupttriebwerk ein.

»Jaaahuuu!« brüllte Ford, während sie mit rasender Geschwindigkeit und angelegten Ohren aufwärtsschossen.

Das tat es.

DREIUNDZWANZIGSTES KAPITEL

Nachrichtensender mögen solche Dinge nicht. Sie betrachten sie als Verschwendung. Ein unbestreitbar echtes Raumschiff taucht aus dem Nichts mitten in London auf und ist eine Sensationsmeldung allererster Güte. Ein weiteres, völlig anderes, taucht dreieinhalb Stunden später auf und ist irgendwie keine mehr.

»NOCH EIN RAUMSCHIFF!« blökten die Schlagzeilen und die Kiosk-Reklametafeln. »DIESMAL EINS IN ROSA.« Ein paar Monate später hätten sie eine Menge daraus machen können. Das eine weitere halbe Stunde später eintreffende dritte Raumschiff, ein kleiner Hrundi-Vier-Kojen-Flitzer, schaffte es nur noch in die Regionalnachrichten.

Ford und Arthur waren durch die Stratosphäre gekreischt und hatten am Portland Place ordnungsgemäß geparkt. Es war etwas nach halb sieben am Abend, also waren Plätze frei. Sie mischten sich kurz unter die Menge, die sich zum Gaffen versammelt hatte, sagten dann laut, wenn sonst niemand die Polizei rufen wolle, würden sie es eben selbst tun, und machten, daß sie wegkamen.

»Zuhause...«, sagte Arthur, und ein heiserer Unterton mischte sich in seine Stimme, während er verschleierte Blicke um sich schweifen ließ.

»Oh, komm, jetzt werd mir nicht rührselig«, schnauzte Ford. »Wir müssen deine Tochter und dieses Vogelvieh wiederfinden.«

»Wie denn?« sagte Arthur. »Auf diesem Planeten leben fünfeinhalb Milliarden Menschen, und...«

»Stimmt«, sagte Ford. »Aber nur einer davon ist gerade in Begleitung eines mechanischen Vogels in einem großen, silbernen Raumschiff aus dem Weltraum angekommen. Ich würde vorschlagen, daß wir uns einen Fernseher suchen und irgendwas, was wir austrinken können, während wir davorhocken. Wir brauchen einen vernünftigen Zimmerservice.«

Sie buchten eine große Suite mit zwei Schlafzimmern im Langham. Unerklärlicherweise schien Fords auf einem mehr als fünftausend Lichtjahre entfernten Planeten ausgestellte Dine-O-Charge-Karte dem Hotelcomputer keinerlei Probleme zu bereiten.

Ford schnappte sich unverzüglich das Telefon, während Arthur sich auf die Suche nach dem Fernsehapparat machte.

»Also«, sagte Ford. »Ich hätte gern ein paar Margaritas. Ein paar Kannen. Und ein paar Chef-Salate. Und soviel Gänseleber, wie Sie dahaben. Und dann noch den Londoner Zoo.«

»Sie ist in den Nachrichten!« rief Arthur aus dem Nebenzimmer.

»Sie haben richtig gehört, ja«, sagte Ford. »Den Londoner Zoo. Setzen Sie ihn einfach auf die Rechnung.«

»Sie wird ... gütiger Himmel!« rief Arthur. »Rate mal, von wem sie interviewt wird!«

»Haben Sie irgendwelche Schwierigkeiten mit der Landessprache?« fuhr Ford fort. »Ich meine den Zoo die Straße rauf. Mir ist egal, ob der heute abend geschlossen hat. Ich will keine Eintrittskarte, ich will den ganzen Zoo. Und mir ist auch egal, ob Sie zu tun haben. Sie sind der Zimmerservice, und ich sitze in einem Zimmer und brauche ein bißchen Service. Haben Sie einen Zettel? Gut. Ich möchte, daß Sie folgendes tun: Sämtliche Tiere, die problemlos in die Wildnis zurückgebracht werden können, werden zurückgebracht. Stellen Sie ein paar gute Teams zusammen, die die Fortschritte der Tiere in Freiheit überwachen und dafür sorgen, daß sie zurechtkommen.«

»Das ist *Trillian*!« brüllte Arthur. »Oder es ist ... äh ... Gott, ich halte diesen ganzen Paralleluniversenkrempel nicht mehr aus. So was von verwirrend. Es scheint eine andere Trillian zu sein. Das ist Tricia McMillan, also das, was Trillian war, bevor sie ... äh ... warum kommst du nicht rüber und siehst es dir selbst an, vielleicht kannst du mir das erklären?«

»Moment noch«, rief Ford und setzte seine Verhandlungen mit dem Zimmerservice fort. »Dann brauchen wir noch ein paar Naturschutzgebiete für die Tiere, die es in freier Wildbahn nicht packen«, sagte er. »Stellen Sie eine Mannschaft zusammen, die die besten Orte dafür herausfindet. Könnte sein, daß wir was in der Größenordnung von Zaire und vielleicht noch ein paar Inseln kaufen müssen. Madagaskar. Baffin. Sumatra. Was in der Art. Wir brauchen möglichst vielfältige Lebensräume. Was? Nein, ich verstehe überhaupt nicht, wo da das Problem liegen soll. Lernen Sie zu delegieren. Stellen Sie ein, wen Sie wollen. An die Arbeit. Sie können sicher sein, daß meine Kreditkarte gedeckt ist. Und den Salat bitte mit Gorgonzola-Dressing. Danke.«

Er legte auf und ging hinüber zu Arthur, der auf der Kante seines Bettes saß und fernsah.

»Ich hab uns ein bißchen Gänseleberpastete bestellt«, sagte Ford.

»Was?« sagte Arthur, dessen Aufmerksamkeit vollständig vom Fernsehapparat gefesselt war.

»Ich sagte, ich hab uns ein bißchen Gänseleberpastete bestellt.«

»Oh«, sagte Arthur abwesend. »Ähm, ich hab bei Gänseleberpastete immer ein schlechtes Gewissen. Ziemlich brutal den Gänsen gegenüber, findest du nicht?«

»Scheiß drauf«, sagte Ford und ließ sich auf das Bett sacken. »Man kann sich doch nicht um jeden Dreck kümmern.«

»Na, du sagst das so, aber ...«

»Laß es!« sagte Ford. »Ich ess deine mit, wenn du sie nicht magst. Was tut sich denn so?«
»Chaos!« sagte Arthur. »Totales Chaos! Random schreit die ganze Zeit und wirft Trillian oder Tricia oder wer immer das sein soll vor, daß sie sie ausgesetzt hat, und dann wollte sie auf der Stelle in einen guten Nachtclub gebracht werden. Tricia ist in Tränen ausgebrochen und hat gesagt, sie habe Random noch nie im Leben gesehen, geschweige denn geboren. Und dann hat sie auf einmal irgendwas von einem gewissen Rupert gejault, der den Verstand verloren hat oder so. An der Stelle bin ich, ehrlich gesagt, nicht ganz mitgekommen. Danach hat Random angefangen, mit allen möglichen Gegenständen um sich zu werfen, und sie haben einen Werbeblock dazwischengeschaltet, um die Sache wieder ins Lot zu bringen. Oh! Jetzt schalten sie zurück ins Studio! Sei leise und paß auf!«
Ein ziemlich mitgenommener Moderator erschien auf dem Bildschirm und entschuldigte sich bei den Zuschauern für die Unterbrechung des vorangegangenen Beitrags. Er sagte, augenblicklich seien keine besonders klaren Neuigkeiten zu vermelden, nur die, daß das mysteriöse Mädchen, das sich selbst Random Vielflieger Dent nenne, das Studio verlassen habe, um sich, äh, auszuruhen. Tricia McMillan werde, so hoffe er zumindest, morgen zurück sein. Inzwischen seien aber neue Meldungen über UFO-Bewegungen eingetroffen ...
Ford sprang mit einem Satz vom Bett, griff sich das nächste Telefon und hämmerte eine Nummer in die Tasten.
»Concierge? Möchten Sie das Hotel haben? Es gehört Ihnen, wenn Sie innerhalb von fünf Minuten für mich herausfinden, in welchen Clubs Tricia McMillan Mitglied ist. Setzen sie den ganzen Kasten einfach auf meine Rechnung.«

VIERUNDZWANZIGSTES KAPITEL

Weit entfernt, in den tintigen Tiefen des Weltraums, wurden unsichtbare Maßnahmen ergriffen.

Unsichtbar für sämtliche Bewohner der seltsamen, launischen Pluralzone, in deren Mittelpunkt die unendlich vielfältigen möglichen Formen des Planeten Erde lagen, aber keineswegs unbedeutend für sie.

Am äußersten Rande des Sonnensystems hockte ein äußerst besorgter grebulonischer Anführer zwischen den Polstern eines grünen Kunstledersofas und starrte gereizt auf eine Reihe von Fernseh- und Computerbildschirmen. Er beschäftigte sich mit kniffligem Kram. Er kniffelte an seinem Astrologiebuch herum. Er kniffelte an seiner Computerkonsole herum und an den Displays, die ihm ununterbrochen von sämtlichen grebulonischen Überwachungsanlagen übermittelt wurden, die sämtlich auf die Erde gerichtet waren.

Er litt. Ihre Mission bestand darin zu überwachen. Aber heimlich zu überwachen. Ehrlich gesagt, hatte er seine Mission ganz schön satt. Er war so gut wie sicher, daß sie aus mehr bestanden haben mußte, als herumzusitzen und ohne Ende fernzusehen. Fest stand außerdem, daß sie einen Haufen anderer Geräte dabeihatten, die bestimmt irgendeinem Zweck gedient hätten, wäre den Grebuloniern nicht unglücklicherweise das Wissen um ihr Lebensziel abhanden gekommen. Er brauchte das Gefühl, sein Leben diene einem Ziel, und so hatte er sich, um den gähnenden Abgrund zu überbrücken, der inmitten seines Geistes und seiner Seele klaffte, der Astrologie zugewandt. Die würde ihm schon etwas sagen können.

Sie sagte ihm tatsächlich etwas.

Sie sagte ihm, sofern er alles richtig begriffen hatte, daß ihm ein wirklich schlechter Monat bevorstand, daß er vom Regen in die Traufe geraten würde, falls er gewisse Angelegenheiten nicht in die Griffe bekäme, anfinge, die Initiative zu ergreifen und sich eigenständig Gedanken zu machen.

Es stimmte. Und wurde anhand der Sternentabelle überdeutlich, die er mit Hilfe seines Astrologiebuches und des von der netten Miss McMillan zur Retriangulation der entsprechenden Daten entworfenen Computerprogramms ausgetüftelt hatte. Die auf Erd-Daten basierende Astrologie hatte vollständig neu berechnet werden müssen, um Ergebnisse zu liefern, die für die Grebulonier, auf dem zehnten Planeten am frostigen Rande des Sonnensystem, aussagekräftig waren.

Die Neuberechnungen bewiesen absolut klar und unzweideutig, daß ihm ein wahrhaft schlimmer Monat bevorstand, und zwar vom heutigen Tag an gerechnet. Am heutigen Tage würde die Erde nämlich ins Sternzeichen Steinbock wandern, und für den Anführer der Grebulonier, der alle Charakterzüge eines klassischen Stiers besaß, war das wahrhaftig besonders schlimm.

Jetzt, sagte sein Horoskop, war die Zeit gekommen, die Initiative zu ergreifen, unangenehme Entscheidungen zu treffen, den Tatsachen ins Auge zu sehen und zu tun, was getan werden mußte. All das bereitete ihm große Schwierigkeiten, aber ihm war bewußt, daß schließlich nie jemand behauptet hatte, es sei angenehm, unangenehme Dinge zu tun. Der Computer verfolgte bereits die Bahn der Erde und berechnete ihre Position Sekunde für Sekunde im voraus. Der Anführer der Grebulonier gab Befehl, die grauen Gefechtstürme zu schwenken.

Da sämtliche Überwachungsanlagen der Grebulonier auf den Planeten Erde fixiert waren, konnten sie nicht feststellen, daß sich inzwischen eine weitere Datenquelle im Sonnensystem befand.
Ihre Aussichten, diese andere Datenquelle – ein klobiges, gelbes Bauschiff – zu entdecken, waren bedauerlicherweise praktisch gleich Null. Es war genausoweit von der Sonne entfernt wie Rupert, allerdings in entgegengesetzter Richtung, und wurde fast vollständig von ihr verdeckt.
Fast.
Das klobige, gelbe Bauschiff legte Wert darauf, die Vorgänge auf dem zehnten Planeten überwachen zu können, ohne selbst entdeckt zu werden. Was ihm bestens gelang.
Auch in einer ganzen Reihe anderer Richtungen war das Schiff den Grebuloniern genau entgegengesetzt.
Sein Anführer, sein Kommandant, hatte sehr deutliche Vorstellungen vom Zweck seines Daseins. Es war ein einfacher und schnörkelloser Zweck, den er in seiner einfachen, schnörkellosen Art nun schon seit geraumer Zeit zu erfüllen versuchte.
Jeder, der diesen Zweck gekannt hätte, wäre vermutlich zu dem Schluß gekommen, es sei ein sinnloser, schändlicher Zweck, nicht gerade von der Art, die ein Leben adelte, die den Frühling in den Fußstapfen eines Menschen ausbrechen ließ, Vögel zum Singen und Blumen zum Erblühen brachte. Eigentlich eher das Gegenteil. Das absolute Gegenteil.
Darüber nachzudenken, war allerdings nicht seine Aufgabe. Seine Aufgabe war es, seine Aufgabe zu erledigen, und die bestand darin, seine Aufgabe zu erledigen. Falls dies zu einer gewissen Engstirnigkeit und gedanklichen Zirkularität führte, war es nicht seine Aufgabe, darüber nachzudenken. Was auch immer ihm an derartigen Dingen begegnete, wurde an andere weitergeleitet, die ihrerseits wieder andere hatten, an die sie derartige Dinge weiterleiteten.

Viele, viele Lichtjahre von diesem Punkt und eigentlich auch jedem anderen Punkt entfernt, befindet sich der grausige und vor langer Zeit verlassene Planet Vogsphäre. Und irgendwo auf diesem Planeten, auf einer stinkenden, nebelverhangenen Schlickbank, steht inmitten der dreckigen, zerbrochenen, leeren Rückenschilder der letzten paar Schmuckschildkrebse ein kleiner Gedenkstein, der die Stelle kennzeichnet, an der die Spezies *Vogon Vogongeyferus* allem Anschein nach einst ihren Ursprung nahm. In den Gedenkstein ist ein Pfeil eingekerbt, der in den Nebel weist und unter dem in schnörkellosen, einfachen Buchstaben geschrieben steht: »Von dort an übernimmt niemand mehr die Verantwortung.«

Tief in den Eingeweiden seines unsichtbaren gelben Schiffes griff der Vogonenkommandant grunzend nach einem vor ihm liegenden, leicht angegilbten, eselsohrigen Zettel. Einem Zerstörungsbefehl.

Hätte man genau zu entwirren versucht, womit die Aufgabe des Kommandanten, die im Erledigen einer Aufgabe bestand, eigentlich ihren Anfang genommen hatte, wäre man letztlich bei diesem Zettel gelandet, der ihm vor langer Zeit von seinem direkten Vorgesetzten übergeben worden war. Auf dem Zettel stand eine Anweisung, und seine Aufgabe bestand darin, diese Anweisung auszuführen und nach deren Ausführung ein kleines Häkchen in das angrenzende Kästchen zu malen.

Er hatte die Anweisung schon einmal ausgeführt, sich aber wegen einer ganzen Reihe bedauerlicher Umstände außerstande gesehen, das Häkchen in das kleine Kästchen zu malen.

Einer dieser bedauerlichen Umstände war die pluralistische Natur des betreffenden galaktischen Sektors, in dem sich Mögliches und Wahrscheinliches ununterbrochen überlagerten. Schlichte Zerstörung bewirkte dort daher ungefähr soviel wie das Drücken auf eine Luftblase unter einer schlecht geklebten Tapetenbahn. Was immer man zerstörte, tauchte anderswo gleich wieder auf. Aber das würde bald ein Ende haben.

Und dann war da noch ein Grüppchen Leute, die sich hartnäckig weigerten, gerade dann dort zu sein, wo sie sein sollten, wenn sie genau dort sein sollten. Auch das würde bald ein Ende haben.

Der dritte Umstand war eine lästige, anarchische Angelegenheit, ein Reiseführer mit dem Titel *Per Anhalter durch die Galaxis*. Der hatte jedoch, was das Bereiten von Problemen anging, bereits sein Ende gefunden und stellte nun dank der phänomenalen Kräfte temporaler Umkehrentwicklung selbst das Werkzeug zur Beendigung sämtlicher anderer Probleme und Umstände dar. Der Kommandant war nur gekommen, um sich den letzten Akt des Dramas anzusehen. Er selbst würde keinen Finger rühren müssen.

»Zeig's mir«, sagte er.

Der schattenhafte Umriß eines Vogels breitete seine Flügel aus und stieg neben ihm in die Höhe. Dunkelheit überflutete die Brücke. Schwache Spitzlichter tanzten flackernd in den schwarzen Augen des Vogels, während sich tief in seinem Weisungsadreßraum Klammer um Klammer endgültig schloß, *If*-Bedingungen endgültig endeten, Wiederholungsschleifen zum Stillstand kamen und Rekursivfunktionen sich einige letzte Male selbst abriefen.

Dann leuchtete ein grelles Bild in der Dunkelheit auf, ein wäßrig blaues und grünes Bild, ein durch die Luft fließender Schlauch, geformt wie eine zerhackte Würstchenkette.

Mit einem zufriedenen Blählaut lehnte sich der Vogonenkommandant zurück, um die Ereignisse zu beobachten.

FÜNFUNDZWANZIGSTES KAPITEL

»Haargenau, Nummer zweiundvierzig«, rief Ford Prefect dem Taxifahrer zu. »Genau hier!«

Das Taxi kam ruckend zum Stillstand, und Ford und Arthur sprangen heraus. Sie hatten auf dem Weg eine ganze Reihe von Automaten um Bargeld erleichtert, und Ford schleuderte eine Handvoll davon durch das Seitenfenster zum Fahrer hinein.

Der Eingang des Clubs war dunkel, gediegen und schlicht. Nur ein denkbar winziges Metallschild verriet seinen Namen. Die Mitglieder wußten, wo er war, und wenn man kein Mitglied war, nützte es einem sowieso nichts, zu wissen, wo er war.

Ford war kein Mitglied im Stavros Club, obwohl er dessen New Yorker Pendant früher mal einen Besuch abgestattet hatte. Seine Methode im Umgang mit Einrichtungen, denen er nicht als Mitglied angehörte, war denkbar simpel. Als die Tür geöffnet wurde, rauschte er einfach rein, deutete auf Arthur und sagte: »Das geht in Ordnung, der gehört zu mir.«

Er hüpfte die dunkel schimmernden Stufen hinunter und hatte in seinen neuen Schuhen das Gefühl, ganze Wälder ausreißen zu können. Die Schuhe waren aus Wildleder, sie waren blau, und er war hocherfreut, daß er sie trotz all der anderen Dinge, die um ihn herum passierten, mit messerscharfem Blick vom Rücksitz des fahrenden Taxis aus in einem Schaufenster entdeckt hatte.

»Hab ich Ihnen nicht gesagt, daß sie nicht herkommen sollen?«

»Was?«

Ein dünner, elend wirkender Mann in einem irgendwie sackartigen italienischen Kleidungsstück war ihnen, eine Zigarette anzündend, von unten auf der Treppe entgegengekommen und plötzlich stehengeblieben.
»Nicht Ihnen«, sagte er. »Ihm.«
Er sah Arthur unverwandt an und schien dann geringfügig durcheinanderzugeraten.
»Entschuldigen Sie«, sagte er. »Ich muß Sie wohl mit jemandem verwechselt haben.« Er wollte seinen Weg nach oben fortsetzen, drehte sich aber dann fast unverzüglich noch einmal um, diesmal noch verwirrter. Wieder glotzte er Arthur an.
»Was issn?« sagte Ford.
»Was haben Sie gesagt?«
»Was ist denn, hab ich gesagt«, sagte Ford gereizt.
»Ja, da wohl auch«, sagte der Mann, geriet leicht ins Schwanken und ließ das Steichholzbriefchen fallen, das er in der Hand gehalten hatte. Seine Mundwinkel zuckten leicht. Dann faßte er sich mit der Hand an die Stirn.
»Entschuldigen Sie bitte«, sagte er. »Ich versuche mich verzweifelt zu erinnern, welche Droge ich gerade genommen habe, aber es muß eine von denen gewesen sein, die bewirken, daß man sich an nichts erinnern kann.« Kopfschüttelnd wandte er sich wieder ab und ging auf die Herrentoilette zu.
»Komm schon«, sagte Ford. Er eilte weiter nach unten, den nervösen Arthur im Schlepp. Die Begegnung hatte Arthur arg mitgenommen, allerdings wußte er nicht, weshalb.
Er konnte Orte wie diesen nicht leiden. Trotz all der Träume, die er jahrelang von der Erde und seinem Zuhause geträumt hatte, verspürte er plötzlich eine gewaltige Sehnsucht nach seiner Hütte auf Lamuella, seinen Messern und Sandwiches. Er vermißte sogar Old Thrashbarg.
»Arthur!«

Es war ein wirklich verblüffender Effekt. Sein Name wurde in Stereo gerufen. Er wirbelte herum und blickte in eine der beiden Richtungen. Vom oberen Ende der Treppe aus sah er Trillian in ihrem hinreißend zerknitterten Rymplon™-Dress auf sich zurennen. Urplötzlich blieb sie völlig entgeistert stehen und starrte ihm über die Schulter.

Wieder wirbelte er herum, um zu sehen, was sie urplötzlich so entgeistert anstarrte.

Am Fuß der Treppe stand Trillian in einem ... nein, das war Tricia. Die Tricia, die er gerade eben noch, hysterisch vor Verwirrung, im Fernsehen gesehen hatte. Und hinter ihr stand Random, die wilder und wahnsinniger um sich blickte denn je. Hinter dieser wiederum, in den Nischen des gediegenen, schummrig beleuchteten Clubs, stand die restliche Kundschaft des Abends wie gemalt und gaffte ängstlich in Richtung der Konfrontation auf der Treppe.

Sekundenlang stand alles still. Nur die Musik im Hintergrund wummerte unbeeindruckt weiter.

»Die Waffe, die sie da in der Hand hat«, sagte Ford seelenruhig und nickte leicht in Randoms Richtung, »ist eine Wabanatta 3. Stammt aus dem Schiff, das sie mir geklaut hat. Das Ding ist ganz schön gefährlich. Bewegt euch bitte mal für einen Augenblick nicht. Laßt uns alle ganz ruhig bleiben und herausfinden, weshalb sie sich so aufregt.«

»Wo gehöre ich *hin*!« kreischte Random auf einmal. Die Hand, in der sie die Waffe hielt, zitterte merklich. Die andere tauchte in ihre Tasche und zerrte die Überreste von Arthurs Uhr heraus. Sie fuchtelte damit in Richtung der anderen.

»Ich hab gedacht, ich gehöre hierher«, heulte sie, »auf die Welt, von der ich stamme! Aber dann stellt sich raus, daß nicht mal meine *Mutter* weiß, wer ich bin!« Wütend schleuderte sie die Uhr weg, die in einen der Spiegel hinter der Bar krachte und ihre Innereien über den Boden verstreute.

Für einen oder zwei längere Augenblicke waren alle sehr still.
»Random«, sagte Trillian ruhig von der Treppe aus.
»Halt den *Mund*!« brüllte Random. »Du hast mich ausgesetzt!«
»Random, es ist sehr wichtig, daß du mir jetzt zuhörst und etwas begreifst«, beharrte Trillian ruhig. »Wir haben nicht mehr viel Zeit. Wir müssen hier weg. Wir alle müssen hier weg.«
»Was redest du da? Wir müssen immer von überall *weg*!« Sie hielt die Waffe jetzt mit beiden Händen, und beide zitterten. Sie zielte auf niemanden bestimmten. Sie zielte auf die Welt im allgemeinen.
»Hör zu«, wiederholte Trillian. »Ich habe dich allein gelassen, weil ich für den Sender über einen Krieg berichten mußte. Einen ausgesprochen gefährlichen Krieg. Wenigstens dachte ich, daß er das sein würde. Ich kam an, und da hatte er plötzlich nie existiert. Wegen einer zeitlichen Anomalie ... Hör zu! Hör bitte zu! Ein Aufklärungsschiff war nicht aufgetaucht, und der Rest der Flotte hatte sich in groteske Unordnung aufgelöst. Das passiert neuerdings in jeder Zeit.«
»Das ist mir egal! Ich will nichts über deinen bescheuerten *Job* hören!« rief Random. »Ich will ein Zuhause! Ich will irgendwo hingehören!«
»Das hier ist nicht dein Zuhause«, sagte Trillian, noch immer mit ruhiger Stimme. »Du hast kein Zuhause. Keiner von uns hier hat eins. Kaum jemand hat mehr eins. Nimm das verschollene Schiff, das ich gerade erwähnt habe. Die Leute darauf haben auch kein Zuhause. Sie wissen nicht, woher sie kommen. Sie können sich nicht mal daran erinnern, wer sie sind und wozu sie da sind. Sie sind sehr verloren und sehr verwirrt und haben große Angst. Sie sind hier, in diesem Sonnensystem, und sie sind im Begriff, etwas

sehr ... Unangebrachtes zu tun, weil sie so verloren und verwirrt sind. Wir ... müssen ... jetzt ... fort! Ich weiß auch nicht, wohin wir uns noch wenden können. Vielleicht nirgendwohin. Aber hier können wir auf keinen Fall bleiben. Bitte. Ein letztes Mal. Können wir gehen?«
Random bebte vor Panik und Verwirrung.
»Nur keine Sorge«, sagte Arthur sanft. »Solange ich hier bin, kann uns nichts passieren. Bittet mich nicht, es im Augenblick zu erklären, aber da mir nichts passieren kann, kann auch euch nichts passieren. Alles klar?«
»Was redest du da?« fragte Trillian.
»Entspannen wir uns einfach«, sagte Arthur. Er war seelenruhig. Sein Leben war gefeit, und all das erschien ihm vollkommen unwirklich.
Zwei Dinge geschahen gleichzeitig.
Die Tür der Herrentoilette am oberen Ende der Treppe öffnete sich, und der Mann, der Arthur kurz zuvor noch angesprochen hatte, kam schniefend heraus.
Durch die unerwartete Bewegung aufgeschreckt, hob Random die Waffe in genau dem Augenblick wieder, als ein hinter ihr stehender Mann danach greifen wollte.
Arthur warf sich nach vorn. Es gab eine ohrenbetäubende Explosion. Er stürzte ungeschickt zu Boden, während Trillian sich über ihn warf. Das Geräusch verklang. Arthur hob den Kopf und sah den Mann am oberen Ende der Treppe mit restlos fassungslosem, abgestumpftem Gesichtsausdruck in seine Richtung starren.
»Du ...«, sagte er. Und fiel dann grauenhaft langsam auseinander.
Random warf die Waffe hin und sackte schluchzend auf die Knie. »Es tut mir leid!« sagte sie. »Es tut mir so leid! Es tut mir so, so leid ...«
Tricia ging zu ihr. Trillian ging zu ihr.
Den Kopf in die Hände gestützt, saß Arthur auf der Treppe

und hatte nicht den blassesten Schimmer, wie es nun weitergehen sollte. Ford saß auf der Stufe unter ihm. Er hob etwas vom Boden auf, betrachtete es interessiert und reichte es an Arthur weiter.
»Sagt dir das irgendwas?« fragte er.
Arthur nahm es. Es war das Streichholzbriefchen, das der Tote hatte fallen lassen. Es war mit dem Namen des Clubs bedruckt und sah so aus:

STAVRO MUELLER
BETA

Er starrte den Schriftzug eine Zeitlang an, während sich vor seinem geistigen Auge alles neu zu ordnen begann. Er fragte sich, was er tun sollte, aber er fragte sich nur halbherzig. Um ihn herum begannen die Leute hektisch zu lärmen, zu laufen und zu rufen, aber ihm war plötzlich sonnenklar, daß nichts mehr zu tun blieb, weder jetzt noch jemals. Durch die neue Fremdartigkeit aus Lärm und Licht gelang es ihm nur mit Mühe, die Umrisse von Ford Prefect auszumachen, der sich zurückgelehnt hatte und wie ein Wahnsinniger lachte.
Ein ungeheuer friedliches Gefühl überkam ihn. Er wußte, daß jetzt alles, ein für allemal, endgültig vorbei war.

Einsam und allein saß Prostetnik Vogon Jeltz auf der dunklen Brücke im Herzen des Vogonenschiffes. Licht flackerte kurz über die an einer der Wände aufgereihten Außensichtschirme. In der Luft über ihm lösten sich die Diskontinuitäten in der wäßrig blaugrünen Würstchenkette selbsttätig auf. Optionen brachen zusammen, Möglichkeiten falteten sich ineinander, und schließlich löste sich das Ganze in reine Nichtexistenz auf.
Eine sehr, sehr tiefe Finsternis sank herab. Der Vogonen-

kommandant blieb einige Sekunden lang in ihr versunken sitzen.
»Licht«, sagte er.
Nichts geschah. Auch der Vogel war zur Unmöglichkeit verschrumpelt.
Der Vogone schaltete das Licht selbst ein. Er nahm den Zettel wieder zur Hand und malte das Häkchen in das kleine Kästchen.
Das war also erledigt. Sein Schiff stahl sich davon in die pechschwarze Leere.

Ungeachtet der Tatsache, daß er für seine Begriffe ganz außerordentlich initiativ geworden war, wurde es für den grebulonischen Anführer ein insgesamt gesehen wirklich schlimmer Monat. Ein Monat, der sich eigentlich nicht sehr von den vorangegangenen unterschied, abgesehen davon, daß jetzt nichts mehr im Fernsehen lief. Er hörte statt dessen ein bißchen Unterhaltungsmusik.

Douglas Adams
Mark Carwardine

DIE LETZTEN IHRER ART

EINE REISE ZU DEN AUSSTERBENDEN TIEREN UNSERER ERDE

288 Seiten, davon 16 Seiten
farbige Abbildungen, gebunden

Douglas Adams hat die aussterbenden Tierarten der Erde aufgesucht und beschreibt diese Reise mit dem verzweifelten Humor eines sensiblen Zeitgenossen, der den drohenden Untergang der Natur bewußt erlebt. Seine Suche nach der verlorenen Tierwelt liest sich wie seine hintergründigen, phantasiereichen Romane.